Albatroz

ADRIENNE
YOUNG

Albatroz

Tradução
Guilherme Miranda

Rio de Janeiro, 2024

Copyright © Adrienne Young. Todos os direitos reservados.
Copyright da tradução © Guilherme Miranda por Casa dos Livros
Editora LTDA. Todos os direitos reservados.

Título original: *Fable*

Todos os direitos desta publicação são reservados à Casa dos Livros
Editora LTDA. Nenhuma parte desta obra pode ser apropriada e estocada
em sistema de banco de dados ou processo similar, em qualquer forma ou
meio, seja eletrônico, de fotocópia, gravação etc., sem a permissão dos
detentores do copyright.

Copidesque	Sofia Soter
Revisão	João Rodrigues e Dandara Morena
Design de capa	Kerri Resnick
Adaptação de capa	Maria Cecilia Lobo
Imagens de capa	Foto da garota por Svetlana Beliaeva ; Shutterstock
Diagramação	Abreu's System

Dados Internacionais de Catalogação na Publicação (CIP)
(Câmara Brasileira do Livro, SP, Brasil)

Young, Adrienne
  Albatroz / Adrienne Young ; tradução Guilherme Miranda.
– 1. ed. – Duque de Caxias [RJ] : Editora Pitaya, 2024.
  304 p. ; 23 cm.

  Tradução de: Fable
  ISBN 978-65-5511-600-7

  1. Romance americano. I. Miranda, Guilherme.
II. Título.

24-92441   CDD-813
                        CDU: 82-31(73)

Índice para catálogo sistemático:
1. Romance americano   813
Bibliotecária responsável: Gabriela Faray Ferreira Lopes – CRB-7/6643

Editora Pitaya é uma marca licenciada à Casa dos Livros Editora Ltda.
Todos os direitos reservados à Casa dos Livros Editora LTDA.

Rua da Quitanda, 86, sala 601A – Centro,
Rio de Janeiro/RJ – CEP 20091-005
Tel.: (21) 3175-1030
www.harpercollins.com.br

PARA MEU PAI,
FOI PRECISO UM LIVRO TODO
PARA DIZER ADEUS.

40 . 25 . 3
144 . 24 . 4
228 . 21 . 2
3 . 16 . 5
86 . 21 . 11
112 . 29 . 3
56 . 16 . 7

UM

AQUELE DESGRAÇADO IA ME ABANDONAR DE NOVO.
Entre as árvores, eu vi Koy e os outros levantando areia ao empurrar o barco para a água. O esquife deslizou, e eu corri mais rápido, encontrando descalça o caminho pelas raízes tortas e rochas enterradas na trilha. Atravessei o bosque bem a tempo de ver o sorriso nos lábios de Koy quando a vela se abriu.

— Koy! — gritei, mas, se me ouviu em meio ao som das ondas, ele não demonstrou.

Desci em disparada até chegar à espuma deixada por uma onda quebrada e finquei um pé na areia molhada antes de pular, batendo os pés enquanto subia pela ondulação, em direção à popa. Apanhei o estai com a mão e bati na lateral do casco, arrastando as pernas na água enquanto o esquife disparava. Ninguém me ofereceu ajuda quando subi pela lateral e pulei a borda murmurando um palavrão.

— Belo mergulho, Fable. — Koy pegou a cana do leme, de olho no horizonte para nos guiar na direção do recife sul. — Não sabia que você vinha.

Amarrei o cabelo em um nó no alto da cabeça e olhei feio para ele. Era a terceira vez naquela semana que tentava me deixar para trás quando os dragadores saíam para mergulhar. Se Speck não passasse metade do tempo bêbado, eu pagaria para ele me levar até o recife, em vez de Koy. Mas eu precisava de um barco com que pudesse contar.

A vela estalou quando o vento a atingiu, empurrando o esquife para a frente, e encontrei um lugar para me sentar entre dois dragadores de pele queimada como couro curtido.

Koy estendeu a mão para mim.

— Cobre.

Olhei por cima dele para as ilhas barreiras, onde os mastros dos navios mercantis balançavam e se inclinavam sob o vento forte. O *Marigold* ainda não estava lá, mas, até o amanhecer, estaria. Tirei a moeda da bolsa e, rangendo os dentes, coloquei-a na mão de Koy. Àquela altura, ele já havia tirado tanto cobre de mim que eu devo ter pagado praticamente por metade de seu esquife.

Ganhamos velocidade e a água foi passando rapidamente, o turquesa pálido dos baixios dando lugar a um azul-escuro à medida que nos afastávamos da costa. Eu me recostei quando o barco adernou, e me inclinei para passar a mão pela superfície do oceano. O sol estava no meio do céu, e faltavam algumas horas até a maré começar a virar. Era tempo mais do que suficiente para encher a bolsa de pira a fim de vender.

Apertei o cinto, verificando todas as minhas ferramentas.

Macete, cinzéis, picaretas, trolha, lupa.

A maioria dos dragadores tinha desistido do recife leste meses antes, mas meu instinto me dizia que havia mais pira escondida naquelas águas, e eu estava certa. Depois de semanas mergulhando sozinha pelo trecho, encontrei uma reserva embaixo de um banco de areia minado, e as pedras me renderam muitas moedas.

O vento me fustigou quando levantei, soprando fios de cabelo ruivo-escuro ao redor do meu rosto. Eu me segurei no mastro e me inclinei para o lado, analisando a água que corria sob nós.

Ainda não.

— Quando você vai nos contar o que encontrou lá embaixo, Fable?

Koy apertou a cana do leme, encontrando meu olhar. Seus olhos eram escuros como a noite mais sombria da ilha, quando uma tempestade cobria a lua e as estrelas no céu.

Os outros ergueram os olhos para mim em silêncio, esperando a resposta. Reparei neles me observando com mais atenção nas docas e ouvi seus sussurros na praia. Depois de semanas de redadas fracas, os dragadores estavam ficando inquietos, e isso nunca era um bom sinal. Mas eu não tinha pensado que seria Koy quem finalmente me faria a pergunta.

Dei de ombros.

— Abalone.

Ele riu, balançando a cabeça.

— Abalone — repetiu Koy.

Ele era mais jovem do que a maioria dos dragadores de Jeval, de pele tostada, mas ainda não enrugada nem manchada de branco pelos longos dias sob o sol. Tinha conquistado seu lugar de honra entre eles ao roubar dinheiro suficiente para comprar o esquife e abrir seu próprio negócio de transporte.

— Pois é — respondi.

O bom humor desapareceu de seus olhos quando encontraram os meus de novo, e cerrei os dentes, tentando não deixar a contração no canto da boca transparecer. Fazia quatro anos que eu tinha sido abandonada à própria sorte no calor abrasador da praia. Obrigada a limpar cascos em troca de peixe podre quando estava faminta, e espancada por mergulhar no território dominado por outro dragador vezes e mais vezes. Sofri bastante violência em Jeval, mas consegui não incomodar Koy. Chamar a atenção dele era perigoso.

Eu me levantei na popa, deixando transparecer nos lábios o mesmo sorriso irônico que tinha se aberto às costas dele na praia. Ele era um desgraçado, mas eu também era. E deixar que visse o medo que eu tinha dele só me tornaria uma presa mais fácil. Eu tinha que encontrar uma forma de me manter viva em Jeval, e preferia perder a mão a deixar que alguém roubasse minha chance de partir. Especialmente quando eu estava tão perto.

Soltei o mastro e o esquife escapou rapidamente de baixo dos meus pés quando eu mergulhei na água. Meu peso se chocou contra o mar, as bolhas cristalinas subindo ao meu redor enquanto eu flutuava rumo à superfície e batia as pernas para me esquentar. A borda do recife leste beirava a corrente, deixando a água mais gelada deste lado da ilha. Era um dos indícios de que havia mais pira lá embaixo do que já havia sido dragada.

O barco de Koy se afastou de mim em alta velocidade, a vela aberta e curvada contra o céu sem nuvens. Quando ele desapareceu atrás da ilhas barreiras, voltei na direção oposta, rumo à costa. Nadei com o rosto debaixo d'água para observar o recife. Os tons de rosa, laranja e verde do coral refletiam a luz do sol como páginas do atlas que ficava aberto na escrivaninha de meu pai. Uma gorgônia bem amarela com uma fronde quebrada era meu sinal.

Subi à superfície, verificando o cinto de novo enquanto tomava ar lentamente, enchendo o peito e, então, soltando no ritmo que minha mãe me ensinou. Meus pulmões se alongaram e se contraíram ao se esvaziar com a pressão familiar entre as costelas, e acelerei a respiração, inspirando e expirando vigorosamente até fazer uma última inspiração completa e mergulhar.

Senti um estalo nos ouvidos enquanto cortava a água com os braços, na direção das cores brilhantes que cintilavam no fundo do mar. A pressão envolveu meu corpo, e me deixei afundar mais e mais quando senti a superfície tentando me puxar de volta. Um cardume de peixes-cirurgiões de listras vermelhas passou, rodeando-me em bando na descida. O azul infinito se estendia em todas as direções quando meus pés pousaram levemente em uma saliência de coral verde que se erguia como dedos contorcidos. Segurei a beira da rocha sobre ela e desci até a fenda.

Eu tinha encontrado a pira quando estava explorando o recife em busca de caranguejos — iria pagar o velho na doca para consertar minha lupa com eles. O zumbido suave da pedra preciosa tinha encontrado meus ossos no silêncio e, depois de três dias seguidos tentando descobri-la, tive sorte. Eu tinha tomado impulso em um afloramento para subir quando uma saliência do recife se quebrou, revelando uma linha torta de basalto com as manchas brancas características que eu conhecia tão bem. Elas só podiam indicar uma coisa: pira.

Com aquela reserva, ganhei mais dinheiro dos mercadores a bordo do *Marigold* nos últimos três meses do que nos últimos dois anos. Mais algumas semanas e eu nunca mais teria que mergulhar novamente nesses recifes.

Apoiei os pés na borda e tateei a rocha, apalpando a curva das saliências. A vibração suave da pedra preciosa zumbia sob a ponta de meus dedos, como a ressonância estendida de metal batendo em metal. Isso minha mãe também tinha me ensinado: como ouvir as pedras preciosas. No fundo do casco do *Lark*, ela as tinha colocado em minhas mãos, uma de cada vez, murmurando enquanto a tripulação dormia nas redes penduradas na antepara.

Está ouvindo? Está sentindo?

Tirei as ferramentas do cinto e encaixei o cinzel no sulco mais fundo antes de bater com o macete, esmigalhando a superfície devagar. A julgar pelo formato do canto, havia um pedaço considerável de pira embaixo dele. Talvez o equivalente a quatro cobres.

O brilho da luz do sol em escamas prateadas cintilou lá no alto quando outros peixes desceram para se alimentar, e ergui os olhos, forçando a vista na luz forte. Na água turva no recife mais adiante, um corpo flutuava sob a superfície. Os restos de um dragador que tinha irritado alguém ou deixado uma dívida sem pagamento. Seus pés tinham sido acorrentados a uma pedra enorme coberta por cracas, jogado para que os animais do mar arrancassem a carne dos ossos. Não era a primeira vez que eu via aquela pena ser executada e, se não tomasse cuidado, sofreria o mesmo fim.

O resto do ar ardeu em meu peito, meus braços e pernas ficando gelados, e bati o cinzel mais uma vez. A crosta branca e áspera rachou, e eu sorri, deixando algumas bolhas escaparem da boca, quando um pedaço pontiagudo de rocha se soltou. Ergui a mão para tocar a pira vítrea e escarlate, espiando-me como um olho vermelho.

Quando minha visão começou a escurecer, tomei impulso na rocha, nadando rumo à superfície enquanto meus pulmões pediam ar. Os peixes se dispersaram como um arco-íris se despedaçando ao meu redor, e saí arfando da água. As nuvens estavam se esticando em fios finos no céu, mas o azul mais escuro no horizonte chamou minha atenção. Eu tinha notado o indício de uma tempestade no vento de manhã, e, se ela impedisse o *Marigold* de chegar às ilhas barreiras antes do nascer do sol, eu teria que guardar a pira por mais tempo do que era seguro. Eu não tinha muitos esconderijos, e, a cada dia que passava, mais olhos me observavam.

Boiei de costas, deixando o sol tocar o máximo possível de pele para me aquecer. Ele já estava descendo na direção da cordilheira inclinada que se erguia sobre Jeval, e eu levaria pelo menos mais seis ou sete mergulhos para soltar a pira. Precisava estar do outro lado do recife quando Koy voltasse para me buscar.

Se ele voltasse.

Dali a três ou quatro semanas, eu teria dinheiro suficiente para negociar uma travessia pelos Estreitos, encontrar Saint e obrigá-lo a cumprir sua promessa. Eu só tinha 14 anos quando ele me largou na ilha infame de ladrões, e passei todos os dias desde então juntando as moedinhas de que precisava para ir atrás dele. Depois de quatro anos, eu me perguntava se ele me reconheceria quando eu finalmente batesse à porta. Se lembrava do que me disse enquanto marcava meu braço com a ponta de sua faca com cabo de osso de baleia.

Mas meu pai não era o tipo que esquecia.

E eu também não.

DOIS

RAM CINCO REGRAS. APENAS CINCO.

Eu as recitava para meu pai desde que tinha idade suficiente para subir nos mastros com minha mãe. Sob a luz fraca das velas em seus aposentos no *Lark*, ele me observava, segurando a pena e o copo verde de uísque de centeio.

1. *Mantenha a faca ao seu alcance.*
2. *Nunca, jamais, deva nada a ninguém.*
3. *Nada é de graça.*
4. *Sempre construa uma mentira a partir de uma verdade.*
5. *Nunca, em hipótese alguma, revele o que ou quem é importante para você.*

Eu vivia de acordo com as regras de Saint desde o dia em que ele me abandonou em Jeval, e elas me mantiveram viva. Foi tudo o que me deixou quando velejou para longe, sem olhar para trás.

Um trovão ressoou no céu quando nos aproximamos da praia, o céu escurecendo e o ar acordando com o cheiro de uma tempestade. Examinei o horizonte, o contorno das ondas. O *Marigold* estaria a caminho, mas, dependendo da força da tempestade, não chegaria às ilhas barreiras na manhã seguinte. Se ele não chegasse, eu não teria como fazer a venda.

Koy desceu o olhar obscuro à rede de abalone no meu colo, onde a bolsa de pira estava escondida dentro de uma das conchas. Eu não era mais a menina idiota que já fora. Tinha aprendido rapidamente que amarrar a bolsa às ferramentas, como faziam os outros dragadores, era um convite para cortarem meu cinto. E não haveria nada que eu pudesse fazer. Eu não era páreo para eles fisicamente, por isso escondia as joias e moedas dentro de peixes estripados e abalones desde a última vez que me roubaram.

Tracei a cicatriz no pulso com a ponta do dedo, seguindo a veia como raízes de árvore pela parte interna do antebraço até o cotovelo. Por muito tempo, foi a única coisa que me manteve viva na ilha. Os jevaleses eram extremamente supersticiosos, e ninguém queria chegar perto da menina que tinha uma marca daquelas. Poucos dias depois que Saint me abandonou, um velho chamado Fret espalhou o boato nas docas de que eu tinha sido amaldiçoada por demônios marinhos.

O esquife desacelerou, e eu me levantei, pulando do barco com a rede pendurada no ombro. Sentia o olhar de Koy em mim, seu sussurro rouco e grave às minhas costas enquanto eu saía a passos difíceis dos baixios. Era cada um por si em Jeval, a menos que houvesse algo a ganhar com conspirações. E era exatamente isso que Koy estava fazendo: conspirando.

Caminhei ao longo da água na direção da encosta, de olho na falésia para ver se a sombra de alguém estava me seguindo. O mar ficou violeta com o crepúsculo, e os últimos raios ofegantes de luz dançaram sobre a superfície quando o sol desapareceu.

Meus dedos calejados encontraram as fendas nas rochas pretas que eu conhecia tão bem e escalei, subindo até os respingos de mar do outro lado atingirem meu rosto. A corda que eu tinha ancorado na borda desaparecia na água lá embaixo.

Tirei a concha de abalone rachada de dentro da rede e a coloquei dentro da camisa antes de me levantar, enchendo os pulmões de ar. Assim que a água subiu com o estrondo de uma onda, pulei da encosta para o mar. Estava ficando mais escuro a cada minuto, mas me segurei à corda e a segui nas sombras da floresta de algas, cujas folhas enormes e finas subiam do fundo do mar em lâminas grossas e ondulantes. De baixo, as folhas pareciam um terraço dourado, deixando a água verde.

Os peixes cercaram os caules enquanto eu descia a nado e os tubarões de recife os seguiam, caçando seu jantar. A angra era um dos poucos lugares em que me permitiam pescar, porque a água turbulenta dificultava a preservação das armadilhas de junco que os outros pescadores usavam. Mas a armadilha de cesto trançado que o navegador do meu pai tinha me ensinado a fazer suportava o bater das ondas. Enrolei a corda grossa no punho e puxei, mas ela não cedeu, presa pela pressão da corrente entre as rochas lá embaixo.

Pisei no cesto e me apoiei na pedra, tentando tirá-lo com os pés de onde estava semiencoberto pelo lodo grosso. Como não cedeu, desci, encaixei os dedos na tampa trançada e forcei até que estourasse, lançando-me contra o bloco de pedra áspero atrás de mim.

Uma perca escapou pela abertura antes que eu tivesse tempo de fechá-la, e soltei um palavrão, o som de minha voz perdido na água enquanto eu observava o peixe nadar para longe. Antes que a outra pudesse escapar, apertei a tampa quebrada no peito e envolvi a armadilha com um braço firme.

A corda me guiou de volta, e a segui até chegar à saliência irregular que se escondia nas sombras. Usei o cinzel para abrir a pedra que eu tinha grudado com alga, e ela caiu em minha mão, revelando um buraco escavado. Dentro dele, a pira coletada nas duas últimas semanas cintilava como vidro quebrado. Era um de meus únicos esconderijos na ilha que não tinham sido encontrados. Fazia anos que eu mergulhava armadilhas para peixe na angra, e quem me via mergulhar ali me via voltar com peixes. Se alguém achou que eu poderia estar guardando pedras preciosas ali também, não conseguiu encontrá-las.

Depois de encher a bolsa em meu cinto de pira, reposicionei a pedra. Os músculos das minhas pernas já estavam queimando, cansados de horas de mergulho, e usei o restante da força para voltar à superfície. Uma onda se quebrou quando inspirei o ar da noite, e nadei para sair do afloramento antes que ele pudesse me puxar de volta.

Ergui o peso do corpo com o braço e me deitei de costas na areia, recuperando o fôlego. As estrelas já estavam brilhando no céu, mas a tempestade se aproximava de Jeval rapidamente e, pelo cheiro do vento, sabia que seria uma noite longa. Os ventos ameaçariam meu casebre nas falésias, mas eu não poderia dormir em nenhum outro lugar quando estava com pira e moedas. Meu acampamento já tinha sido revirado enquanto eu dormia, e eu não correria esse risco.

Enfiei na camisa o peixe que se debatia e pendurei a armadilha quebrada no ombro. A escuridão caiu sobre as árvores e encontrei o caminho ao luar, seguindo a trilha até ela se curvar na direção do rochedo e entrei na inclinação da trilha mais íngreme. Quando o terreno terminou abruptamente diante de uma face lisa de rocha, encaixei as mãos e os pés nos suportes que eu tinha esculpido e escalei. Ao passar a perna pelo topo, tomei impulso para subir e olhei para a trilha atrás de mim.

Estava vazia, as árvores balançando tranquilamente sob a brisa e a luz refletida na areia fria. Corri o resto do caminho até o penhasco no fim do terreno plano, acima da praia. O costão dava para as ilhas barreiras, invisíveis no escuro, mas eu distinguia o brilho de algumas lanternas balançando nos mastros de navios ancorados. Eu passava todas as minhas manhãs ali antigamente, esperando o navio de meu pai voltar, embora ele tivesse dito que não voltaria.

Demorei dois anos para acreditar nele.

Deixei a armadilha ao lado da fogueira e desafivelei o cinto pesado. O vento foi ficando mais forte enquanto eu abraçava o tronco de árvore grosso que pairava sobre a falésia e subia, trepidante. Saí do chão e olhei para a costa que ficava a mais de trinta metros abaixo de mim. As ondas da noite jogavam espuma branca na areia. Os dragadores eram pesados demais para subir na árvore fina sem que os galhos se partissem e os jogasse à morte lá embaixo. Eu mesma quase tinha caído uma ou duas vezes.

Ao chegar bem perto, ergui a mão para a cavidade onde dois galhos inchados se encontravam. Meus dedos encontraram a bolsa e puxei o braço para trás, jogando-a no chão antes de descer.

Acendi a fogueira e espetei o peixe, acomodando-me em um sulco confortável nas rochas com vista para a trilha. Se alguém viesse xeretar, eu os veria antes que me vissem. Eu só precisava sobreviver até a manhã.

As moedas tilintaram quando chacoalhei a bolsa e as virei na areia fofa. As faces brilhavam sob o luar enquanto eu as contava, colocando-as em pilhas organizadas diante de mim.

Quarenta e dois cobres. Depois do que eu teria que gastar com esquifes, precisava de mais dezoito para regatear uma passagem com West. Tinha até separado um pouquinho para me manter alimentada e abrigada até rastrear Saint. Eu me deitei no chão e pendurei as pernas sobre a beira da falésia, olhando para a lua lá no céu enquanto o peixe estalava no fogo. Era uma crescente perfeita, branca como leite, e eu inspirei o ar salgado com cheiro de cipreste que só havia em Jeval.

Em minha primeira noite na ilha, eu tinha dormido na praia, com medo de subir até as árvores onde barracas estavam armadas ao redor de fogueiras acesas. Acordei com um homem rasgando meu casaco, revistando meus bolsos em busca de moedas. Como não encontrou nada, ele me largou na areia fria e saiu andando. Levei dias para entender que, toda vez que eu pescasse nos baixios, alguém estaria esperando na praia para tirar de mim o que eu fisgasse. Comi algas por quase um mês até encontrar lugares seguros onde pescar. Depois de quase um ano, finalmente juntei moedas suficientes lavando os peixes dos outros e vendendo corda de palma para comprar as ferramentas de dragagem de Fret, que já estava velho demais para mergulhar.

As ondas bateram furiosamente lá embaixo enquanto os ventos de tempestade sopravam e, por apenas um momento, eu me perguntei se sentiria saudade dali. Se havia algo em Jeval que tinha se tornado parte de mim. Eu me sentei, contemplando a ilha coberta pela noite, onde as copas de árvores se moviam na escuridão como água agitada. Se não tivesse sido minha prisão, eu poderia até achar bonito. Mas aqui nunca foi o meu lugar.

Poderia ter sido. Eu poderia ter me tornado um deles, trabalhando para abrir meu próprio pequeno comércio de pedras preciosas nas ilhas barreiras, como tantos outros. Mas, se eu fosse uma dragadora jevalesa, não seria mais a filha de Saint. E talvez nem isso eu fosse mais.

Ainda me lembrava do zumbido no coração do casco e do ranger da rede. Do cheiro do cachimbo do meu pai e do som de botas no convés. Meu lugar não era em terra firme, nem nas docas, nem nas cidades que se estendiam ao longo dos Estreitos. Meu lugar não existia mais.

A quilômetros de distância, onde o luar tocava a linha preta do horizonte, o *Lark* estava sob as águas do Laço de Tempestades. E, aonde quer que eu fosse, eu nunca estaria em casa. Porque minha casa era um navio no fundo do mar, no qual jaziam os ossos da minha mãe.

TRÊS

EU ESTAVA EM CIMA DA FALÉSIA QUANDO O SOL NASCEU, observando o *Marigold* lá embaixo na água. Eles haviam chegado de madrugada, apesar da tempestade violenta que havia atingido o mar Inominado. Fiquei acordada a noite toda, encarando a fogueira até a chuva apagar as chamas. Meu corpo todo doía pela necessidade de sono depois de três dias de mergulho.

Mas West não gostava de esperar.

Já havia hordas de dragadores à beira da água quando cheguei à praia. Eu tinha sido esperta ao pagar a Speck por uma vaga no esquife com um mês de antecedência. Ele estava deitado na areia, de mãos entrelaçadas atrás da cabeça, e chapéu cobrindo o rosto. Quem tinha um barco em Jeval não precisava mergulhar nem comerciar, porque era visado por todos os dragadores da ilha. Ter um esquife era como ter um pote de cobre que nunca se esvaziava, e ninguém merecia menos uma sorte daquelas do que Speck.

Ao me ver chegando, ele se levantou com um salto e abriu um sorriso largo de dentes podres.

— Dia, Fay!

Ergui o queixo em sinal de cumprimento, joguei a bolsa no esquife e subi pela lateral. Ninguém se deu ao trabalho de abrir espaço para eu me sentar, então fiquei em pé na proa com o braço enganchado no mastro e a mão fechada sobre a bolsa de pira dentro da camisa. O barco de Koy já estava desaparecendo ao redor das ilhas barreiras à frente, tão cheio que pernas e pés resvalavam na água dos dois lados.

— Fable.

Speck me abriu um sorriso suplicante, e o fulminei com os olhos quando entendi o que ele estava esperando.

Soltei a vela, deixando que ela se desenrolasse enquanto ele nos empurrava para sair. Os dragadores pediam coisas de mim que nunca pediriam uns dos outros. Esperavam que eu agradecesse por não terem me afogado quando eu não passava de uma criança magricela nos baixios, mas a verdade era que eles nunca tinham feito nada por mim. Nunca me alimentaram quando implorei por restos nem me ofereceram abrigo durante as tempestades. Eu tinha trabalhado por toda e qualquer porção de comida ou pedaço de pira e, algumas vezes, quase morrido para conseguir. Mesmo assim, achavam que eu estava em dívida com eles por ainda respirar.

O vento soprou e cortamos a água tranquila da manhã como uma faca quente no sebo. Eu não gostava daquela calmaria, da superfície que brilhava como vidro recém-temperado. Era perturbador ver o mar adormecido quando eu tinha visto como ele era capaz de ser sanguinário.

— Tão dizendo por aí que cê encontrou uma nova mina de pira, Fay — disse Speck, com a voz rouca, soltando o leme e vindo ficar ao meu lado, perto do mastro.

Seu hálito fedia a uísque de centeio caseiro, e virei o rosto para o vento, ignorando-o. Quando senti os olhares dos outros sobre mim, apertei a bolsa com o punho.

Speck ergueu a mão no ar entre nós, a palma aberta diante de mim.

— Num falei por mal.

— Claro — murmurei.

Ele se aproximou mais um pouco, baixando a voz.

— Mas tem boatos, cê sabe.

Voltei o olhar para ele e o examinei, tentando ver o que havia por trás de suas palavras.

— Que boatos?

Speck olhou de relance para trás, e a trança de cabelo prateado escapou de onde estava enfiada dentro da camisa.

— Boatos de onde cê anda guardando todo aquele cobre.

O dragador sentado à minha direita se ajeitou, erguendo a orelha para escutar.

— Se eu fosse você, ficaria longe desses boatos, Speck.

Joguei os ombros para trás, recostando-me no mastro. O segredo para lidar com os dragadores era agir como se não tivesse medo, mesmo que estivesse tão apavorada que precisasse engolir o próprio vômito. Speck era inofensivo, mas era um dos poucos da ilha com quem eu não me preocupava.

Ele respondeu com um aceno rápido.

— Claro que fico. Só achei que cê devia saber.

— Só achou que tiraria mais cobre de mim, você quer dizer — retruquei.

Ele abriu outro sorriso antes de baixar a cabeça e dar de ombros.

— Você já cobra caro demais. Não estou pagando por fofoca também.

Virei as costas para ele, deixando claro que não queria mais falar daquilo. Faltavam pelo menos três semanas até eu juntar cobre suficiente para comprar a passagem, mas, se os dragadores realmente andavam falando disso, não teria tanto tempo.

Speck ficou em silêncio, restando apenas o som do casco cortando a água e o assobio do vento. As velas brancas estriadas do *Marigold* surgiram quando demos a volta pelas ilhas barreiras, ancorado depois do afloramento da subida mais distante, e Speck foi diminuindo a velocidade do esquife. Dava para ver os ombros quadrados de West na outra ponta das docas enquanto ele contemplava a água, uma silhueta preta diante do sol nascente.

Ergui a mão no ar, abrindo os dedos contra o vento e, assim que me viu, ele desapareceu na multidão.

Speck afrouxou a vela quando nos aproximamos da doca e, antes que ele tivesse a chance de pedir, enrolei a corda nos braços e lancei a linha. O laço se encaixou em uma das estacas no canto da doca, e pulei do convés para a lateral, agachando-me na beirada e nos puxando para perto, uma mão sobre a outra. As cordas úmidas rangeram enquanto se esticavam, e a batida oca da ginga contra o barco fez Fret erguer os olhos, sentado em seu banquinho.

Uma caixa de palha trançada estava entre seus pés, cheia de conchas raras que havia coletado nos baixios. Ele tinha perdido a capacidade de dragar havia muito tempo, mas ainda negociava toda semana nas ilhas barreiras, vendendo coisas que ninguém mais parecia encontrar. Ele foi o primeiro a dizer que eu tinha sido marcada por demônios marinhos e me vendeu seu cinto de dragagem, obrigando-me a quebrar as regras do meu pai. Porque, enquanto eu vivesse, deveria minha vida a Fret pelas duas coisas.

— Fable.

Ele me abriu um sorriso enviesado enquanto eu subia na doca.

— Oi, Fret.

Toquei seu ombro esquelético ao passar, olhando para trás dele, onde West esperava diante do *Marigold* ao longe.

Dragadores estavam reunidos ao longo da passarela estreita de madeira sob a luz pálida da manhã, negociando com vendedores e brigando por cobre. Jeval era conhecida pela pira nos recifes e, embora não fosse a mais preciosa das pedras, era encontrada em poucos lugares.

Não era apenas pela pira que os negociantes vinham. Jeval era o único pedaço de terra entre os Estreitos e o mar Inominado, e muitos navios paravam para comprar provisões simples no meio da viagem. Os jevaleses carregavam cestas de ovos de galinha, linhas de pesca e cordames de um lado a outro da doca, anunciando para as tripulações que observavam de trás das amuradas de seus navios.

Gritos soaram à frente enquanto eu passava trombando por um grupo de homens aglomerados, e desviei para o lado quando alguém deu um soco. Uma briga começou, empurrando-me para a beira da doca, e um barril aberto de folhas de verbasco rolou para dentro da água, quase me levando junto. Dois homens pularam atrás dele, e esperei a briga dos dragadores ser apartada para passar.

Como se pressentisse minha aproximação, West se virou assim que dei a volta pelo grupo. De cabelo ondulado e queimado de sol preso atrás da orelha e braços cruzados, me fitou de cima a baixo com os olhos verdes.

— Você está atrasada.

Ele me observou puxar a barra da camisa do cinto e desamarrar a bolsa. Olhei para o horizonte atrás dele, onde a borda inferior do sol já pairava acima da água.

— Foram só alguns minutos — murmurei.

Ele deu um passo à frente enquanto eu esvaziava a bolsa e seis pedaços bulbosos de pira envoltos por crostas brancas rolaram para minha mão aberta.

Ele tirou a lupa do meu cinto e a encaixou no olho antes de se inclinar para a frente, pegando os pedaços com cuidado e os segurando contra a alvorada para que a luz atravessasse as pedras preciosas vermelhas. Elas não estavam limpas da couraça, mas eram bons pedaços. Melhores do que qualquer coisa que os dragadores atrás de mim estavam vendendo.

— Parece que vocês deram com aquela tempestade — falei.

Observei o piche fresco secando no casco de *Marigold*, onde uma pequena rachadura marcava a madeira abaixo da amurada a estibordo.

Ele não respondeu, virando os pedaços para os examinar de novo.

Aquela não era a única parte do navio que tinha apanhado. No alto do mastro principal, uma menina estava sentada em um sling, consertando as tiras de couro que prendiam as velas.

Quando eu era criança, ficava deitada de costas no convés principal, observando minha mãe subir nos mastros do *Lark*, a trança ruiva escura balançando como uma cobra e a pele bronzeada pelo sol em contraste com a lona branca cristalina. Pisquei para limpar a memória da visão antes que a dor despertasse em meu peito.

West deixou a lupa cair na mão.

— Você anda tendo muito mais para vender ultimamente.

— Maré de sorte.

Encaixei os polegares no cinto, esperando.

Ele ergueu a mão, coçando a barba loira por fazer em seu queixo, como sempre fazia quando estava pensando.

— Sorte normalmente traz encrenca — disse. Quando finalmente ergueu a cabeça, estreitou olhos para mim. — Seis cobres.

Ele levou a mão à bolsa em seu cinto.

— Seis? — Ergui uma sobrancelha, apontando para o maior pedaço de pira na mão dele. — Só esse vale três cobres, fácil.

Ele olhou para trás de mim, indicando a doca de dragadores e mercadores.

— Eu não levaria mais de seis cobres de volta à ilha com você. — Ele tirou as moedas da bolsa. — Te dou o resto da próxima vez.

Rangi os dentes e cerrei os punhos ao lado do corpo. Fingir que ele estava me fazendo um favor ao pagar apenas parte da venda fazia meu sangue ferver sob a pele. Não era assim que aquele mundo funcionava.

— Sei me virar sozinha. *Dez* cobres ou você pode encontrar outra pessoa com quem negociar.

Tirei a lupa de seus dedos e ergui à minha frente a outra mão aberta. Ele me daria os cobres porque não comprava pira de ninguém mais em Jeval. Só de mim. Fazia dois anos que não comprava sequer um pedaço dos outros dragadores.

Ele cerrou o maxilar e fechou a mão sobre as pedras até os dedos ficarem brancos. Murmurou algo que não consegui ouvir enquanto levava a mão ao bolso do colete.

— Você deveria vender menos por vez — falou em voz bem baixa enquanto contava os cobres.

Ele estava certo. Eu sabia que estava. Mas era mais perigoso ter um estoque de pira *e* cobre na ilha. Moedas eram menores, mais fáceis de esconder, e eu preferia ter apenas uma coisa que os outros queriam.

— Sei o que estou fazendo — respondi, tentando soar como se fosse verdade.

— Se você não aparecer aqui na próxima vez, vou saber o porquê.

Ele esperou até eu erguer os olhos. Os longos dias no convés do navio tinham pintado sua pele de um tom marrom-claro, deixando seus olhos como a jadeíta que minha mãe me mandava polir depois dos mergulhos.

Ele colocou as moedas em minha mão e dei meia-volta, enfiando-as na bolsa antes de a colocar de volta dentro da camisa. Entrei na multidão de jevaleses, engolida pelos corpos fétidos, e um nó se apertou em minha garganta. O peso de cobre na bolsa me deixava apreensiva, as palavras de West caindo como uma pedra pesada no fundo de minha mente. Talvez ele estivesse certo. Talvez...

Dei meia-volta, ficando na ponta dos pés para enxergar sobre os ombros dos dragadores entre mim e o *Marigold*. Mas West já tinha partido.

QUATRO

KOY ESTAVA ESPERANDO NO BARCO QUANDO COLOQUEI OS pés na praia.

O vento soprava seu cabelo escuro para trás enquanto ele olhava para as ondas encrespadas na praia. Na primeira vez que eu vira Koy, ele estava nadando da costa na minha direção para me expulsar de um banco de areia em que eu estava pescando. Ele não tinha tirado os olhos de mim desde então.

— Onde estão os outros? — perguntei, atirando um cobre no ar e jogando o cinto dentro do esquife.

Ele o apanhou, colocando-o dentro da bolsa do mastro.

— Ainda negociando com os mercadores.

Subimos no esquife, que flutuou para fora dos baixios enquanto Koy afrouxava as cordas.

O vento soprou a vela com força assim que ela se abriu, fazendo o barco adernar antes de avançar para longe da costa. Apertei o cinto quando Koy me olhou de relance, baixando o olhar para minhas ferramentas. Ele já havia me roubado, embora eu nunca o tivesse flagrado. Eu tinha precisado trocar de esconderijos várias vezes, mas alguém sempre parecia encontrá-los. Os dragadores eram brutos e rústicos, mas não eram burros, muito menos Koy. E ele tinha mais bocas para alimentar do que a maioria.

A avó e os dois irmãos dependiam dele, e isso o tornava mais perigoso do que quase qualquer pessoa da ilha. Ser responsável por outras pessoas era a maior maldição em Jeval, no mar, até mesmo nos Estreitos. A única segurança que existia era estar completamente sozinho. Foi uma das primeiríssimas coisas que Saint me ensinou.

Nas ilhas barreiras, o *Marigold* ainda descansava contra o pano de fundo escuro de outra tempestade que se formava ao longe. Parecia pior do que a primeira, mas, a julgar pelo vento e pelas nuvens, acabaria antes de nos atingir. Mesmo assim, o *Marigold* provavelmente ficaria atracado até a manhã por segurança.

— O que você vai fazer com todo aquele cobre, Fable? — perguntou Koy, desamarrando a corda.

Observei a corda se enrolar ao redor da pele calejada que cobria sua mão.

— Que cobre?

Ele pareceu achar graça, um pouco dos dentes aparecendo por entre seus lábios.

— Sei que você anda vendendo toda aquela pira que está encontrando. Mas não consigo entender o que você pretende fazer com o dinheiro. Comprar um barco? Começar uma operação com os mercadores?

— Não tenho encontrado tanta pira. — Dei de ombros, torcendo uma mecha de cabelo ao redor do dedo. Os fios eram da cor de cobre manchado sob a luz do sol. — Não mais do que o normal.

Ele sorriu, recostando-se na proa de modo que seu cotovelo ficasse pendurado pela lateral do barco.

— Sabe por que nunca gostei de você?

Retribuí seu sorriso.

— Por quê?

— Não é que você é mentirosa. Todos nesta ilha são. Meu problema com você, Fable, é que você mente bem.

— Bom, eu sempre gostei de você, Koy.

Ele riu enquanto puxava a vela e o barco diminuía a velocidade.

— Viu? Quase acreditei em você.

Pisei na lateral do barco e mergulhei, caindo na água fria e me permitindo flutuar de volta à tona. Quando voltei à superfície, Koy já estava deixando uma esteira atrás de si, rumando para o recife sul. Como ele não olhou para trás, nadei na direção oposta em ritmo lento, tentando poupar minha força. Meus músculos e ossos estavam rígidos e fracos, mas o repouso não chegaria tão cedo. Não com os dragadores prestando tanta atenção. A única coisa que eu poderia fazer era arranjar o resto de cobre de que precisava o mais rápido possível para deixar esse lugar para trás.

Avistei a gorgônia amarela e apertei o cinto antes de começar a treinar os pulmões, inspirando e expirando no ritmo que tinha memorizado. Quando a pontada abrupta despertou entre minhas costelas, mergulhei, batendo as pernas na direção do fundo do mar e fazendo os peixes nadarem em um turbilhão de escamas cintilantes ao meu redor. Não perdi tempo para descer à fenda. O zumbido baixo da pira dançou pela minha pele enquanto eu tirava as ferramentas do cinto e começava a trabalhar, batendo o macete o mais forte possível e descendo por uma linha nova de rocha. A maior parte era apenas coral e basalto, mas a superfície lisa de um pedaço de pira apareceu meio metro abaixo. Não era um pedaço grande, então se soltaria com mais facilidade, mas eu poderia levar a tarde toda para encontrar mais. Estiquei o braço para trás e me apoiei no recife enquanto voltava a erguer o macete. Atingi o cinzel com precisão e o silvo ressoou embaixo d'água quando uma pequena lasca se rompeu.

Minha mão escorregou e bateu na borda afiada quando uma sombra se moveu acima de mim, lançando-me na escuridão. Levei um sobressalto, deixando o macete cair, e meu coração bateu mais forte, o ar em meus pulmões diminuindo. Girei, pressionando-me sob a saliência de rocha e apertando o cinzel com a mão gelada. Um grupo de tubarões-baleias estava nadando sobre a crista, passando pelos raios de luz do sol que atravessavam a superfície. Soltei uma série de bolhas em um riso aliviado, o aperto dolorido no peito diminuindo um pouquinho. Mas eu precisava de ar.

Empurrei a rocha para tomar impulso, subindo entre dois tubarões, e estiquei o braço para passar a mão ao longo de sua pele lisa e manchada. Suas caudas passaram por mim, e sorri, batendo os pés na direção do círculo de luz do sol que tremeluzia no alto.

Mas, assim que cheguei à superfície, algo pegou meu braço, puxando-me de volta para baixo antes que eu conseguisse respirar. Gritei embaixo d'água, deixando o resto do ar escapar enquanto me debatia para me virar.

Na nuvem de peixes rodopiando embaixo d'água estava o rosto de Koy olhando para mim, suas mãos apertando meu punho com força. Bati as pernas, acertando seu ombro com o calcanhar, e seus dedos me soltaram. Nadei o mais rápido possível na direção da luz, sentindo a escuridão tomar conta da mente e, quando finalmente cheguei à superfície, tossi, meus pulmões se retorcendo violentamente no peito. O esquife estava flutuando mais adiante no recife, depois de uma crista de rocha, de modo que eu não conseguia ver de baixo.

Ele tinha me seguido.

Koy subiu na respiração seguinte, lançando-se em minha direção. Tentei escapar a nado, mas ele agarrou meu cabelo e me arrastou de volta.

— Cadê?! — gritou ele, apertando com mais força. — Me diga onde está!

Girei, lançando o cotovelo para trás com força, e o acertei no rosto. Ele soltou meu cabelo, e nadei na direção do barco. Koy veio atrás, cortando a água mais rápido do que eu conseguia. Quando cheguei ao casco, ele havia apanhado meu pé. Segurei a borda da popa e me puxei apesar do peso dele, tentando entrar. Ele deu um puxão mais forte com um grunhido, e eu escorreguei, acertando o rosto na lateral com tanta força que luz explodiu em minha cabeça.

Encontrei a borda com os dedos outra vez antes de me puxar de volta para cima e esticar o braço para dentro, procurando a ginga freneticamente. Quando a peguei, joguei o braço para trás, acertando Koy na cabeça com a parte plana.

Ele ficou imóvel de repente, voltando a cair dentro da água, e subi para o casco, tossindo. Os olhos de Koy se reviraram para trás enquanto ele afundava, um fio de sangue vermelho-escuro descendo da testa. Soltei as cordas com as mãos atrapalhadas, mas, quando levei a mão à vela, paralisei, prendendo a respiração.

Eu ainda o via, afundando no azul-escuro, logo abaixo da superfície.

— Desgraçado — resmunguei, soltando o remo e voltando a mergulhar.

Passei as mãos embaixo dos braços dele quando o alcancei, puxando-o para trás. Resisti a seu peso, quase virando o barco enquanto erguia seu corpo inerte. Quando ele estava com a parte superior toda para dentro, puxei suas pernas, uma de cada vez, e ele rolou para dentro do casco.

Com todos os músculos tensos, o restante de minha força se esgotou dos ossos, e vomitei, botando para fora a água do mar que havia engolido. Queimava. Parei diante de Koy, as mãos tremendo. O fio constante de sangue ainda escorria, e torci para que não estivesse respirando. Torci para que ele estivesse morto.

Mas eu nunca havia tido tanta sorte.

Chutei com força, gritando, antes de me recostar no convés ao lado dele, tentando recuperar o fôlego. Cuspi um bocado de sangue da boca arrebentada na água, olhando para trás, para a ilha. Meu lábio estava aberto e minha bochecha, inchada, mas eu estava viva. Não poderia pedir mais do que isso.

Eu deveria tê-lo largado lá. Deveria ter deixado ele se afogar na escuridão. Por que não fiz isso?

Você não foi feita para este mundo, Fable.

Praguejei, fechando bem os olhos enquanto as palavras de Saint ecoavam em minha cabeça dolorida. Ele dizia o mesmo da minha mãe.

Peguei a ginga, que flutuava na água, e me levantei, puxando a vela com os braços fracos. A linha estava pesada em minhas mãos enquanto eu puxava e, quando o vento soprou as velas, uma única lágrima quente escorreu por minha bochecha.

Eu não tinha três semanas. Não tinha nem três dias.

Acima da colina torta das ilhas barreiras, as velas do *Marigold* ainda estavam enroladas para se proteger do vento da tempestade que soprava.

Se eu sobrevivesse até o pôr do sol, teria uma oportunidade de sair de Jeval. E eu a aproveitaria.

CINCO

POR ALGUM GOLPE DO DESTINO, A PRAIA ESTAVA QUASE vazia quando puxei o esquife para a areia. Talvez Koy estivesse falando a verdade ao dizer que os dragadores ainda estavam negociando com os mercadores nas docas. Ou talvez estivessem todos se preparando para a tempestade que se aproximava. Fosse o que fosse, havia poucas pessoas para notar que eu tinha voltado do recife.

Lancei as redes emaranhadas sobre o corpo inerte de Koy e peguei meu cinto, saltando pela lateral e caindo na água. A primeira pergunta que qualquer um que me visse faria era o que eu estava fazendo sozinha no barco de Koy. A segunda seria onde Koy estava.

Joguei a ginga para dentro e andei pé ante pé, pegando o caminho de sempre até a angra onde mantinha minhas armadilhas de peixe ancoradas. O sol estava começando a descer no céu, o vento ficando mais forte. A tripulação do *Marigold* estaria se preparando para zarpar assim que a tempestade passasse.

Um dragador com os braços cheios de cestas vazias me observou enquanto eu passava por ele, e ergui a mão para tocar o lábio com a ponta do dedo. Não havia como saber se minha cara estava muito ruim e não tinha como escondê-la. Assim que alguém encontrasse Koy, juntaria dois com dois.

Encontrei a trilha e virei para o sul, na direção do trecho mais longo de areia. Assim que o sol descesse abaixo da cordilheira, a praia ficaria coberta pelas sombras. Subi a trilha para as falésias, olhando para trás de tantos em tantos passos. Mas perdi o fôlego e parei de repente quando dei a volta pelas rochas.

Meu acampamento tinha sido saqueado, e as poucas coisas valiosas ou úteis que eu tinha não estavam mais lá. Todo o resto estava despedaçado pela areia.

Koy vinha, *sim*, conspirando. Ele tinha me levado no esquife vazio para descobrir minha mina enquanto seus amigos reviravam meu acampamento em busca de moedas e pira. Mas ele não contava que eu voltaria viva para a ilha. E, quer ele acordasse no barco, quer não, alguém enfiaria uma faca em minhas entranhas antes que a tempestade atingisse a praia.

Voltei os olhos para a árvore ao longe, meu coração vacilando.

— Por favor, por favor, *por favor*...

Corri até lá, saltando da beira da falésia para apanhar o galho mais grosso e balançar meu corpo para cima. Passei a mão freneticamente pela casca, buscando a cavidade, e um grito escapou de minha garganta quando meus dedos apanharam a bolsa. Eu a abracei com força. Eles não a tinham encontrado.

Sequei os olhos com o dorso da mão, tremendo enquanto a imagem do corpo flutuando acima do recife voltava à minha mente. Se eu não me apressasse, acabaria com os pés amarrados ao coral, a água salgada fria enchendo meus pulmões. Pulei nas rochas e rasguei uma faixa comprida da barra da camisa, que enrolei com firmeza ao redor da bolsa de moedas em minha mão. Amarrei a ponta com os dentes. Se alguém a quisesse tirar de mim, teria que a arrancar do meu cadáver.

Lá embaixo, barcos cheios de dragadores estavam voltando das ilhas barreiras. Quase todos estavam de rosto voltado para o horizonte, onde nuvens escuras engoliam a lua nascente. Passei os olhos pela margem da água em busca do esquife de Koy e, quando o encontrei, meu sangue gelou, minha pele arrepiada. O barco estava lá, puxado para a areia, onde eu o havia deixado. Mas Koy havia desaparecido.

Voltei os olhos para a trilha escura. Eu não poderia ir por aquele caminho. Não sem encontrar alguém que estivesse procurando por mim.

Em vez disso, eu me virei a favor do vento e subi, correndo sobre pedras soltas entre colinas rochosas no labirinto de leitos fluviais secos. Mantive a mão na parede, os pés descalços sofrendo para encontrar uma base estável sob a luz fraca. O único caminho para descer era pela trilha em zigue-zague na encosta, mas a última vez que eu tinha pegado aquele caminho tinha sido dois anos antes, quando caí e quebrei a perna. Eu quase morrera de fome, sem conseguir arranjar comida nem lenha para a fogueira naquelas duas primeiras semanas.

No momento, cair morta parecia melhor do que o que Koy faria quando me encontrasse.

Mordi o lábio inferior quando as paredes se abriram, o vento entrando na caverna ao redor de mim. Não hesitei, pisando na trilha estreita sem respirar. Um vento quente subiu da água, empurrando-me contra a pedra, e tentei manter os olhos no chão, um braço pairando sobre o penhasco.

Meu pé descalço pisou em algo afiado enquanto eu descia devagar pela parede, e me encolhi com um silvo de dor. Uma gota de sangue pingou na pedra lá embaixo, e apressei o passo, sem esperar chegar lá embaixo para pular na areia. Caí com tudo, rolando de lado antes de me levantar com dificuldade e sair mancando na direção da praia.

A linha de barcos ao longe estava ancorada para a noite. Senti o cheiro da pele crocante de peixe assado e fumaça de fogueira vindo das árvores, o que indicava que a maioria dos dragadores estava ocupada preparando seus jantares. Exceto um.

Speck estava caído de costas, já embriagado com o uísque de centeio que havia comprado com as moedas do dia. A água subia por seus pés descalços, e ele estava de boca aberta, um ronco áspero arranhando a garganta. Dei um chutinho nele e esperei, mas ele só soltou um som gorgolejante e rolou de lado, a cara enfiada na areia.

— Desculpa, Speck — sussurrei, saltando por cima dele.

Não era sincero. Enquanto eu mal sobrevivi nos últimos quatro anos, ele bebeu tanto uísque de centeio que daria para me alimentar pelo resto da vida. E era minha única forma de sair da praia.

Entrei na água sem fazer barulho, colocando meu cinto de dragagem dentro do barco antes de subir e levantar a pequena âncora, meu coração acelerado.

— Fable! — uma voz áspera ecoou sob a luz fraca.

Voltei a cabeça na direção das árvores, corando de calor. Puxei a âncora para o convés e desatei a vela.

— Fable!

Meu nome cortou o silêncio de novo, erguendo-se sobre o som da água.

O esquife flutuou devagar enquanto eu pegava as gingas. Eu teria que remar até o vento soprar a vela, mas não tinha tempo. Na praia, um vulto saiu de entre as árvores.

Koy.

Assim que seus olhos me encontraram, ele desceu a colina correndo, levantando areia atrás de si. Sangue escuro escorria da lateral do rosto e do pescoço, espalhando-se pelo peito nu como uma mão aberta.

Mergulhei as gingas na água e puxei com um grunhido. Acima de mim, a lona da vela mal esvoaçava. Eu não estava avançando rápido o bastante. Meu coração tropeçou em um ritmo desordenado quando o barco de Koy entrou na água atrás de mim.

— Vamos! — gritei, desejando que o vento viesse. — Vamos!

A vela estalou, curvando-se quando o vento a encheu, e o sopro balançou o convés enquanto o barco guinava para a frente, me derrubando. Rastejei de volta à popa, pegando a cana do leme. Atrás de mim, o esquife de Koy estava se virando. As ilhas barreira eram pouco visíveis, mas, atrás de mim, Jeval era iluminada pelos últimos momentos de um pôr do sol âmbar incandescente. E Koy estava chegando perto.

Foi idiotice minha não o deixar na água. Foi idiotice minha subir sozinha com ele naquele barco. Foi culpa minha ele ter conseguido me pegar de surpresa no recife. E, se ele me pegasse antes que eu chegasse ao *Marigold*, não poderia culpar ninguém além de mim mesma.

Você não foi feita para este mundo, Fable. Quer provar que estou errado? Saia sozinha desta ilha.

— Cala a boca — falei com a voz rouca, as lágrimas ardendo nos olhos enquanto o rosto de Saint surgia como um fantasma diante de mim.

Se eu tivesse chegado tão longe para morrer na praia, estaria provando que ele estava certo. Cem vezes certo.

Não diminuí a velocidade quando me aproximei das docas. Subi na lateral e cruzei os braços, pulando na água escura com o cinto e a bolsa. Quando voltei à superfície, o barco de Speck colidiu com a estaca, a madeira bruta se ralando e partindo enquanto eu nadava na direção da escada. Eu me puxei pelos degraus e desatei a correr no instante em que meus pés tocaram nas tábuas de madeira.

— West! — gritei o nome no escuro quando o *Marigold* surgiu em meu campo de visão.

Os navios flutuavam em silêncio nas baías, as lanternas bruxuleando nos conveses vazios. Atrás de mim, os passos de Koy ecoavam na doca. Mais rápidos do que os meus.

— West!

Uma silhueta surgiu a estibordo do *Marigold*, e uma lanterna se ergueu para iluminar o rosto de uma menina — a mesma que eu tinha visto no alto dos mastros naquela manhã.

— Fable! — grunhiu Koy atrás de mim, sua voz como trovão.

A menina me fitou de cima a baixo sem dizer uma palavra quando eu parei, derrapando, ao lado do navio.

— Por favor! — gritei, tentando alcançar a escada estivada.

Seus olhos se voltaram para trás de mim, na direção de Koy. Ela hesitou antes de finalmente puxar as cordas, e a escada se desenrolou, batendo no casco. Saltei para a alcançar, pulando sobre a água e batendo com o ombro na lateral do barco.

Koy parou na doca, tentando pegar minhas pernas, e chutei para trás enquanto subia pelas cordas com as mãos trêmulas até passar sobre a amurada. Caí com tudo no convés, pousando de costas e tomando fôlego.

A menina parou diante de mim, a lanterna ainda balançando na mão.

— O que é que você está fazendo?

West surgiu atrás dela de repente, o rosto quase invisível na escuridão. Ele esticou a mão, alcançou meu braço e me puxou para ficar em pé.

Levei a mão à faca, abrindo a boca para falar, mas, na inspiração seguinte, a ponta fria e afiada de uma lâmina estava pressionada na pele macia abaixo de meu maxilar. A menina surgiu ao meu lado no mesmo instante, com uma adaga ornamentada em punho.

Ergui as mãos diante de mim, e fiquei imóvel enquanto outros vultos saíram do convés atrás de West. O olhar furioso dele estava fixado em mim.

— Fable! — O brado rouco de Koy soou de novo lá embaixo, mas West não cedeu, seu olhar não vacilou.

— Quarenta cobres para me levar para os Estreitos.

Ergui a mão entre nós, onde a bolsa pesada ainda estava amarrada no meu punho.

West se enrijeceu, uma tempestade de pensamentos iluminando seus olhos antes de ele pegar meu braço de novo e me empurrar para trás.

— Saia do meu navio.

Mordi o lábio com força, a ardência de lágrimas voltando a queimar meus olhos. Eu teria que dar tudo a ele.

— Cinquenta e dois cobres e dois bons pedaços de pira pela passagem — insisti, ofegante. — Por favor.

— Somos mercadores. Não vendemos passagem — disse West, cerrando os punhos ao lado do corpo.

Era mentira e nós dois sabíamos disso. Mercadores viviam vendendo passagens.

Os olhos de West desceram para meu lábio rachado, e vi ele cerrar o maxilar. Eu ainda sentia o sangue seco repuxando a pele do rosto.

— No que você se meteu?

Ele olhou por sobre a amurada para Koy, que estava andando de um lado para o outro da doca, esperando por mim.

Levei a mão atrás do corpo devagar, tirando a faca do cinto. Em um único movimento, passei a faca entre a palma da minha mão e a bolsa, soltando-a antes de a empurrar contra o peito dele.

— Não vou levar você a lugar nenhum — grunhiu West, a voz arranhada como areia molhada em pedra.

Engoli em seco, grata pela escuridão. Sentia o rubor em minha pele, as lágrimas traiçoeiras se acumulando nos olhos.

— Tudo bem. Algum timoneiro nestas docas vai aceitar cinquenta e dois cobres.

Mordi a lâmina da faca e passei um pé sobre a lateral, na direção da escada.

Os ombros de West ficaram tensos, e ele soltou um longo suspiro, apertando a amurada.

— Espera.

Fiquei paralisada, uma lágrima escorrendo pela bochecha. Ele olhou para os outros navios ancorados na doca atrás de mim antes de se voltar para a água.

— West — disse a menina, baixando o tom em alerta.

O perfil anguloso dele se afilou contra o luar enquanto olhava para ela. West soltou um palavrão e estendeu a mão para mim.

— Me dá o cobre.

Meu queixo caiu.

— Quê?

— Quê? — A palavra foi ecoada por outra pessoa que eu não conseguia ver no convés.

West ignorou.

— O cobre — repetiu, mais devagar.

Pulei para dentro da amurada.

— Cinquenta e dois cobres e dois pedaços de pira pela passagem até Ceros — revisei os termos, sem esconder o desespero na voz.

— Fechado.

Segurei a mão dele na minha e a apertei, mas a menina ao meu lado o encarava, a expressão incrédula.

— É melhor não voltar aqui, Fable! — gritou Koy, e me encolhi ao soltar a mão de West. — Se eu vir você nesta ilha de novo, vou amarrar você no recife leste! E assistir à carne apodrecer dos seus ossos!

Eu o vi voltar pela doca, desaparecendo na escuridão. Foi só quando me voltei para os rostos da tripulação no convés do *Marigold* que me dei conta do que tinha feito.

Eu tinha conseguido sair de Jeval.

SEIS

UM RAIO ILUMINOU AS NUVENS ACIMA DO *MARIGOLD*, fragmentando-se em uma teia de luz. O limite da tempestade chegou às ilhas barreiras no escuro, uma névoa fria soprada pelo vento. O navio sacudiu, a lanterna balançando no punho da menina que a erguia diante do rosto.

— Até onde eu sabia, sempre votamos como tripulação.

Ela olhou devagar da minha cabeça para meus pés descalços.

West a ignorou, jogando minha bolsa no ar, e um jovem de óculos atrás dele a apanhou com as duas mãos. A luz de lamparina se refletiu nas lentes largas e redondas quando ele olhou para mim.

— Concordo com Willa. — Outro homem de cabelo escuro amarrado deu um passo à frente. — Não ouvi você perguntar se queríamos levar uma passageira.

Continuei à sombra do tombadilho superior, segurando o cinto de ferramentas junto ao peito. Quatro membros da tripulação pararam diante do mastro principal, esperando uma resposta de West.

Ele parecia estar medindo suas palavras com cuidado, o silêncio se estendendo com a tensão.

West olhou para a menina.

— São cinquenta e dois cobres.

Ela quase riu.

— Você não pode estar falando sério. Desde quando ligamos para cinquenta e dois cobres? Não levamos nenhum passageiro neste navio há mais de dois anos, e não vejo por que deveríamos começar agora.

O homem de óculos ficou assistindo, olhando de um para o outro. Pelo aspecto dos dedos manchados de tinta ao redor da bolsa, supus que ele fosse o mestre de moedas. Não importaria que eu tivesse estado prestes a ser estripada por Koy ou que tivessem passado os dois últimos anos negociando comigo. Era função dele garantir que não se metessem na vida de outras pessoas, boas ou ruins.

— Que história é essa, West? — Um terceiro homem, com a pele da cor de obsidiana, desceu os degraus ao meu lado, passando a mão na cabeça raspada.

— É cobre — retrucou West. — Tem algum problema?

A menina que eles chamaram de Willa encarou West, seus olhos grandes inexpressivos.

— Na verdade, tem, sim.

West se voltou para o mestre de moedas, sua irritação visível no maxilar cerrado.

— Divida entre a tripulação, Hamish. Não vou registrar o dinheiro. Bebam seu peso em uísque de centeio quando chegarmos a Dern ou comprem um novo par de botas. Não me importa o que vão fazer com esse dinheiro.

Isso pareceu satisfazê-los por ora, e um silêncio caiu sobre o convés. Porém, a desconfiança ainda estava presente em seus olhares de esguelha. Não se recusariam a embolsar minhas moedas, ainda mais se não fosse entrar no registro do navio, mas não gostavam da ideia de eu estar no *Marigold* e não se importavam que eu soubesse disso.

— Cinquenta e dois cobres, dividido por cinco — disse Hamish baixo, como se repetir as palavras tornasse a decisão definitiva.

Ergui os olhos para os dois mastros do navio. Eu nunca subi no convés nem vi o restante da tribulação, só tinha encontrado West na doca quando atracavam em Jeval. Pelo visto, eles tripulavam o navio com apenas cinco pares de mãos, mas uma embarcação como aquela deveria precisar de pelo menos dez membros, talvez doze.

— Por quatro — corrigiu West. — Não quero minha parte.

Hamish respondeu com um aceno da cabeça, e estudou o rosto de West, tentando entender o que estava por trás da decisão, mas não havia nenhum indício do que ele estava pensando.

— Você acabou de dizer que aceitou pelo cobre — acusou Willa, fulminando-o com o olhar.

Ele retribuiu o olhar irritado dela, e acenou com a cabeça em minha direção antes de dar meia-volta. Suas botas bateram no convés enquanto passava por eles e desaparecia por uma porta aberta.

Willa soltou um longo suspiro, observando a arcada escura antes de finalmente se voltar para mim. Eu me encolhi quando a luz suave da lanterna se virou de modo a iluminar o outro lado de seu rosto. Sua bochecha esquerda estava rosa, em carne viva, a pele cicatrizando de uma queimadura grave. A lesão subia por toda a extensão do pescoço até a mandíbula, terminando em uma ponta.

Eu sabia exatamente o que era. Tinha visto ferimentos como aquele antes — uma faca comprida deixada sobre o fogo até a lâmina brilhar, e depois pressionada no rosto de alguém para ensinar uma lição. Era um castigo feito para humilhar muito depois que a dor passasse. Qualquer que fosse o crime que ela houvesse cometido, pagou por ele.

Foi só quando olhei nos olhos dela que me toquei que estava me observando inspecionar a mutilação.

— Vem.

Ela baixou a lanterna de modo a ficar envolta pelas trevas de novo e esbarrou em mim para entrar na arcada.

Olhei para trás mais uma vez, na direção da doca. Koy voltaria à praia a qualquer minuto, e só na manhã seguinte Speck acordaria do estupor de uísque de centeio para descobrir que seu barco não estava mais lá. De qualquer jeito, eu nunca mais voltaria a ver Speck nem aquela ilha.

Assim eu esperava.

A tripulação me observou desencostar da amurada e seguir Willa pelo corredor estreito, o peso de seus olhares fixados em minhas costas. O cabo da lanterna rangeu à frente, e segui a luz pelos degraus de madeira até o cheiro forte de peixe em conserva e frutas apodrecidas. O brasão do *Marigold* estava gravado nas três portas na parede. Ergui um dedo ao passar, traçando o contorno de uma flor dentro de uma guirlanda de galhos folhosos. No centro da flor, havia uma estrelinha de cinco pontas.

Quando eu era menininha, no navio mercantil do meu pai, conhecia o brasão de cada mercador. Mas nunca tinha visto aquele até o *Marigold* aparecer dois anos antes nas ilhas barreiras, em busca de pira. De onde quer que eles viessem, devia ser uma tripulação nova, ainda começando a estabelecer sua rota. Como tinham conseguido arranjar um navio e uma licença do Conselho de Comércio era uma pergunta que não devia ter uma resposta simples.

Willa passou por um batente aberto e pendurou a lanterna em um gancho enferrujado instalado na parede. Baixei a cabeça para entrar na passarela pequena, onde redes de retalhos estavam penduradas em vigas baixas.

— É aqui que você vai dormir. — Willa se apoiou em uma das colunas, me percorrendo com o olhar até parar, e baixei os olhos para ver que ela estava observando a ponta da cicatriz que se entrevia sob minha manga. — Vai levar alguns dias para chegarmos a Ceros. Temos que passar em Dern antes.

Assenti com a cabeça, ainda de costas para a parede.

— Você precisa comer?

— Não — menti.

Tudo o que eu tinha comido nos últimos dois dias foi uma perca, mas não era idiota. Ela estava tentando me deixar em dívida com eles.

— Que bom. — Ela sorriu com sarcasmo. — Porque nosso tai-feiro só está abastecido com comida suficiente para alimentar essa tripulação. Quando precisar comer, vai ter que trabalhar.

E aí estava a isca. Eu sabia como funcionava porque havia crescido em um navio. Sabia qual jogo teria que jogar desde a primeira vez que tracei de usar o *Marigold* para sair de Jeval, mas não previa que não teria o que oferecer na negociação. Eu precisava manter a cabeça baixa e fazer o que me fosse pedido para pagar o preço de chegar a Ceros.

A maneira como a menina olhava para mim me fazia tremer na base. Eu já tinha irritado a tripulação e, se não desse um jeito de resolver aquilo, seria jogada ao mar antes que chegássemos aos Estreitos.

Passei por baixo do anteparo e encontrei uma rede pendurada apenas pela metade, uma ponta encostada no chão úmido. Os baús de madeira e ferro que cercavam as paredes estavam bem fixados com pregos, todos protegidos com trancas, exceto por um, onde o gotejamento lento de água escorria entre as tábuas do teto. Estava aberto, um pequeno cinzel enferrujado dentro dele. Em cima, um par de botas estava pendurado pelos cadarços em um prego torto. Talvez fosse do dragador da tripulação.

Willa tirou a lanterna da parede e voltou para o corredor, a adaga cravejada de joias embainhada atrás do cinto brilhava. Ela subiu a escada, deixando-me na escuridão absoluta enquanto o som de passos atravessava o convés. Pendurei a outra ponta da rede em um gancho de ferro e subi, meu peso afundando a colcha grossa e úmida.

O burburinho do mar envolvendo o casco era o único som, exce-to pela vibração de vozes no alto. Inspirei o ar mofado, ouvindo o rangido da madeira e o barulho da água espirrando. E, de repente, eu era aquela garotinha de novo, balançando na rede do *Lark*.

Eu estava dormindo no navio do meu pai quando escutei o sino ecoar pela noite. Apenas alguns minutos depois, uma grande rachadu-ra no mastro e o uivo de um vento furioso foram seguidos por gritos. As mãos dele tinham me encontrado no escuro, me espreitando sob a pequena fresta de luar que entrava pelas tábuas.

A noite em que o *Lark* afundou. A noite em que minha mãe morreu.

E, em um momento, tudo mudou.

No dia seguinte, ele me largou em Jeval.

Levei a mão ao bolso minúsculo que eu tinha costurado na cintura da calça, soltando meus últimos cobres. Eu não tinha dado *todo* o dinheiro para eles. Aquelas seis moedas foram as primeiras que ganhei, eu nunca gastei. Tinha guardado para os momentos de maior desespero. Era tudo que me restava, mas seis cobres só me manteriam alimentada e abrigada por um ou dois dias na cidade. Se parássemos em Dern, seria minha única chance de tentar multiplicar minhas moedas antes de chegar a Ceros. Senão apareceria à porta de Saint de mãos abanando — algo que tinha jurado a mim mesma que jamais faria.

Uma tábua rangeu no corredor, e minha mão foi direto ao cinto, sacando minha faca. Olhei fundo para a escuridão disforme e vazia, esperando outro som enquanto voltava a guardar os cobres no bolsinho. Ouvi apenas o tamborilar da tempestade se aproximando de Jeval. A batida da porta se fechando quando o navio se inclinou. Apertei a faca junto ao peito, escutando.

Apenas alguns dias.

Era o tempo que eu tinha que sobreviver. Então, estaria à porta de meu pai, exigindo o que me foi prometido. O que ele me devia.

Passei a mão sob a manga da camisa, encontrando a cicatriz grossa e irregular entalhada no braço. Meu dedo a acompanhou como um labirinto de veias cheias de sangue em um desenho que eu havia memorizado. Foi meu pai quem me dera a cicatriz, no dia em que me largara em Jeval. Horrorizada, eu tinha visto ele arrastar a ponta da faca em minha pele sem que a mão nem sequer tremesse. Eu disse a mim mesma que ele fizera aquilo pela loucura de perder minha mãe. Que sua mente tinha sido fraturada pelo luto.

Mas me lembrava da expressão tranquila em sua boca enquanto ele me cortava. A inclinação da cabeça para o lado enquanto o sangue escorria por seus dedos. Eu não tinha feito nada desde a última vez que o vira além de sonhar com o momento em que o veria de novo. Não tinha pensado em mais nada. Agora que estava tão perto, meu estômago se revirou, meu pulso acelerado de maneira irregular. O homem que havia me ensinado a atar nós e ler mapas não era o mesmo que havia guardado a faca encharcada com meu sangue no cinto e zarpado para longe.

Em breve, eu estaria em Ceros. E não sabia mais ao certo qual homem encontraria.

SETE

O BARULHO ABRUPTO DE UM POLEAME BATENDO NO CONVÉS me despertou do sono. Pisquei, esfregando os olhos até a passarela aparecer em meu campo de visão. A rede balançou enquanto uma garrafa vazia no chão rolava pelas tábuas de madeira, e me sentei, me desvencilhando do tecido desfiado.

Eu me apoiei na parede, passando pelo corredor devagar e forçando a vista sob a luz forte do sol do meio-dia que descia pelos degraus. A tripulação já estava no meio das funções quando saí para o convés. Girei em um círculo, um nó subindo na garganta enquanto eu olhava para o mar. Em todas as direções, só havia azul. Apenas a linha dura do horizonte, o vento e o cheiro forte de água salgada.

Eu me debrucei sobre a amurada, escutando a sentina cortar a água com um murmúrio familiar. Um sorriso se abriu em meus lábios, provocando dor na pele dilacerada, e ergui o braço, tocando o corte quente e inchado.

A sensação de olhos em mim me fez olhar para Willa, sentada em um sling no alto do mastro de proa com uma enxó na mão. A lâmina curva e fina estava fixada em um ângulo reto no cabo de madeira, com uma ponta cega usada como martelo. Era a ferramenta de um contramestre — o membro da tripulação que mantinha o navio flutuando.

— Sai.

Dei um pulo e me encostei na amurada antes de erguer os olhos para ver o jovem de cabelo raspado e pele lisa de obsidiana parado diante de mim com uma caixa nas mãos.

— Sai da frente, dragadora — murmurou, empurrando-me para passar.

— Como estamos de tempo, Paj? — perguntou West. Ele entrou na passarela aberta, parando abruptamente ao me ver.

— Vou checar isso agora.

O homem que ele chamou de Paj apoiou a caixa a seus pés, e a luz do sol atingiu o oitante de latão dentro dela quando ele a abriu. O homem era tão largo quanto alto, e as mangas da camisa ficavam curtas em seus braços compridos.

Alternei o olhar entre ele e West, confusa até entender que ele devia ser o navegador do *Marigold*. Era jovem demais para ter um cargo daqueles. Na verdade, todos eram jovens demais para serem qualquer coisa além de marujos. Eram meninos prestes a virar homens.

Paj tirou o oitante do veludo com cuidado, erguendo o instrumento e apontando a mira para o horizonte. A luz do sol se refletiu nos espelhinhos enquanto ele deslizava o braço à frente e ajustava os puxadores. Depois de um momento, parou, fazendo os cálculos de cabeça.

West se apoiou no batente, esperando. Atrás dele, eu via o canto de uma escrivaninha e um par de janelas emolduradas atrás de um catre bem-arrumado. Era o alojamento do timoneiro.

Paj baixou o oitante, olhando de volta para West.

— A tempestade só nos atrasou um dia. Podemos chegar a tempo se o vento continuar forte e Willa mantiver as velas inteiras.

— As velas estão bem — retrucou ela, baixando os olhos para nós da retranca onde estava suspensa.

West respondeu a Paj com um aceno brusco antes de desaparecer alojamento adentro, fechando a porta atrás de si.

— Pássaros malditos! — gritou Willa, cobrindo a cabeça com os braços quando um albatroz pairou ao lado da vela.

O bicho bicou um de seus dreads antes de ela o expulsar.

No alto do mastro de proa, o tripulante de cabelo escuro e comprido riu. Ele estava sentado nas cordas, de pés descalços, segurando uma tigela de madeira. As aves se reuniam ao redor dele, batendo as asas contra o vento enquanto pegavam o que quer que estivesse lá dentro.

Ele estava semeando boa sorte para o navio, homenageando os mortos que haviam se afogado naquelas águas. Meu pai sempre me dissera que as aves marinhas eram as almas de mercadores perdidos. Afastá-las ou não dar um lugar para elas pousarem ou fazerem ninho dava azar. E os que se atreviam a navegar pelos Estreitos precisavam de toda sorte possível.

Botas bateram no convés atrás de mim e me virei para ver Willa desafivelando o sling da cintura. Seu cabelo era trançado como cordas em longos dreads cor de bronze que caíam sobre seus ombros e, sob a luz, sua pele era da cor do arenito fulvo que ruía sobre as falésias de Jeval.

— Sou Fable — eu disse, estendendo a mão.

Ela apenas olhou minha mão e jogou o sling no ombro. A queimadura do rosto se abria sobre o maxilar, chegando a uma ponta perfeita na bochecha.

— Você acha que, só porque sou a única menina deste navio, quero ser sua amiga?

Baixei a mão.

— Não.

— Então saia da minha frente — disse, com um sorriso azedo, esperando que abrisse espaço.

Dei um passo na direção do mastro de proa, e ela subiu os degraus para o tombadilho superior, sem olhar para trás. Foi só então que dei uma boa olhada no navio.

O *Marigold* era uma lorcha, pequena o suficiente para manobrar nas tempestades que assolavam aquelas águas, mas com um casco grande o bastante para abrigar um inventário razoável para uma pequena operação comercial. As velas inconfundíveis eram o que tornava o navio fácil de identificar no mar — como camadas de lona branca com costelas de madeira, seus formatos arqueados lembravam asas de morcego. O navio de Saint, o *Lark*, era muito mais amplo, com uma tripulação cinco vezes maior. Mas o cheiro de madeira tingida e corda salgada era comum a todos os navios.

Se eu fechasse os olhos, quase podia fingir que estava lá de novo. Minha mãe no alto dos mastros. Saint no leme. Mas a memória não estava pintada nas mesmas cores vibrantes de antigamente. Diferente das lembranças de Jeval.

Todo dia, eu via a encosta da ilha se erguer da água, inclinada, chegando ao céu antes de voltar a descer nas falésias. As árvores lá embaixo escondiam as choupanas dos dragadores, mas a fumaça das fogueiras se erguia em fios brancos tortuosos. Tentei arrancar a memória de minha mente. A água verde-azulada e cristalina. O som do vento ao soprar pelos galhos.

Eu não queria lembrar.

— Hora de pagar o aluguel.

Eu me virei contra o vento. O rapaz que estava no topo do mastro surgiu de repente ao meu lado, metade do cabelo farto se soltando de onde estava preso. Os cílios escuros envolviam olhos cinzentos, em contraste com a tez marfim de tom quente. No conjunto, ele tinha a cor de madeira flutuante. Carregava uma pilha de redes nos braços, a corda coberta por uma crosta branca de sal seco.

— Aluguel? Já paguei West.

— Aquilo foi pela passagem. Se quiser dormir na rede, vai ter um custo adicional. — Ele deu uma piscadela, a voz grossa subia de leve no final das palavras. Estava tentando esconder o sotaque, mas eu conseguia ouvir. Ele não era dos Estreitos. — E West me pediu para dar um jeito nisso aí.

Ele levantou a mão e apontou para meu rosto.

— Para você acrescentar na minha conta? — perguntei, sugando o lábio inchado entre os dentes. — Não precisa.

Ele se virou, sem esperar que eu o seguisse.

— Vem.

Segui seus passos, tentando acompanhar o ritmo, e o vi baixar os olhos para meus pés descalços sobre o convés quente. Estavam calejados pelos anos caminhando na praia ensolarada. Botas eram um luxo que eu não tinha como bancar e, além disso, não eram muito úteis em Jeval.

Ele me guiou pelos degraus para o tombadilho superior, largando as redes amontoadas a meus pés.

— Imagino que saiba remendar redes.

Ele não esperou que eu respondesse, entregando-me uma agulha feita de osso antes de voltar à pilha de armadilhas de caranguejo.

A verdade era que eu não sabia nada sobre redes. Só havia pescado com armadilhas e linhas na ilha porque não havia ninguém disposto a me ensinar a redar.

Ele abriu a armadilha a seus pés e começou a trabalhar. Eu é que não ia contar que nunca tinha usado uma agulha, nem que confiar as redes a mim provavelmente significaria perder peixes. Em vez disso, me sentei e agi como se soubesse exatamente o que estava fazendo.

Encontrar os buracos era fácil. Os fios desmanchados e rasgados eram dispersos, mas numerosos. Coloquei a agulha ao meu lado no convés e inspecionei os nós, virando a rede para ver cada lado antes de arrancar as partes danificadas.

— Você é o taifeiro — constatei.

A única pessoa que cuidava das redes e armadilhas no *Lark* quando eu era criança era o membro da tripulação responsável por alimentar a todos. Se West tinha pedido a ele que desse pontos em meu lábio, também devia ser responsável por cuidar de ferimentos e doenças.

— Sou Auster. — Ele jogou um pedaço de madeira quebrada ao mar. — Ceros, hein?

Minhas mãos pararam sobre a rede, mas ele não desviou os olhos das armadilhas.

— Isso mesmo — respondi, soltando as linhas.

— Cansou de dragar em Jeval?

Passei a linha na agulha e puxei para apertar.

— Pois é.

Isso pareceu suficiente para ele, então soltou a trava quebrada da armadilha e a substituiu por uma nova enquanto eu comparava as redes para tentar descobrir como se faziam os nós. Trabalhamos durante as longas horas da tarde, e precisei de apenas algumas poucas tentativas para descobrir como esticar a rede e passar a agulha da esquerda para a direita, apertando as novas seções. Peguei Auster observando minhas mãos mais de uma vez, mas ele não disse nada, fingindo não notar cada vez que eu puxava da forma errada ou deixava passar um laço e tinha que o refazer.

Paj reapareceu lá embaixo, assumindo o leme com West ao seu lado, e observei eles guiarem o navio para leste. Falavam aos sussurros, West de olho no horizonte, e eu estudei o céu.

— Pensei que estávamos indo para Dern — disse, olhando para Auster.

Ele estreitou o olhar para mim quando desviou o rosto da armadilha.

— Se eu fosse você, não faria perguntas das quais não precisa das respostas.

West e Paj conversaram diante do leme por mais alguns minutos, observando os outros subirem aos mastros para ajustarem as velas. Eles estavam mudando de rota.

Trabalhei nas redes até perdermos a luz do sol e o ar esfriar, refrescando minha pele quente. Minhas costas e meus ombros doíam, e meus dedos começavam a formar bolhas, mas finalizei a fileira de nós em que eu estava trabalhando antes de deixar que Auster levasse as redes.

Ele inspecionou meu trabalho com atenção antes de dar um aceno seco e descer para o convés principal, onde Willa e Paj estavam sentados à proa, com tigelas de ensopado. Willa balançava os pés sobre a beirada, suas botas batendo ao vento, e minha barriga roncou com o cheiro de peixe cozido.

A noite caiu sobre o mar, pintando o *Marigold* de preto, exceto pelas velas brancas estendidas em contraste com o céu escuro e nublado. As estrelas e a lua se escondiam, sem dar sinal de onde o mar terminava e o céu começava, eu gostava da sensação. Como se estivéssemos flutuando no ar. O vento oeste era quente, encontrando seu caminho até o navio antes de soprar a esteira da água atrás de nós.

Cerrei os dentes para conter a fome, mas eu não podia gastar um único cobre, e tanto Willa quanto Auster tinham deixado claro que nada me seria dado de graça. Passei por eles no escuro, parando diante dos degraus que levavam para debaixo do convés. O brilho suave das velas se derramava pela fresta da porta à minha direita, e observei uma sombra passar pelo chão enquanto uma mão pesada pousava em meu ombro. Dei meia-volta, sacando a faca em um único movimento para mantê-la pronta ao lado do corpo. O rapaz de óculos da noite anterior olhava para mim, minimamente iluminado pelo luar.

— Você é a Fable.

Relaxei a mão sobre a faca.

— Sou Hamish, mestre de moedas do *Marigold*. — Suas bochechas avermelhadas faziam parecer que sua pele não era feita para o vento e o sol da navegação. — Se você encostar um dedo em qualquer coisa que não lhe pertence neste navio, eu vou saber.

Ergui o queixo. A maioria das pessoas nos Estreitos eram farinha do mesmo saco podre, mas até as camadas mais baixas da sociedade tinham seus rejeitados. Jeval era a única terra entre os Estreitos e o mar Inominado, e tinha se tornado um tipo de abrigo para todos aqueles que não conseguiam fugir de suas reputações ou tinham inimigos demais no continente para passarem despercebidos. Entre os mercadores, eles eram conhecidos como ladrões.

Puxei a manga da camisa para baixo por instinto, esforçando-me para cobrir a cicatriz. Os mercadores eram ainda mais supersticiosos do que os jevaleses, e a última coisa de que eu precisava era que eles começassem a temer que eu estivesse atraindo a atenção de demônios marinhos. A primeira tempestade que encontrássemos poderia me fazer ser jogada ao mar.

Eu sobreviveria à tripulação não gostando de mim, mas, se tivessem *medo*, aí, sim, eu teria problemas.

Hamish estendeu a mão para abrir a porta atrás de mim, e as dobradiças rangeram ao ceder.

Lá dentro, West estava debruçado sobre uma mesa de mapas abertos com uma xícara de algo fumegante na mão, na qual um anel refletia a luz. Hamish entrou na saleta, parando ao lado dele com um pergaminho enrolado e uma pena preta.

— Obrigado — murmurou West, mas congelou quando seu olhar se voltou à porta e me avistou.

— Eu...

Engasguei com as palavras, meu coração subindo pela garganta. Eu não sabia o que pretendia dizer.

West apontou o queixo para a porta e Hamish obedeceu, passando por mim sem dizer uma palavra e desaparecendo pela passarela escura.

— O que foi?

West colocou a xícara em cima do mapa, virando o anel no dedo enquanto passava para a frente da escrivaninha. Não deixei de notar a maneira como ele parou na frente dos mapas de forma que eu não conseguisse ver o que havia neles.

— Queria agradecer — falei, e me empertiguei um pouco.

— Pelo quê?

Franzi a testa.

— Por me aceitar.

— Você pagou passagem — disse ele simplesmente.

— Eu... eu sei — balbuciei —, mas sei que vocês não queriam...

— Olha — interrompeu ele. — Você não me deve nada. E quero deixar claro — disse, olhando nos meus olhos por um longo momento —: eu não devo nada a *você*.

— Eu não disse...

— Você me colocou em uma má posição aparecendo nas docas ontem à noite. Não pedi por isso.

Um tom cortante atravessou a corrente suave de sua voz.

Eu entendi o que ele queria dizer. Sua tripulação não aprovou a decisão de me conceder passagem, e ele tinha que se acertar com eles de alguma forma.

— Desculpa.

— Não preciso de um pedido de desculpas. Preciso que você saia do meu navio. Assim que chegarmos a Ceros, você vai desaparecer.

Em todo o tempo em que eu negociei com West, ele nunca proferiu tantas palavras. Sempre fora frio, de palavras cortantes e conduta impaciente. Seu olhar sempre rodeava as docas, nunca pousando em mim, mas agora, finalmente, pousou. Encontrou o meu olhar por um instante antes de abaixá-lo para o chão entre nós.

— Eu não sabia que isso custaria algo a você — justifiquei, minha voz mais suave do que eu pretendia.

— Custou. Vai custar. — Ele suspirou, passando a mão no rosto. — Enquanto estiver neste navio, você vai fazer sua parte. Se alguém pedir para fazer algo, faça, sem questionar.

Concordei com a cabeça, mordendo a bochecha enquanto tentava me decidir se fazia ou não a pergunta para ele.

— Por que estamos rumando para o norte?

— Se quiser aprovar nossa rota, vai custar mais cinquenta cobres. — Ele caminhou na minha direção, diminuindo a distância entre nós. — Quando aportarmos em Ceros e você pisar naquela doca, não quero mais ver sua cara.

Abri a boca para falar, mas ele já estava fechando a porta, encaixando o trinco ruidosamente.

As palavras doeram, e eu não soube bem por quê. Ele comprou minha pira durante os últimos dois anos, mas eu e West não éramos amigos. Eu não devia nada, é verdade, mas, quando fugi daquela doca gritando por seu nome, ele salvou minha vida. E, de algum modo, eu sabia que ele faria isso.

Algo o tinha feito aceitar o cobre e ir contra a própria tripulação. Algo o tinha feito mudar de ideia. Na verdade, eu não dava a mínima para o que fosse. West podia não me querer no *Marigold*, mas o fato era que eu finalmente estava a caminho de Ceros. Isso era tudo que importava.

OITO

OS NÓS DE MEUS DEDOS SANGRAVAM ENQUANTO EU ENrolava as cordas pesadas em pilhas organizadas ao pé do mastro de proa. Eu estava trabalhando desde o amanhecer, acomodando os estais enquanto Paj trocava as cordas. Tanto o mastro de proa quanto o principal foram danificados na tempestade a caminho de Jeval, e as cordas enfraquecidas poderiam não aguentar se viesse outra chuva. E com certeza viria.

Ainda estávamos velejando para o norte, a quase metade de um dia da rota para Dern. Fazia anos que eu não ficava na água, mas ainda sabia me orientar pela luz das estrelas, e tinha passado metade da noite no convés, mapeando o mar em minha mente. As únicas duas direções para sair de Jeval eram o norte, pelos Estreitos, ou o sul, pelo mar Inominado.

Eu nunca tinha estado no mar Inominado, mas minha mãe nasceu lá. A pele endurecida e as mãos calejadas faziam parecer que ela havia crescido em um barco, mas ela chegou aos Estreitos sozinha quando não tinha mais do que minha idade, encontrando um lugar na tripulação de Saint como dragadora e deixando o passado no mar Inominado para trás. Ela me abraçava quando nos sentávamos em cima do mastro com os pés balançando e me contava de Bastian, a cidade portuária que chamava de casa, e os navios enormes que velejavam naquelas águas profundas.

Uma vez, perguntei a ela se voltaria. Se me levaria lá um dia. Mas ela disse apenas que tinha nascido para uma vida diferente, assim como eu.

Meus pés descalços escorregaram no convés molhado quando o *Marigold* ficou mais lento, e ergui os olhos para ver Hamish, Willa e Auster assumindo as velas. Paj não desviou os olhos do trabalho, jogando mais uma pilha de cordas no convés. Ela pousou à minha frente bem quando a porta do alojamento do timoneiro foi aberta e West saiu para a passarela.

Ele abotoou o casaco até a garganta e cobriu a cabeça com um gorro enquanto subia os degraus para o tombadilho superior. Pela cara dele, estávamos rumando para o porto. Mas estávamos no meio do nada, margeando as águas que se abriam para o mar Inominado. Hamish o seguiu de perto e, como se sentisse meu olhar, me encarou por cima do ombro, sua expressão fechada em sinal de alerta.

Baixei os olhos para as cordas, observando pelo canto do olho enquanto Auster soltava a âncora e afrouxava as cordas ao longo da amurada. Willa e Hamish giraram os poleames do barco a remo preso na parte de trás do navio e, quando ele se soltou, West desceu.

Soltei o rolo de corda seguinte e me debrucei a estibordo para olhar pela extensão do navio. Ao longe, um grupo de pequenas ilhas de coral aparecia na água azul cristalina como pedras empilhadas. Na água, West virou o bote, recostando-se e puxando os remos para o peito enquanto flutuava para longe.

As pequenas ilhas eram ermas e vazias, o coral embranquecido pelo sol. Observei West desaparecer atrás delas. Ele tinha entrado no barco sem nada e, pelo visto, não havia nada no enclave fantasmagórico.

— Olhos no convés, dragadora — murmurou Paj, jogando mais cordas na minha direção.

Obedeci, pegando as cordas e as puxando para o mastro principal, mas os olhos de Paj não me abandonaram.

Ele cruzou os braços, repuxando a camisa na extensão dos ombros, e me observou enrolar a corda com cuidado e dar um nó na ponta.

— A gente apostou, sabia?

Chacoalhei as mãos ao me levantar, alongando os dedos e depois os cerrando. A pele em carne viva ardeu sobre o osso.

— No quê?

Ele sorriu.

— Quanto tempo você vai demorar para roubar alguma coisa.

Percebi então que Paj também tinha um leve sotaque que torcia suas palavras. Mas escondia muito melhor do que Auster.

Willa nos olhou do tombadilho superior, enquanto travava a manivela da âncora, Hamish atrás dela.

— Não sou ladra. Quer olhar meu cinto? Fica à vontade.

— Você não seria idiota de guardar nada no cinto, seria? Dragadores são trapaceiros, mas não são burros — falou Auster de trás de mim, e me virei, encostando-me ao mastro.

Todos os quatro me encararam enquanto um silêncio se estendia sobre o navio, deixando apenas o som do vento soprando as velas de lona sobre nós. Eles estavam me provocando, cutucando para ver do que eu era feita. E eu entendia. Não tinham motivo para confiar em mim, e seu timoneiro havia me aceitado sem pedir a opinião deles.

— Não ligo para o que vocês guardam no casco nem para o que está escrito no inventário. Só preciso atravessar os Estreitos — expliquei.

— É mentira. — Paj deu um passo à frente, um palmo mais alto do que eu. — Não tem como evitar. É da natureza dos jevaleses.

— Não sou jevalesa — corrigi. — E não sou ladra.

Auster jogou ao mar a última armadilha, que mergulhou na água.

— A última pessoa que roubou de nós está no fundo do mar.

Seu cabelo preto e comprido estava solto, caindo pelos ombros. Ele o puxou para trás, amarrando-o enquanto descia os degraus para o convés.

— Olha, vou me adiantar e dar uma moeda antes que você roube — disse Paj, e tirou um único cobre do bolso do colete.

Willa se apoiou no mastro principal, observando.

Paj segurou o cobre com dois dedos e o esticou entre nós.

— É isso que você quer, certo?

Rangi os dentes, tentando decifrar sua expressão. Para onde quer que aquilo estivesse se encaminhando, coisa boa não era. E, com o timoneiro fora do navio, a tripulação poderia tomar certas liberdades.

Ele estalou os dedos e a moeda voou no ar, por sobre a amurada, antes de cair na água lá embaixo.

— A que profundidade estamos, Auster?

Paj não olhou para ele ao perguntar, o olhar presunçoso ainda fixo em mim. Um sorriso se abriu no rosto de Auster ao responder:

— Eu diria que entre cem e duzentos metros. Talvez uns cento e cinquenta.

Os óculos de Hamish subiram no nariz franzido, e ele ergueu a mão para arrumar o cabelo cor de areia penteado sobre a testa.

— Acho que eu estava errado, Paj. Parece que tem certas coisas que uma dragadora não faria por dinheiro.

Willa ainda estava parada atrás deles, seu olhar diferente dos outros. Era mais curiosidade do que desconfiança. Como se me ouvisse pensar, inclinou a cabeça.

Eles estavam tentando me colocar no meu lugar. Tentando me degradar. Porque, entre mercadores, tudo era um teste. Tudo era uma tentativa de medir o seu valor.

Olhei nos olhos de Paj enquanto tirava a camisa e a largava no convés. Ele franziu a testa e me observou subir na amurada.

— O que você está fazendo?

Eu me levantei contra o vento, observando o movimento da água ao redor das ilhas de coral. Ela ondeava de leve sobre o banco de areia e, se estivesse tão calma sob a superfície como acima, eu poderia fazer o mergulho em questão de minutos. Já fizera mergulhos mais profundos inúmeras vezes.

Hamish se debruçou a estibordo quando eu pulei, caindo pelo ar antes de mergulhar na água fria em uma nuvem de bolhas. Quando voltei à superfície, os quatro membros da tripulação estavam observando do alto, Paj de olhos arregalados.

Enchi o peito de vento quente e o soltei em um longo chiado, várias e várias vezes, até sentir os pulmões maleáveis o bastante para conter o ar de que precisava. Inclinei a cabeça para trás, inspirando apenas um pouco mais antes de mergulhar, batendo os pés na direção do fundo do mar.

O coral branco-cinza acima da água era apenas o cadáver do que havia embaixo, onde paredes íngremes do recife vibrante estavam cheias de vida. Corais-bolhas, acantelas e ouriços-do-mar cobriam cada centímetro abaixo de cardumes de peixes coloridos, e vi um polvo subir para o baixio enquanto eu descia.

A superfície parou de me puxar quando afundei mais, e me permiti descer com os braços ao redor do corpo, mergulhando entre os raios de luz do sol que atravessavam a água.

O *Marigold* se encolheu em um ponto escuro lá no alto, e vasculhei o limo em busca do brilho de cobre, batendo as pernas em círculo ao chegar ao fundo. Desafiar-me a encontrar uma única moeda no fundo do mar tinha sido uma jogada arrogante, pensada para me humilhar. Mas aqueles mercadores cretinos não me conheciam. Nem sabiam do que eu era capaz.

Cobre era um mineral, não uma pedra preciosa. Mas tinha uma linguagem, como qualquer outra coisa. Parei, tentando escutar seu tinido metálico. Vasculhei os sons do recife até uma ressonância suave me fazer virar. Um clarão brilhou em minha visão periférica e pisquei, virando-me para ver o brilho sob a luz. Mas estava longe demais do navio nessas águas claras e paradas. A moeda deveria ter caído pela água em uma trajetória ligeiramente diagonal.

Dei meia-volta, estudando as frondes de coral que balançavam gentilmente para trás e para a frente. E entendi, com um frio na barriga, quando a força da água roçou na sola dos meus pés.

Uma corrente.

Já era tarde demais. A maré me engoliu, puxando-me para trás e me arrastando pelo fundo do mar como o reboque de um navio. Bati as pernas, tentando me livrar, mas o fluxo só me arrastou mais rápido. O coral passou em alta velocidade, e um fio de ar escapou de meus lábios quando gritei, deslizando as mãos pelo fundo e levantando um rastro de poeira atrás de mim.

O *Marigold* foi se afastando de mim, e me virei, buscando algo em que me segurar, quando a corrente me empurrou contra o recife.

O coral raspou minhas costas e meu ombro, me fazendo dar cambalhotas por cima das saliências antes que eu conseguisse me segurar. A água fria passou por mim, empurrando meu cabelo para trás, e me puxei para ficar em pé. Meus músculos ardiam, a fraqueza afundando nos braços até minhas mãos tremerem onde estavam apoiadas. Minha pele já estava em chamas onde o veneno do coral penetrava a corrente sanguínea.

Fui me puxando pela parede até sair da corrente, e me segurei ao banco de areia, tentando forçar o coração a se acalmar sob as costelas antes que consumisse todo o ar dentro de mim. A contracorrente tinha me carregado por pelo menos uns trinta metros e eu precisaria voltar à superfície logo.

Bati os pés para escapar da maré, mas um brilho suave no fundo do mar me fez parar, meus dedos apertando a rocha afiada. Ergui os olhos para o *Marigold* no alto, praguejando, e outra bola de ar subiu em zigue-zague pela água. Eu não subiria de mãos vazias.

Desci de volta, segurando-me ao recife até chegar à corrente, e fui me aproximando devagar do lugar onde eu tinha visto o lampejo de luz. A corrente me empurrou quando passei a mão aberta na areia e, quando a ergui novamente, empurrou os grãos pelos meus dedos até a moeda pousar no centro da minha palma.

A escada já estava desenrolada quando voltei à superfície e tomei ar, meu peito ardendo pela sensação de meus ossos desabando. Subi pelos degraus da corda com esforço e me joguei por sobre a amurada, onde a tripulação ainda estava esperando.

Um sorriso de viés se abriu no rosto de Auster quando meus pés tocaram o convés. Andei direto até Paj, sangue escorrendo dos cortes no meu ombro pela pele molhada e deixando um rastro pelo convés.

Hamish murmurou algo, abanando a cabeça.

— Pensamos que tínhamos perdido você, dragadora. — Paj sorriu de trás do leme, mas o nervosismo transparecia por baixo da calma do rosto.

Eu não sabia o que West faria se soubesse o que eles estavam aprontando, mas deu para ver que Paj estava imaginando.

Parei diante do leme, abrindo a mão entre nós. Ele ficou boquiaberto antes de descruzar os braços, empertigando-se.

— Mas que...

Virei a mão, deixando a moeda cair no convés com um estalido, e ergui os olhos sem dizer uma palavra. Atrás dele, a expressão de Willa passou de curiosidade a dúvida, uma pergunta refletida nos olhos.

Dei meia-volta, esbarrando em Paj a caminho dos degraus que levavam para debaixo do convés, e vozes abafadas soaram pelo corredor enquanto eu fechava a porta da passarela. De repente, todas as dores em minhas costas despertaram, o ardor do sangue fazendo meu estômago se revirar. Cambaleei até o balde no canto, caindo de joelhos e tremendo de frio, e vomitei.

Depois de quatro anos em Jeval, tão perto de Ceros, quase me afoguei por causa de um único cobre. Mas era uma das regras de Saint.

Nada é de graça.

Ele não estava apenas falando de comida, passagem ou a roupa do corpo. Estava falando de respeito. Segurança. Proteção. Eram coisas que ninguém devia a ninguém.

E, de uma forma ou de outra, você sempre pagava.

NOVE

A DOR CORTANTE SOB MINHA PELE QUASE ME FEZ ESQUE-cer da fome que eu estava sentindo.

Eu já tinha sido picada por corais inúmeras vezes, então sabia o que estava por vir. A febre se espalharia e meus ossos doeriam por alguns dias, mas era melhor do que suportar mais provocações da tripulação do *Marigold*. Se eu fosse uma presa fácil, as provocações poderiam se transformar em algo muito mais letal.

Quebrei a casca de outro caranguejo na mesa, a náusea revirando minha barriga. Assim que Auster havia tirado as armadilhas da água, jogara uma aos meus pés e saíra andando. Parei na passarela, minhas mãos dormentes de mexer nas cascas espinhosas. Eu já havia limpado um sem-fim de caranguejos na vida e, por mais que fosse um trabalho que ninguém queria, conseguia fazer aquilo de olhos fechados.

Hamish foi até a proa, perscrutando a água, e olhei detrás da curva, onde West estava dando a volta pelas ilhas de coral. Ele tinha passado tanto tempo fora que o sol descera a meio caminho pelo céu, mas o casco ainda parecia vazio.

Auster e Paj içaram o barquinho de volta a seu lugar na popa e o prenderam. Um momento depois, West veio pela lateral. Desabotoou o casaco, deixando que escapasse de seus ombros enquanto entrava na passarela, e parou de repente ao me ver, seu olhar se endurecendo quando percorreu meu rosto e minhas costas.

— O que aconteceu? — perguntou ele, cerrando os dentes.

Atrás dele, Paj ergueu o braço, passando a mão na cabeça raspada, uma leve tensão na postura de seus ombros. E eu não soube bem por quê. Se tivesse me afogado na corrente, não seria problema de West. Talvez isso também fosse um teste.

— Escorreguei na bujarrona e caí nas enxárcias — eu disse, dando as costas para ele.

Seu olhar fez minha pele formigar enquanto eu jogava outra casca vazia no balde a meus pés. Ele entrou no alojamento, e eu suspirei profundamente, fechando bem os olhos contra o ardor que subia pelo pescoço.

Quando voltei a abrir os olhos, Auster estava ao lado da mesa, colocando uma tigela na minha frente enquanto eu pegava outro par de patas de caranguejo.

Olhei para o ensopado fumegante, engolindo em seco.

— Não estou com fome.

— Você trabalha, você come. É justo — disse ele, empurrando a tigela para perto de mim.

Ergui os olhos, estudando seu rosto. Não havia nenhum indício de truque em sua expressão, mas algumas pessoas disfarçavam melhor do que outras. Qualquer um que olhasse para mim veria que eu estava faminta, mas eu não podia me dar ao luxo de estar em dívida com mais ninguém.

— Você limpou uma caixa inteira de caranguejos. É uma troca justa.

Ele pegou um balde e saiu andando, deixando-me sozinha na passarela.

Apertei a beira da bancada e me apoiei nela, pensando. A verdade era que não importava por que ele estava me dando comida. Eu precisava comer, ainda mais com dias de febre pela frente.

Soltei o macete e peguei a tigela com as mãos trêmulas, bebendo com cuidado. O sal e as ervas queimaram a pele rachada ao redor da minha boca, mas o caldo me esquentou por dentro e soltei um gemido. O sabor ressuscitou uma série de lembranças fracas e desbotadas que me deram um nó no estômago, e pisquei para que fossem embora antes que pudessem tomar forma por completo. Peguei um pedaço macio de batata do ensopado com os dedos sujos, colocando-o na boca e deixando que se desfizesse até queimar a língua.

Voltei os olhos para a porta fechada do alojamento do timoneiro, e me perguntei se West sabia que Auster estava me alimentando. Ele tinha deixado claro que não me devia nada. Talvez uma tigela de ensopado por alguns dias de trabalho não contasse, como Auster disse. Ou talvez ele tivesse pena de mim. O pensamento me fez querer não comer mais nada.

Virei o resto do líquido na boca, já com dor de estômago por estar cheia demais, e voltei ao trabalho. Depois que o último dos caranguejos estava descascado, desci os degraus com mais um balde nos braços. O rangido do casco era o único som no corredor escuro, onde as três portas cercavam as paredes, todas marcadas pelo brasão do *Marigold*.

— Aqui dentro — soou a voz de Auster na escuridão da passarela, e vi o brilho de seus olhos quando a lanterna balançou no gancho.

Ele se levantou da rede e me encontrou à porta.

O mesmo sorriso ainda franzia os cantos de seus olhos quando ele puxou a corrente que guardava as chaves ao redor de seu pescoço, deixando-o ainda mais bonito do que ele já era. A silhueta dele era esguia, coberta por pele da cor de trigo desbotado, e mais de uma vez achei ter vislumbrado uma generosidade no rosto de Auster que não tinha visto nos outros. As mangas de sua camisa estavam arregaçadas, revelando uma tatuagem de tinta preta rebuscada enroscada no antebraço. Demorei um momento para entender que eram duas cobras enroladas, uma comendo o rabo da outra. Era um símbolo que eu nunca tinha visto antes.

Ele parou à primeira porta, encaixando a chave no cadeado de ferro enferrujado que ficava pendurado no trinco antes de abrir com o pé. Entrei atrás dele, e as frestas de luz do sol iluminaram uma pequena despensa carregada com barris alcatroados de água e engradados de comida. Potes de vidro azul e âmbar cobriam as paredes sobre prateleiras, e carne-seca salgada ficava pendurada em ganchos na antepara. Ergui o balde para colocá-lo sobre a bancada quando o estalo de tábuas do assoalho me fez erguer os olhos. Dava para ver o movimento por entre elas pelas sombras que passavam entre as fendas. Era o alojamento do timoneiro.

Dei mais um passo para perto da parede, inclinando-me para tentar ver West.

— Isso é tudo.

Auster segurava a porta aberta com a mão, esperando eu sair.

O calor ardeu sob minha pele quando ele ergueu os olhos para a antepara e percebi que tinha me flagrado olhando. Respondi com um aceno rápido antes de me retirar, e ele encaixou o trinco. Ele me alimentara, mas não correria o risco de me deixar ficar por mais tempo na despensa ou me familiarizar demais com a disposição do navio. Era o dever dele, na verdade. Ser o taifeiro era um trabalho meticuloso, não apenas porque taifeiros supervisionavam o inventário e eram encarregados de preencher os suprimentos do navio no porto. Além disso, era o caçador, o montador de armadilhas e o coletor entre eles. Eu também não deixaria uma dragadora faminta entrar ali.

Willa já estava na rede quando passei pela porta. Fechei a tampa do baú aberto e me sentei em cima, soltando um silvo de dor quando encostei na parede.

Ela puxou todo o cabelo por sobre o ombro, observando-me.

— O que uma dragadora jevalesa quer nos Estreitos?

— Também quero saber.

Eu me ericei quando Paj apareceu no corredor, apoiando-se no batente. Nem o ouvira descer a escada.

Alternei o olhar entre os dois, os arrepios percorrendo minha pele. Eles estavam curiosos, o que me deixava nervosa. Talvez eu tivesse cometido um erro ao entrar no joguinho deles e mergulhar atrás da moeda. Mas, se eu jogasse bem minhas cartas, poderia usar aquilo para conseguir as informações de que precisava. Eu só precisava dar a eles uma parte da verdade.

— Estou procurando uma pessoa — respondi, apoiando os cotovelos nos joelhos.

Foi Willa quem mordeu a isca.

— Quem?

Saquei a faca do cinto, equilibrando a ponta no baú ao meu lado. Eu a girei até fazer um pequeno buraco na madeira.

— Um mercador. O nome dele é Saint.

Paj e Willa se entreolharam e ela se endireitou na rede, os pés balançando.

— O que você quer com Saint? — riu Paj, um sorriso brilhante se abrindo no rosto, mas parecia apreensivo.

Era ali que as regras de meu pai entravam em ação de novo. Ele me fizera prometer uma única coisa na vida. Podia andar o quanto quisesse pelo navio, explorar as vilas e docas como bem entendesse. Se não quebrasse a promessa, eu nunca perderia sua boa vontade.

Eu jamais poderia contar a alguém que era sua filha. Só isso.

Eu nunca quebrei promessa, e não faria isso agora.

— Um emprego.

Dei de ombros.

Willa me olhou feio.

— Você quer trabalhar para *Saint*? — Ela fez uma careta quando percebeu que eu estava falando sério. — Em que função? De dragadora?

— Por que não?

— Por que não? — Paj ergueu a voz. — Trabalhar para Saint é um desejo suicida. Suas chances eram melhores em Jeval.

A passarela ficou em silêncio e, pelo canto do olho, deu para ver um lampejo de luz quando Willa virou a adaga na mão. O cabo era cravejado de pedras facetadas de todas as cores, a prata ornamentada subindo na direção da lâmina.

— Há quanto tempo vocês trabalham para West?

Eu me levantei e me deitei na rede com cuidado, mordendo o lábio quando o tecido raspou os arranhões inchados em meu ombro.

— Desde o começo, dois anos atrás — respondeu Paj, com tranquilidade, o que me surpreendeu. — Quando West conseguiu o *Marigold*, ele contratou Hamish e Willa. Eu e Paj viemos logo depois.

Então entendi por que ele tinha oferecido as informações tão prontamente. Era parte de uma história. E as únicas pessoas nos Estreitos que precisavam de histórias eram aquelas que tinham algo a esconder. Qualquer coisa dada era provavelmente mentira.

Eu me afundei mais na rede.

— Vocês são todos tão jovens — comentei.

— Crescemos juntos em tripulações diferentes — explicou Paj. — Pivetes da Orla, todos nós.

Isso podia ser verdade. Ao menos em parte. Mas o sotaque nas vozes de Paj e Auster não era de Ceros.

Willa desceu o olhar para a adaga. As pedras cravejadas no cabo eram safira e ametista. Não eram das mais raras, mas o tamanho as tornavam valiosas. Valiosas demais para uma órfã da Orla.

Foi como Saint me ensinou a mentir também: sempre construir uma mentira a partir de uma verdade. Alguns deles deviam ser mesmo pivetes da Orla. Tripulações mercantis viviam acolhendo crianças de rua que moravam na Orla de Ceros, oferecendo comida e treinamento em troca de mão de obra perigosa. A maioria cresceu trabalhando nos navios em que foi criada, mas nunca ouvi falar de um pivete da Orla se tornando timoneiro.

Ainda mais inacreditável era a ideia de que eles tinham sido capazes de arranjar uma licença para negociar. Havia cinco guildas que controlavam quase todos os aspectos da vida nos Estreitos: a Guilda de Centeio, a Guilda de Construtores Navais, a Guilda de Veleiros, a Guilda de Ferreiros e a Guilda de Joias. Cada uma tinha um mestre, e os mestres das cinco guildas faziam parte do Conselho de Comércio. Eles eram os únicos que podiam conceder aos mercadores as licenças de que precisavam para fazer negócios em cada porto, e era impossível que aquela tripulação tivesse conseguido uma sozinha. Quem quer que fosse West, ele tinha pelo menos um amigo poderoso.

Como eu não disse nada, Paj voltou para o corredor, deixando-me a sós com Willa. Os olhos dela estavam semicerrados, e percebi que eu não a tinha visto dormir desde que subira a bordo. Eu não sabia como eles conseguiam, se, ao que parecia, cada um tinha pelo menos três funções.

— Há quanto tempo você draga? — perguntou Willa, a voz ficando baixa.

— Desde sempre. Minha mãe começou a me ensinar a mergulhar assim que aprendi a nadar.

Saint sempre disse que ela era a melhor dragadora dos Estreitos, e eu acreditava nele. Ele só admitia os melhores, e as pessoas que tripulavam seus navios nunca o abandonavam. Afinal, ganhavam mais dinheiro do que qualquer outra pessoa dos Estreitos.

Mas minha mãe tinha outro motivo.

Eu só tinha visto Saint sorrir uma vez, quando estava espiando os dois nos aposentos dele. Minha mãe tirou os mapas em que estava trabalhando das mãos dele e colocou os braços dele ao redor do corpo pequeno dela. Ele pousou o queixo em cima da cabeça dela e sorriu, e me lembro de pensar que nunca tinha visto seus dentes à mostra daquele jeito. As rugas se formando ao redor de seus olhos. Parecia outra pessoa.

Saint quebrou as próprias regras quando se apaixonou pela minha mãe. Ele as quebrou uma centena de vezes.

— Ela está em Jeval?

Pisquei, afundando a memória.

— Não. — Deixei a única palavra pairar no ar, respondendo mais partes da pergunta do que Willa havia pedido. Antes que ela pudesse fazer outra, mudei de assunto: — Então, você é a contramestra?

— Isso mesmo.

— Onde aprendeu o ofício?

— Aqui e ali.

Eu é que não iria insistir. Não queria saber mais deles do que precisava, e não precisava que eles soubessem nada de mim também. Eu tinha revelado tudo que podia ao contar que estava à procura de Saint.

Os melhores contramestres normalmente eram mulheres, capazes de escalar rapidamente e caber em espaços pequenos. Eu sempre me chocava, observando-as do convés do *Lark*. Nunca faltava trabalho para elas, porque todo navio precisava de pelo menos uma.

O *Marigold* parecia estar se virando com o mínimo do mínimo de uma tripulação — um timoneiro, um mestre de moedas, um taifeiro, uma contramestra e um navegador.

— Vocês não têm dragador — apontei, olhando para as botas iluminadas por uma viga de luz do sol na parede.

A voz de Willa ficou mais grave ao responder.

— Não. Não mais.

Os arrepios voltaram à minha pele, o ar na passarela subitamente frio quando me lembrei do que Auster dissera antes de eu pular pela amurada.

A última pessoa que roubou de nós está no fundo do mar.

Voltei os olhos ao baú encostado na parede, onde o cinto e as ferramentas de dragagem estavam largados.

Ele ou ela não precisava mais deles.

O silêncio perturbador que pareceu emanar de Willa só confirmou a suspeita. Ela queria que eu juntasse as peças. Queria que eu soubesse. Espiei pela beira da rede, e ela ainda estava me vigiando, a adaga reluzindo na mão.

DEZ

LUZ SOLAR ATRAVESSOU AS FRESTAS DA ANTEPARA, E O CHEIRO denso de fumaça e óleo de lanterna persistia na passarela. Assim que abri os olhos, despertei junto à dor no maxilar, causada pela batida no esquife de Koy. Apertei bem os olhos, e o osso latejou quando cerrei os dentes. Em seguida, veio a ardência na pele que descia de meus ombros até as costas.

Eu me sentei devagar e pisei nas tábuas úmidas do assoalho. A rede de Willa já estava vazia.

Auster abriu a tampa de um engradado na despensa quando passei pela porta, deixando-a cair no chão antes de começar outra. Ele olhou de relance para mim, resmungando enquanto tirava do engradado um vidro de peixe em conserva.

O vento úmido soprou no corredor quando subi a escada, e eu ergui a mão, deixando que o ar passasse entre meus dedos. Quente, mas forte. Não era bom sinal. Cortante demais para o céu pálido e sem nuvens sobre nós, o que significava que era muito provável que uma tempestade estivesse se formando além do horizonte.

Willa e Paj já estavam trabalhando nas escotas, aparando as velas para suportar a pressão.

— Você é preguiçosa, para uma dragadora. — A voz de Willa veio de cima, das redes onde ela estava.

Um pé enrolado nas cordas e o outro apoiado no mastro, o lustre preto do alcatrão em seus dedos. Eu a observei descer para a vela seguinte.

— Falta muito para Dern?

Ela olhou para trás de mim, a oeste.

— Chegamos.

Eu me virei para ver a pequena vila portuária que se estendia sobre uma colina ao longe, onde o mar encontrava a costa em uma longa parede rochosa.

Um sorriso se abriu em meus lábios, uma pequena risada escapando do peito. Fazia anos que eu não via Dern, mas eu me lembrava claramente da cidade: os edifícios disformes de pedra e as bocas escurecidas das chaminés tortas. Sempre havia uma senhora na doca vendendo laranjas vermelhas, e o navegador de Saint, Clove, comprava uma para mim toda vez que aportávamos.

O ardor de lágrimas queimou meus olhos quando a memória inundou os lugares que eu tinha tomado tanto cuidado para represar. Eu pensava em Saint todo dia, seu rosto ganhando vida em minha mente como se não fizesse quatro anos desde a última vez que eu o tinha visto. Mas tentava não pensar em Clove assim como tentava não pensar em minha mãe. O que meu pai não oferecia em afeto, Clove tinha me dado de sobra.

— West... — chamou Willa, interrompendo o trabalho com os olhos arregalados antes de escorregar pelo mastro e pousar no convés.

Ele saiu da arcada, passando o olhar pelas docas antes de pressionar os lábios em uma linha dura.

— Hamish!

Willa empalideceu e, por um momento, pareceu que ia vomitar.

Hamish saiu do alojamento do timoneiro, encontrando um espaço ao lado de West à amurada. Ele soltou um longo suspiro, praguejando, antes de voltar pela porta.

Estudei o porto, buscando o que eles viram entre os navios. Seis longas docas se projetavam das escarpas, as baías estreitas cheias de barcos de todos os tamanhos. Todos pareciam mercantis. Alguns brasões eu reconheci e um ou dois, não, mas havia um navio inconfundível. A estrutura larga e ornamentada e a carpintaria detalhada não combinavam com os outros navios ali.

Meu coração se retorceu no peito quando identifiquei o brasão de Saint — uma onda se quebrando sobre uma vela triangular, pintada sobre os ovéns brancos ondulados de um clíper.

Ele não estaria lá. O navio era pequeno demais para ser dele, e não havia como saber quantos ele tinha sob seu comando àquela altura.

— Abram a embarcação! — gritou West, mais alto que o vento, esbarrando no meu ombro ao passar.

Auster e Paj saltaram do mastro principal, e Willa me entregou a lata de alcatrão antes de seguir para a escada que levava ao tombadilho superior. Eles desenrolaram as cordas, puxando em movimentos sincronizados enquanto West observava um lado do tombadilho superior se erguer para revelar o portão de carga.

Eles prenderam as cordas, amarrando-as ao redor de ganchos de ferro ao pé da amurada, e Auster e Paj desceram para o casco, onde barris de maçãs e engradados de redes estavam empilhados no canto. Eles os passaram uns para os outros, enfileirados, até estarem dispostos organizadamente, prontos para serem descarregados.

Os outros não abriram a boca, mas dava para sentir a tensão em todo o navio. O que Willa tinha visto nas docas havia deixado todos à flor da pele enquanto trabalhavam, arrumando mercadorias até Hamish sair do alojamento do timoneiro com cinco bolsas pequenas de couro vermelho nas mãos. Ele as jogou para cada membro da tripulação, e eles as amarraram em seus cintos.

A atenção de West ainda estava fixada em Dern quando ele ergueu a barra da camisa e guardou a bolsa na cintura de sua calça.

— O que tem lá? — perguntei, observando seu rosto.

Seus olhos verdes faiscavam enquanto ele virava os raios do leme, mas não obtive resposta. Dava para ver que estava calculando mentalmente, medindo o ângulo do navio em relação à doca. West inclinou o timão mais uma fração até ficar satisfeito, e Paj desceu do tombadilho superior para assumir seu lugar.

— Dragadora — chamou Auster, com um aceno do queixo.

Subi os degraus, e ele me entregou as cordas de arrasto enquanto fechava o depósito com Willa. Hamish ficou lá embaixo, amarrando cuidadosamente a ponta de uma corda a um pequeno baú, e West entrou na frente dele, bloqueando minha visão.

— Recolham todas as velas! — gritou ele, olhando em meus olhos com um alerta.

O que quer que Hamish estivesse fazendo, West não queria que eu visse. Assim como os mapas em seus aposentos e as ilhas de coral ao norte. Eu tinha demorado menos de um dia para perceber que o *Marigold* era mais do que um navio mercantil, mas minha lista de perguntas estava crescendo a cada minuto.

Auster e Willa obedeceram à ordem, correndo até o mastro para assumir as carregadeiras. Atrás deles, Hamish jogou o pedaço de corda na água, e o baú afundou nas profundezas.

Como mestre de moedas, só havia uma coisa que ele poderia estar escondendo antes de o *Marigold* aportar. Enrolei a corda com firmeza, observando a vila. O que quer ou quem quer que estivesse lá, West não achava que suas moedas estavam a salvo.

Auster desceu para ajudar Willa a lançar âncora, e nos aproximamos devagar da doca. Assim que chegamos perto, separei os cabos de atracação em minhas mãos e balancei o braço para a frente e para trás, mirando na estaca na ponta da doca. Soltei com um grunhido, observando o cabo se desenrolar pelo ar. Ele foi saindo do navio até a ponta estar solta e se prendeu na estaca quando o laço deslizou sobre ela.

Peguei o cabo com as mãos machucadas e firmei os pés na amurada antes de me inclinar para trás, fazendo força para puxar, de pouco em pouco.

Willa sorriu, pegando a corda atrás de mim e puxando.

— Belo lançamento. Você não teria lançado tão longe, Paj! — provocou ela.

Ele olhou para mim de trás do leme, e fiquei tão surpresa por ver ele abrir um sorriso que quase escorreguei na madeira oleosa. O ritmo de tripular um navio era como uma melodia que eu conhecia desde sempre e só tinha conseguido cantarolar sozinha nos últimos quatro anos. Em poucos dias, aportaríamos em Ceros, e eu teria a chance de finalmente assumir meu lugar no navio de Saint, que antes era ocupado por minha mãe. Como nasci para fazer.

West pegou os cabos atrás de Willa e ajudou a puxar enquanto dois homens vinham correndo pela doca. Eles estenderam as mãos, esperando o *Marigold* chegar mais perto, e, quando chegou à beirada, empurraram o navio para impedir que arranhasse.

A tripulação lançou outra âncora e desceu a rampa de carga enquanto Hamish falava com os estivadores lá embaixo. Um vento rebelde varria a angra, e me virei para o sopro, inspirando o ar úmido no fundo dos pulmões.

A corrente no ar me causou um calafrio enquanto eu observava o céu mudar. Lentamente. As tempestades nos Estreitos eram assim, ardilosas. Era o que tornava tão perigoso velejar por aquelas águas. Quase todos os navios no fundo daquele mar tinham sido jogados lá por uma tempestade.

Willa e Auster saíram do corredor com suas bolsas e casacos, e Paj vestiu um gorro tricotado antes de pular a amurada para descer a escada. Subi para ir atrás deles, mas alguém me puxou para baixo, de volta ao convés.

West estava atrás de mim, segurando na parte de trás de meu cinto.

— Você não vai sair do navio.

— Como assim?

Eu o encarei, perplexa, tentando me desvencilhar por instinto. Sua mão ficou ainda mais firme, fazendo-me prender a respiração.

— Vamos voltar pela manhã, depois partimos para Ceros.

Olhei para a vila atrás dele. Eu precisava descer do navio e dar um jeito de ganhar dinheiro.

— Não sou prisioneira.

— Você é carga. E a única carga que desce do navio neste porto é a que vai ficar aqui. — Ele me encarou, desafiando-me a argumentar. Nós dois sabíamos que ele não podia me obrigar a ficar no navio. Não sem me amarrar às vigas do casco. — Não acho que você tenha dinheiro suficiente para pagar a passagem a outro mercador. Então, se não quiser ser deixada nesta doca amanhã, fique quieta.

Quando ele passou por mim, segurei sua manga, puxando-o de volta. Ele se irritou, baixando os olhos para minha mão em volta de seu braço, como se machucasse.

— O que tem lá embaixo?

Eu não me importava com que confusão o *Marigold* tinha se metido, mas, se me impedisse de chegar a Ceros, era, sim, problema meu.

Ele cerrou o maxilar, que pulsou sob a pele escurecida pelo sol.

— Se sair deste navio, você não volta — repetiu.

Ele se soltou, deixando o ar frio entre nós. Finalmente respirei, o sabor de seu cheiro na língua. Ele vestiu um gorro sobre o cabelo dourado e rebelde antes de descer, e o vi entregar algumas moedas aos dois homens na doca. Eles deviam ser contratados para vigiar o navio. Ou me vigiar. Talvez as duas coisas. A tripulação não deixaria o *Marigold* sem que houvesse olhos sobre ele.

West não olhou para trás enquanto seguia os outros em fila única pelas tábuas de madeira desgastadas da doca rumo à vila. Eu os observei, segurando a amurada com tanta força que senti que quebraria os ossos. Eu precisava transformar meus seis cobres em pelo menos doze antes de partirmos de Dern e, se não saísse do navio, isso seria impossível.

Praguejei, o cheiro de West ainda forte na garganta.

A expulsão do *Marigold* era um risco que eu teria que correr.

ONZE

EU AINDA TINHA UMA OU DUAS HORAS ATÉ O CAIR DA NOITE, e era tempo mais do que suficiente.

Ou West era idiota por me deixar no navio sozinha, ou só não tinha escolha. A julgar pela tensão que envolveu a tripulação do *Marigold* quando entramos no ancoradouro, eu diria que era a segunda opção. O que quer que West estivesse aprontando em Dern, precisava de toda a tripulação com ele, e não queria uma dragadora jevalesa como testemunha.

Subi no mastro principal e observei os cinco caminharem pelas ruas estreitas da vila lá embaixo, andando em fila única, com Auster na frente e West por último. Eles estavam a caminho de uma taverna, onde três chaminés inclinadas subiam de um edifício retangular comprido que também servia de estalagem.

Normalmente era a primeira parada dos mercadores quando aportavam e, mesmo criança, eu sabia o que acontecia atrás daquelas portas. Tinha visto muitos membros da tripulação do meu pai desaparecerem em tavernas com bolsas cheias de moedas e saírem com elas vazias. Havia apenas duas coisas terminantemente proibidas em um navio, porque ambas poderiam levar à morte de seus camaradas: amor e embriaguez. Era só em terra firme que se poderia encontrar alguém para aquecer a cama ou esvaziar uma garrafa de uísque de centeio.

O brilho do fogo iluminou a rua quando a porta foi aberta e a tripulação desapareceu lá dentro. Soltei um longo suspiro enquanto tirava o cabelo do rosto, pensando. Era provável que eles só voltassem na manhã seguinte, quando a casa de comércio abrisse, o que significava que eu tinha umas boas dez horas para entrar e sair de Dern sem ser notada.

Desci para o convés, tocando cada degrau frio com os pés descalços. Assim que a noite caísse, eu entraria discretamente na vila e conseguiria o que precisava. Até lá, usaria o tempo para descobrir o que o *Marigold* estava aprontando, na esperança de encontrar algo ainda mais poderoso que dinheiro. Não havia moeda mais valiosa nos Estreitos do que informação.

Segui os degraus para o corredor e parei na frente do porão de carga, tirando do cinto a menor das gazuas de ferro. A fechadura se abriu com facilidade e empurrei a porta, baixando a cabeça para passar por sob os caibros com a lanterna estendida diante de mim.

As palavras de Hamish ecoaram em minha mente.

Se você encostar um dedo em qualquer coisa que não lhe pertence neste navio, eu vou saber.

Eu teria que arriscar.

Apenas alguns raios do sol poente desciam do tombadilho superior, atingindo as caixas e os tambores cilíndricos que cercavam as paredes. O espaço estava cheio deles, estampados com diferentes selos dos portos espalhados ao longo das pequenas enseadas dos Estreitos. Dava para ver pelo inventário que o *Marigold* estava se virando bem. E, com apenas cinco bolsos para dividir, os lucros deviam ser bons.

O que não era tão claro era como eles conseguiram estabelecer comércio em tantos portos com uma tripulação nova, especialmente tão jovem. Ninguém no navio devia ser muito mais velho do que eu e, embora não fosse raro ter jovens tripulando navios mercantis, era estranho não ver sequer um marinheiro experiente entre eles.

Redes e cordas recém-feitas estavam empilhadas ao lado de camadas de lonas bem dobradas e cestos de tomates verdes. Mas, em um navio, sempre havia mercadorias que o mestre de moedas não queria que ninguém visse. Aprendi isso quando era criança, xeretando a carga do *Lark*.

Dei uma volta, estudando com atenção as pilhas ao meu redor. Todo navio tinha seus esconderijos, e esse não era diferente.

Mas era, sim.

Algo no *Marigold* e em sua tripulação era estranho. Eu podia imaginar o que havia acontecido com o antigo dragador, mas por que eles estavam tripulando com apenas cinco pessoas um navio que precisava de doze? O que West estava fazendo nas ilhas de coral e o que os havia perturbado em Dern?

Pendurei a lanterna no gancho e fiquei na ponta dos pés, encaixando as mãos nos sulcos das vigas no alto. Meus dedos seguiram cada uma pela extensão do casco, movendo-se devagar até tocarem o vidro liso e frio de uma garrafa encaixada entre a madeira. Eu a desprendi e a segurei sob a luz, onde o líquido âmbar ficava esverdeado pela cor do vidro azul. Abri a rolha, dando uma fungada.

Uísque de centeio.

Um sorriso furtivo repuxou o corte em meu lábio antes de eu inclinar a cabeça para trás, dando um gole demorado. O líquido queimou em meu peito até eu tossir, engolindo com dificuldade e estreitando os olhos. Uma centena de memórias à luz de velas se acendeu em minha mente quando o cheiro forte e doce da bebida rebentou em meu nariz, e tampei a garrafa imediatamente, guardando-a de volta no esconderijo, como se as visões pudessem desaparecer assim.

Desci de um pulo e fui olhar as tábuas das paredes, tirando a faca do cinto e batendo nas pontas de cada madeira até uma se soltar. Ela balançou para cima, e enfiei a mão até encontrar uma bolsa de linho fechada. As pedras amarelo-claras caíram em minha palma e ergui a mão sob a luz nevoenta. À primeira vista, parecia citrina. Mas minha mãe tinha me ensinado tudo.

As facetas que refletiam o tom claro no topo as entregavam: feldspato amarelo.

Eram bons pedaços, a luz se espalhando igualmente em suas faces. Não deviam ser as únicas pedras que eles tinham escondido, mas dariam pela falta delas facilmente, mesmo se eu pegasse apenas uma. Precisava de outra coisa. Algo que desse menos na cara.

Deixei a bolsa no esconderijo e ergui as tampas de um barril após o outro até encontrar um com algo que resplandecia na escuridão. Fivelas de latão. Suspirei de alívio e coloquei duas na bolsa em meu cinto, colocando a tampa de volta e girando-a. O resto da luz minguante entrava pelas tábuas do tombadilho superior e ergui os olhos, estudando o intervalo na escuridão. A estibordo, não havia luz.

O alojamento do timoneiro.

Subi nos engradados de repolho do canto e ergui as mãos, encaixando a ponta da faca entre a beirada de uma das tábuas e a viga. Puxei o cabo para baixo com cuidado, forçando com meu peso até o prego escapar. Depois que as duas pontas estavam soltas, ergui a tábua e a coloquei em cima da pilha de cordas ao meu lado. No alto, as persianas nas janelas do alojamento de West estavam fechadas.

A faca entrou com facilidade embaixo de outras tábuas e, alguns minutos depois, eu tinha uma abertura grande o bastante para passar. Voltei para pegar a lanterna e me meti na abertura estreita, meus pés pendurados sobre o porão aberto antes de me lançar para dentro.

Uma pequena sombra sacudiu ao meu lado quando me levantei no meio do quarto, e dei um passo na direção da janela fechada, onde uma corrente de pedras furadas balançava no pouco vento que atravessa as frestas.

Sorri, erguendo a mão para pegar uma das pedrinhas lisas entre os dedos. No centro, um buraco perfeito a fazia parecer um olho. Dizia a lenda que aquelas pedras naturalmente furadas, conhecidas como pedras de serpente, traziam boa sorte. Elas eram colecionadas em praias e penduradas como talismãs para esconder o timoneiro do olhar de demônios marinhos. Meu pai também as tinha penduradas na janela do alojamento, mas isso não havia impedido o *Lark* de afundar.

Atrás de mim, a escrivaninha de West estava pregada no chão, e uma pilha de mapas e esquemas abertos cobria sua superfície. Cheguei mais perto para passar as mãos no pergaminho macio e desgastado. As pontas curvas estavam emolduradas pela tinta precisa e delicada que mapeava as ilhas, angras e fossas oceânicas dos Estreitos. Notas sobre profundidade e pontos de referência e a rede geométrica de linhas retas enchiam as margens em uma letra curva e inábil, e me perguntei se era de West ou Paj. Passei para o próximo, estudando. Na ponta superior, estava Jeval, como uma boia no meio do nada.

Uma bússola reluzente de latão diferente de qualquer uma que eu já vira estava bem no centro. Eu a ergui e apoiei na palma da mão para examinar a face estranha sob a luz de lamparina de modo que a agulha dançasse em uma linha oscilante.

Uma pedra branca bruta estava pousada ao lado dela, do tamanho da palma de minha mão.

Mas foi a abertura que eu tinha criado para subir que chamou minha atenção, aparecendo no canto sombreado do meu olhar. Me aproximei, olhando para o porão de carga lá embaixo, onde uma das tábuas que eu tinha erguido me encarava. Em uma beirada, tinta preta pintava a superfície laqueada escondida embaixo do tapete.

Eu me virei, observando a franja na ponta do tapete de lã vermelha, e me sentei, levantando o canto. Meu coração se apertou quando a luz tremulou sobre o desenho de uma onda preta. Puxei mais o tapete, perdendo o fôlego ao ver o resto do símbolo. O contorno riscado de um brasão estava pintado no chão. Mas não era o do *Marigold*.

Era o de Saint.

Minha cabeça ficou a mil, tentando entender. Tentando encaixar as peças em uma ordem que fosse compreensível. Mas a única explicação não podia ser verdade.

Esse navio não era de West. Era do meu pai. Ou tinha sido em algum momento. Mas o brasão nas velas e na proa não eram dele. Portanto, ou West estava escondendo de onde o navio tinha vindo, ou estava escondendo o que a embarcação realmente era.

Um navio-sombra.

Eu já tinha ouvido falar deles — navios controlados por um mercador poderoso que, contudo, operavam sob um brasão diferente para esconder sua verdadeira identidade. Executavam tarefas a que seu chefe não queria se associar ou, pior, manipulavam o comércio em portos para favorecê-lo. Era um delito grave contra o Conselho de Comércio e faria a licença de um navio ser revogada permanentemente. Não me surpreendia que Saint tivesse um navio-sombra. Talvez ele tivesse vários. Mas por que confiaria um trabalho como aquele a um bando de pivetes da Orla?

Mas foi assim que eles conseguiram sua licença do Conselho de Comércio: Saint.

O clangor abrupto de um sino me deu um sobressalto, e a bússola pesada escapou de meus dedos frios. Pulei para a frente, pegando-a antes que caísse no chão, e quase derrubei a lanterna da mesa. Inspirei fundo, apoiando-me na escrivaninha.

Era o sino que assinalava o pôr do sol, ecoando por toda a vila enquanto o último raio de luz desaparecia no horizonte.

Recoloquei a bússola no centro da escrivaninha com as mãos trêmulas antes de voltar a descer por entre as tábuas do assoalho e as prender no lugar. Não daria para recolocar os pregos, mas, tão perto da escrivaninha e quase escondidas embaixo do tapete, eu torcia para que levasse um tempo para alguém notar.

Voltei ao convés principal e olhei para a vila. Se eu estivesse lembrando corretamente, chegaria ao centro e voltaria em pouco mais de uma hora.

Lá embaixo, os dois homens que West tinha contratado estavam na doca, debruçados sobre um jogo de cartas. Eu me pendurei sobre a popa do *Marigold*, enrolando as pernas na corda de uma armadilha de peixes para descer sem fazer barulho e entrar na água parada do ancoradouro. Enchi os pulmões de ar e afundei, nadando com as mãos estendidas diante de mim no escuro, na direção da costa.

Eu sabia que, nos Estreitos, nada era o que parecia ser. Toda verdade era distorcida. Toda mentira, construída com cuidado. Meus instintos sobre o *Marigold* estavam certos. Não era um navio mercante, ao menos não apenas. Era questão de tempo até a tripulação do navio-sombra de Saint se deparar com uma corda ao redor do pescoço. E minha única chance de chegar a Ceros estaria perdida.

DOZE

ASSEI PELAS RUAS LOTADAS A CAMINHO DO CAMPANÁRIO no centro de Dern. Em Jeval, não havia muita coisa que cercasse a imensidão de céu antes de ele mergulhar no mar. Aqui, ele era obstruído pelos traços irregulares de telhados rústicos e inclinados, dando-me a sensação de que eu poderia desaparecer.

Em Jeval, não havia onde me esconder.

Mantive o olhar atento, virando-me para avaliar os arredores a cada oito ou dez passos para não perder o trajeto. Eu me lembrava mais da vila do que imaginava, porque pouca coisa havia mudado desde que eu andara por essas ruas. Os formatos e sons foram voltando a mim em mais uma onda de memórias. Na última vez que estivera em Dern, eu segurava a mão do navegador de meu pai, Clove. Segui atrás dele no escuro com passos rápidos e úmidos enquanto ele me puxava pelas multidões até a loja do gambito. Mas eu não era mais a menininha inocente que havia passado por aquelas ruas montada nos ombros dele. Eu tinha virado outra coisa.

A brasa de um cachimbo iluminou o beco escuro, e uma mulher me observou através de uma nuvem de fumaça branca de verbasco. Eu já estava chamando mais atenção do que queria.

Fiz uma curva fechada, reparando no telhado vermelho na esquina noroeste para marcar onde estava. Botas pisando na pedra úmida soaram atrás de mim, e me escondi na sombra que caía sobre a parede de pedra, com a mão enrolada ao redor da trança úmida, até a pessoa passar. A maioria das pessoas por ali estavam voltando para casa puxando carrinhos de mercado, tentando sair da parte congestionada da vila. Mas outras subiam a colina, na direção da taverna, e isso me deixou nervosa. Se não houvesse quartos suficientes na estalagem, a tripulação poderia voltar ao *Marigold*.

A loja do gambito apareceu na entrada do beco seguinte, iluminada por apenas uma lamparina fraca de rua. Era pouco mais do que um alpendre ao lado da parede lisa de um edifício sem janelas, mas era igualzinho ao que eu lembrava, até a janela de moldura externa com uma vidraça rachada. Cinco degraus tortos levavam à porta verde, onde uma placa estava pintada em tinta azul lascada e desbotada.

GAMBITO DA VILA

Parei, tentando escutar por um momento antes de pisar um pé enlameado na faixa de luar que iluminava os paralelepípedos. A porta se abriu, e dela saíram duas mulheres cambaleantes, rindo enquanto desciam os degraus. Voltei correndo, tentando fazer todos os centímetros do meu corpo caberem na escuridão. Elas passaram reto por mim, sem nem erguer os olhos, e foi só depois que viraram a esquina que vi o brilho de algo luzir ao redor de um de seus punhos. Cintilava como uma pequena chama logo abaixo da manga do manto.

Se havia um golpe de sorte a encontrar naquela vila, ali estava.

Comecei a descer o muro na direção oposta, acelerando o passo para as interceptar e, quando alcancei o beco seguinte, esperei, observando as sombras no chão com a respiração presa no peito. Um simples esbarrão, era tudo de que eu precisava, mas havia tempo que eu não fazia aquilo, e ainda mais desde minhas aulas noturnas com Clove.

Não hesite, Fay. Nem por um segundo.

Quase escutei sua voz grossa e estrondosa. Eu achava que meu pai ficaria bravo quando descobrisse que Clove estava me ensinando a bater carteiras, mas descobri depois que foi Saint quem tinha pedido para ele fazer isso. Era minha mãe quem reprovava.

Assim que ouvi as vozes das mulheres, saí para a rua, de olhos erguidos para os telhados, e cambaleei para trás, trombando em uma delas e a derrubando de lado.

— Ah! — Eu a peguei pelos braços antes que caísse na lama, e ela ergueu os olhos arregalados para mim. — Por favor, me deixe ajudar.

Ela se equilibrou em mim enquanto eu me atrapalhava para tirar o bracelete do pequeno punho dela, e mordi o lábio com força. Era uma habilidade que exigia prática, mas nunca tive coragem de furtar em Jeval. Não quando eu poderia ser amarrada no recife e largada para morrer. Ergui os olhos, certa de que a mulher tinha notado o toque de meus dedos no fecho, mas, assim que os olhos dela se focaram nos meus, ela se encolheu, cerrando os punhos diante do peito, de queixo caindo.

— Me solte!

Demorei um momento para entender. Examinei o rosto dela e baixei os olhos para meus pés descalços e minhas roupas rasgadas. Ambos me denunciavam como uma dragadora jevalesa, mesmo não sendo natural de lá, e meu lábio cortado mostrava a qualquer um que eu tinha me metido em encrenca nos últimos dias.

A outra mulher colocou o braço ao redor da amiga em um gesto protetor, guiando-a para longe com a cara fechada, e baixei a cabeça em um gesto de desculpas.

Assim que elas saíram do campo de visão, soltei o fôlego, tentando acalmar meu pulso errático. O bracelete dourado brilhou quando o virei sob a luz. Talvez fosse a única vez que parecer uma jevalesa me seria útil.

Outra sombra se moveu na frente da janela da loja do gambito antes de o trinco da porta bater, e paralisei quando um vulto apareceu no meio do beco. A luz da loja caiu sobre uma mecha de cabelo dourado que escapava de seu gorro, e inspirei fundo de novo, fechando os dedos em volta do bracelete.

West. Ele estava no meio do beco, de olho na porta fechada da loja. Deslizei ao longo da parede e me escondi atrás da esquina, meu coração voltando a bater forte no peito.

Antes que eu pudesse me virar para fugir, a porta da loja foi aberta e Willa desceu os degraus, parando de repente quando o viu. O rosto dele estava apenas meio pintado pela luz, e ele colocou as mãos nos bolsos quando a porta se fechou atrás dela.

— Quanto?

A voz grave e impassível dele era afiada o bastante para cortar osso.

Willa conteve a expressão de surpresa no rosto, descendo os degraus para passar, mas ele entrou na frente dela.

— Quanto? — repetiu.

Eu me encolhi ainda mais, observando os dois.

Willa se virou para encará-lo, se empertigando, embora tivesse metade da altura dele. A luz da lanterna escurecia a cor de sua pele em um tom escuro de ferrugem, fazendo o cabelo bronze quase brilhar.

— Não se mete, West.

Ele avançou os poucos passos que os separavam e pegou o punho dela, descruzando os braços de Willa e a girando. Ela soltou um gritinho quando ele ergueu a barra da camisa dela, expondo o cinto, e ficou imóvel. A adaga cravejada de joias que ela carregava nas costas não estava lá.

Ele sacou a faca do próprio cinto e se dirigiu aos degraus do gambito, mas Willa deu um pulo à frente, encaixando as mãos no braço dele e puxando-o para trás.

— Não, West — disse, com a voz rouca, os olhos suplicantes. — Não, por favor.

West segurava a faca com tanta força que a luz se refletiu na lâmina quando a sacudiu.

— Quanto ele te deu pela adaga?

— Vinte cobres.

A voz dela já não tinha mais a raiva que eu ouvira momentos atrás. Era a voz de uma criança.

West passou a mão no rosto, suspirando.

— Se precisar de alguma coisa, peça para *mim*, Willa.

Os olhos dela faiscaram quando se voltaram para ele e, mesmo no escuro, eu vi o maxilar cerrado de West. Entendi de repente que devia haver algo entre eles. Não passavam muito tempo juntos no navio, mas eu notei a sombra da relação na forma como se olhavam ali. Eram mais do que colegas de bordo, e a conclusão me fez morder a bochecha. Eu estava quase... brava, mas a sensação foi substituída imediatamente por humilhação. Eu odiava me importar com aquilo.

— Já devo demais a você — disse ela, sussurrando.

Sua bochecha cintilou com uma lágrima e Willa ergueu a mão para secá-la, com cuidado para evitar a queimadura gravada na pele.

— Eu disse que cuidaria disso.

Ela olhou fixamente para o chão enlameado entre eles, baixando o queixo como se estivesse tentando respirar por entre as lágrimas.

— Quando você vai começar a confiar em mim, Willa?

Ela ergueu os olhos naquele momento, cheios de fogo.

— Quando você parar de me tratar como a órfã da Orla para quem você roubava comida.

Ele deu um passo para trás, como se a distância fosse aliviar o peso daquelas palavras. Mas não ajudou. Elas pairaram entre eles como o fedor de um cadáver pútrido. Impossível de ignorar ou esquecer.

Então Willa estava falando a verdade quando dissera que eles eram pivetes da Orla. E ela e West se conheciam desde muito antes do *Marigold*.

— Desculpa. — Ela suspirou e esticou a mão para ele, mais suave, mas West deu um passo para o lado, abrindo espaço para ela enquanto guardava a faca no cinto.

Willa o observou por um longo momento antes de voltar pelo beco. Foi só quando ela estava fora de seu campo de visão que West se virou de novo e, quando seus olhos se ergueram, fiquei paralisada.

Ele estava olhando diretamente para mim, como um raio de luz focado, iluminando meu esconderijo.

Olhei para trás, mas não havia nada. Eu estava completamente engolida pela escuridão.

— Venha aqui — falou ele, tão baixo que mal consegui escutar entre os sons do trovão que caía distante. — *Agora*.

Hesitei antes de sair da sombra e entrar na rua de paralelepípedo. Uma gota fria de chuva caiu em minha bochecha quando seus olhos me analisaram devagar, a tensão ainda forte em seus ombros.

— O que você está fazendo aqui?

— Eu já disse. — Encarei seu olhar. — Não paguei por uma gaiola. Paguei por passagem.

Seu olhar foi parar em minha mão. O bracelete de ouro estava enroscado em meus dedos, cintilando sob a luz de lamparina.

— Você sabe o que aconteceria se um passageiro que eu trouxe a esta vila fosse pego roubando?

Eu sabia. Ele seria multado. Sua licença de comércio em Dern poderia até ser retirada, dependendo do número de infrações em seu histórico. Como timoneiro, ele era responsável por todas as pessoas que levava ao porto.

Olhei fixamente para West, deixando o bracelete cair dentro do bolso.

— Dei todos os meus cobres para você. Não posso chegar a Ceros de mãos abanando.

Ele deu de ombros.

— Então pode passar os próximos seis meses aqui em Dern, juntando as moedinhas de que vai precisar para pagar outro mercador para levar você.

Arregalei os olhos. Ele estava falando sério.

— Você perdeu sua passagem no *Marigold* — disse, baixando os olhos para meus pés descalços. — A menos que queira fazer um novo acordo.

— Como assim?

Mal reconheci o som de minha voz, afinada pelo silêncio.

— Passagem para Ceros e trinta cobres.

Estreitei os olhos, desconfiada.

— Trinta cobres? Em troca de quê?

Por apenas um momento, uma expressão que eu nunca tinha visto brilhou nos olhos de West. O indício de alguma fragilidade sob toda a pedra de arestas sólidas. Mas desapareceu tão rapidamente quanto surgiu.

— Preciso de um favor.

TREZE

A CHUVA COMEÇOU A CAIR ENQUANTO EU ESPERAVA NO beco, a névoa que cobria Dern atravessou as ruas como o espírito de um rio morto havia muito tempo.

West me pediu para esperar antes de desaparecer pela viela e, quando finalmente voltou, carregava um pacote que eu não conseguia identificar no escuro. Ele jogou o embrulho em minhas mãos, e dei um passo para trás sob o luar, olhando para baixo. Era um par de botas e um casaco.

— Ninguém vai negociar, muito menos falar com você vestida desse jeito.

Senti o rubor dançar em meu rosto. As botas não eram novas, mas pareciam. O couro engraxado, os ilhós lustrosos. Fiquei olhando para elas, sentindo-me subitamente envergonhada.

— Calce.

Obedeci, enfiando um pé em cada bota e amarrando os cadarços enquanto West vigiava o beco ao nosso redor. Ele tirou um lenço do bolso de trás, estendendo a mão para encharcá-lo com a água da chuva que caía do canto do telhado.

Ele o entregou para mim e, quando não fiz nada, soltou um suspiro.

— Seu rosto.

— Ah.

O ardor subiu de novo em minhas bochechas enquanto eu pegava o pano, limpando a testa e o pescoço em passadas longas.

— Você devia ter deixado Auster dar pontos nisso aí — disse ele, apontando o queixo para o corte em meu lábio.

— Que diferença faz mais uma cicatriz? — murmurei, irritada.

Pareceu que diria mais alguma coisa, entreabrindo a boca apenas o bastante para eu ver a beira dos dentes. Mas ele cerrou os lábios sem dizer uma palavra e abriu o casaco para mim. Vesti os braços antes de ele afivelar os fechos, um de cada vez.

— Não vá direto para a adaga, dê uma olhada primeiro. Faça algumas perguntas.

Ele ergueu o capuz sobre minha cabeça, espanando os ombros do casaco com as mãos.

— E troco pelo quê?

Ele tirou o anel do dedo, colocando-o na palma de minha mão.

Eu o levantei diante de mim para que o dourado brilhasse, uma série de entalhes rodeando toda a superfície.

— E se não for o suficiente?

— Você vai dar um jeito — disse West, ríspido. — Não mencione meu nome nem o de Willa. Se ele perguntar quem é você, diga apenas que é uma dragadora de um navio pequeno que aportou para passar a noite.

— Certo.

Estendi a mão para ele. West ergueu os olhos.

— O que foi?

— Trinta e cinco cobres.

— Eu disse trinta.

Dei de ombros.

— Estamos negociando.

Ele me lançou um longo olhar incrédulo enquanto colocava a mão no bolso e tirava a bolsa de moedas.

Eu o observei contá-las nas mãos, resistindo ao sorriso que repuxava minha boca.

Mas, quando ergui os olhos para seu rosto, sua testa estava franzida; seus olhos, mais cansados do que eu já tinha visto. Ele estava preocupado.

A adaga podia ser de Willa, mas claramente também era importante para West.

Guardei os cobres no bolso e dei meia-volta, saindo para o beco e rumando diretamente para a loja do gambito. A chuva caía no capuz em gotas pesadas, e subi os degraus, batendo duas vezes à porta verde enferrujada.

Passos soaram lá dentro antes de a porta ser aberta e um homem careca de barba escura e comprida aparecer no batente. Desembainhei a faca devagar enquanto entrava, e a porta foi fechada atrás de mim, fazendo o sino tilintar. Ele mal olhou para mim, voltando a um banco no canto da loja, onde uma lanterna estava acesa acima de uma lupa. Ao lado delas, um cachimbo ainda soltava fumaça, enchendo a lojinha de um cheiro doce e picante de verbasco.

Velas fixadas dentro de garrafas velhas e encardidas de uísque estavam dispostas em quase todas as superfícies, a luz bruxuleante refletida em todas as coisas brilhantes abrigadas nos cantos e nas prateleiras ou expostas nas mesas. Pedras brutas, joias refinadas, ferramentas de cartografia banhadas em ouro. Pequenas coisas que já chegaram a ser importantes para alguém, em algum lugar. Mas, para pessoas como eu, pouquíssimas valiam mais do que um teto ou um prato de comida. Eu teria dado qualquer objeto que já foi importante para mim em troca dos dois.

Peguei um conjunto de pentes com uma fileira de conchas do mar raras, como as que Fret vendia nas ilhas barreiras, e dei uma olhada. Um espelho de mão do mesmo material estava ao lado, onde meu reflexo me encarava, e paralisei ao ver meu lábio. West estava certo, precisava de pontos. A pele inchada estava avermelhada ao redor dos contornos, o hematoma quase no queixo.

Passei para a mesa seguinte antes que eu pudesse perder mais tempo me olhando. Não queria ver o que ou quem poderia me encarar de volta naquele espelho ou se era muito diferente de quem antes vivia nesses ossos.

— O que é isso? — perguntei ao pegar a estátua de bronze de uma mulher nua envolta por uma vela de navio.

O gambito desviou os olhos da lupa, o cachimbo encaixado entre os dentes. Ele olhou a estátua sem responder e depois voltou ao trabalho.

— Você entrou pra comprar, ou não?

Eu a coloquei na prateleira, dirigindo-me à bancada. Meus olhos vasculharam as vitrines atrás dele, onde prateleiras e prateleiras de facas estavam expostas. Mas não vi a adaga.

Um clarão se iluminou no canto da loja, e me virei na direção do único raio de luar que atravessava a janela turva. Ele caía em um baú de madeira pequeno com fechadura de latão embaçada. Dentro, estava a adaga, guardada em uma caixa fina forrada de veludo.

O gambito ergueu as sobrancelhas quando viu o que eu estava olhando.

Levei os dedos à beira da tampa e levantei o vidro.

Eu o senti atrás de mim antes de escutá-lo e baixei a mão, dando um passo para trás. Havia uma interrogação em seu rosto, que me estudava enquanto estendia o braço por cima da minha cabeça. Ele pegou a caixa e a depositou na bancada entre nós.

— Acabei de comprar de uma mercadora. — Sua voz áspera se ergueu em uma simpatia inesperada.

— Posso?

Não esperei a permissão. Abri o vidro e peguei a adaga, me aproximando da janela. Era ainda mais valiosa do que eu tinha imaginado. As pedras azuis e violeta formavam desenhos em espiral, cintilando de modo que a luz se movia como ondas sobre suas facetas. Suas vozes singulares dançavam entre meus dedos como as notas de uma cantiga. Se eu fechasse os olhos, conseguiria identificá-las uma a uma.

— Sai por quanto?

O homem se recostou no banco de modo a apoiar os ombros na parede, soprando o cachimbo até a fumaça subir de novo.

— Me faça uma oferta — propôs ele.

Olhei de canto de olho, calculando. Ia querer mais do que tinha pagado a Willa, para lucrar. Eu não sabia ao certo quanto valia o anel, mas seria mais inteligente usar a moeda que West tinha me dado e ficar com o anel para negociar em Ceros.

— Vinte e cinco cobres.

Ele riu, uma tosse estridente se prendendo na garganta.

— Saia daqui.

Ele levou a mão à adaga, mas a segurei junto ao peito quando vi o brilho em seus olhos. Foi meu primeiro erro.

— Trinta — tentei de novo.

Ele ergueu o queixo, olhando para mim de cima a baixo.

— Foi feito em Bastian.

A grande cidade portuária no mar Inominado era conhecida por seus produtos de pedras preciosas. Nada tão intricado quanto aquela adaga era feito nos Estreitos, porque todos que tinham algum talento real com pedras iam para Bastian, onde a Guilda de Joias era poderosa e pagava bem. Não faltavam oficinas e sobrava trabalho.

Também era lá que minha mãe tinha aprendido tudo que sabia sobre pedras preciosas. Tudo que havia me ensinado.

Minha vida dependia da barganha, e eu já tinha quebrado a regra mais importante da negociação. Ele via que eu daria tudo que tinha por aquilo se precisasse. Senão, West me largaria em Dern, e eu estaria de volta à estaca zero.

— Trinta cobres e um anel de ouro.

Eu queria morder minha própria língua ao tirar o anel de West do bolso e o colocar no balcão diante dele.

Já era mais do que ele conseguiria de quem quer que fosse, mas eu via, pela maneira como contraiu a boca, que ainda não estava satisfeito.

— E isso tudo. — Cerrei os dentes e tirei do outro bolso o bracelete de ouro que eu tinha afanado e as duas fivelas de latão, colocando-os em cima da mesa. — Se me der também um macete de dragagem.

O meu ainda estava caído no fundo do recife.

— Fechado.

Ele tirou um macete da bandeja de ferramentas atrás dele e esperou que eu contasse trinta cobres antes de estender o cabo para mim.

Já que eu não teria o bracelete para vender em Ceros, ao menos poderia dragar.

Olhei para a vitrine, tentando encontrar a silhueta de West no escuro. Não conseguia vê-lo, mas podia senti-lo me observando.

Ele tinha cometido o mesmo erro que eu, mostrando que se importava com a adaga. E ele não apenas a queria. *Precisava* dela por algum motivo. Se eu soubesse qual era, teria alguma vantagem.

— Você sabe alguma coisa da mercadora de quem comprou isso? A adaga.

Ele guardou os cobres em uma lata atrás de si e apontou para um cartaz escrito à mão ao lado da janela.

SEM PERGUNTAS

Olhei feio para ele. Ninguém queria negociar com um gambito que revelasse de onde vinham as coisas em sua loja. Eu não era a primeira cliente desonesta que ele tinha naquele dia, e também não seria a última.

O homem me deu o macete e me dispensou com um aceno da mão.

Quando West me viu chegando, saiu de trás de um carrinho no beco, esperando com as mãos nos bolsos. Soltei a adaga, estendendo-a para ele, e o alívio em seu rosto foi visível.

Ele a pegou, acenando para mim com a cabeça.

— Obrigado.

— Não foi um favor — lembrei.

Ele me pagou trinta e cinco cobres e passagem para Ceros em troca de recuperar a adaga, e foi o que eu fiz. Mesmo tendo me restado poucos cobres, ainda era mais do que eu tinha antes de chegarmos a Dern.

Eu o segui pelas ruas da vila, voltando na direção das três chaminés inclinadas da taverna. O calor do fogo atravessava a porta quando entramos, e procurei pela tripulação, mas havia apenas rostos desconhecidos ao redor das mesas, copos de uísque de centeio nas mãos. West atravessou o salão, apoiando-se no balcão ao lado do fogo até uma mulher magra de cabelo enrolado em um turbante vermelho parar à nossa frente.

— West.

— Janta. E um quarto.

Ele deixou três cobres no balcão, e ela os guardou no avental, sorrindo para mim com cumplicidade.

Corei quando entendi o que estava pensando.

— Não — neguei, erguendo a mão —, nós não...

A mulher me deu uma piscadela, mas West não se deu ao trabalho de corrigi-la e me perguntei se era porque eu não era a primeira menina que ele levava para a taverna e com quem desaparecia escada acima. O mesmo mal-estar que eu tinha sentido enquanto observava West e Willa no beco se revirou em meu estômago.

Ele se apoiou com a mão no balcão, e observei a linha pálida de pele que cercava seu dedo.

— O anel. Era importante para você?

Ele cerrou o punho e o enfiou de volta no bolso enquanto se virava na direção da escada, ignorando a pergunta.

— Boa noite.

Eu o observei subir a escada e uma fresta de luz se derramou no corredor quando ele abriu e fechou uma porta.

— Pode vir. — A mulher atrás do balcão pareceu decepcionada, passando por mim com um chaveiro pendurado na mão. Ela destrancou a porta ao lado da de West, que já estava escuro. — É aqui.

Havia uma cama pequena e uma bacia encostadas na parede do quartinho e uma cadeira na parede oposta. Entrei.

— Vou voltar com algo para você comer.

Ela sorriu, saindo do quarto e fechando a porta com delicadeza.

Fui para a janela e olhei por cima dos terraços para o ancora-douro, onde os navios mal estavam visíveis no escuro. Quando eu não escutava mais os passos da mulher no corredor, olhei para trás, para a parede de tábuas de madeira que dividia meu quarto do de West. Nenhuma luz atravessava as frestas, e dei um passo para perto, cruzando os braços e encostando a testa na parede.

Em uma única noite, eu quase tinha perdido minha passagem pelos Estreitos, ganhado e perdido dinheiro suficiente para me virar em Ceros, e descoberto a arma mais poderosa que eu tinha desde que saíra de Jeval: a verdade sobre o *Marigold*.

Se West estava comandando um navio-sombra, devia ser o lugar mais perigoso dos Estreitos em que eu poderia estar. Tinha escolhido errado ao fugir para as ilhas barreiras perseguida por Koy. Qualquer mercador teria aceitado minhas moedas, mas eu tinha fugido para o *Marigold*.

CATORZE

A MANHÃ CHEGOU COM UMA BATIDA FORTE À PORTA, e me levantei, abrindo-a com um olho ainda fechado.

Willa estava com os dreadlocks presos e afastados do rosto, e um sorriso irônico nos lábios fartos.

— E como exatamente você arranjou isso?

Ela olhou ao redor do quarto.

Joguei água da bacia no rosto, apertando a palma das mãos na pele quente. A febre tinha se instalado, deixando-me zonza.

Willa me observou calçar uma bota após a outra.

— Imagino que West tenha mudado de ideia.

— Uhum.

Ela notou o casaco pendurado no dorso da cadeira.

Eu a segui escada abaixo para a taverna, onde todos menos Hamish já estavam terminando de tomar café. Dois bules de chá e pratos de argila lascada cheios de queijo e pãezinhos frescos estavam postos no meio da mesa. West não me cumprimentou, o olhar fixado nos livros de registro de Hamish que estavam abertos entre eles.

West não me pedira para guardar segredo sobre a noite anterior, mas também não imaginei que tivesse contado para Willa. Ela não ficaria contente com nenhum de nós se soubesse o que fizemos, e eu não precisava dela como inimiga.

Eu me sentei na cadeira vazia ao lado de Paj e enchi uma xícara, examinando as páginas do livro de registro pelo canto do olho.

Mas não fui discreta o suficiente e ele fechou o livro, apoiando-se na mesa com o olhar duro focado em mim.

— Pensei que tínhamos combinado que a dragadora ficaria no navio.

— Foi — disse West, erguendo sua xícara. O rosto dele estava retraído e cansado, o cabelo ondulado ajeitado atrás das orelhas. Ele apoiou os cotovelos na mesa e deu um gole, olhando em meus olhos. — Também combinamos que ela atravessaria os Estreitos sã e salva.

Engoli o chá quente, que queimou minha garganta. Silêncio caiu sobre a mesa e a tripulação trocou olhares antes de se voltar para mim. Minhas bochechas arderam sob o peso do olhar de West.

Então ele descobriu, sim, o que havia acontecido nas ilhas de coral. Ou, pelo menos, desconfiava. E queria que a tripulação soubesse.

Não seria a primeira vez que mercadores se comportavam mal quando o timoneiro não estava de olho, mas aquele grupo era diferente. Eles se respeitavam, e a rivalidade que eu tinha visto em outros navios não parecia existir no *Marigold*.

West olhou para cada um enquanto dava mais um gole, e eu vi, pela maneira como baixaram o olhar, que o recado tinha sido dado.

Paj murmurou algo que não consegui ouvir, e Auster encostou dois dedos no braço dele para silenciá-lo antes de o soltar. Hesitei com a boca na beira da xícara, observando Auster colocar a mão no colo. Aquele não era um toque tranquilizador de um camarada. Naquele toque havia... doçura.

Fingi não notar, passando uma camada grossa de manteiga em uma fatia de pão e dando uma mordida. Talvez West e Willa não fossem os únicos a bordo do *Marigold* que eram mais do que colegas.

Comemos em silêncio até o sino matinal das docas tocar ao longe, indicando a abertura da casa de comércio. A tripulação se levantou em uníssono, cadeiras raspando enquanto eles abotoavam seus casacos, e eu virei a xícara de chá antes de segui-los pelas portas pesadas de madeira.

West mostrou o caminho, andando pelas ruas enevoadas de Dern com passadas longas. Seu cabelo loiro parecia ainda mais claro sob a neblina matinal, os fios enrolados saindo do gorro puxado até os olhos.

Não éramos os únicos a caminho da ponta leste da vila. Parecia que corpos se afunilavam de todos os sentidos, na direção da casa de comércio localizada no canto das docas. Continuava exatamente igual a como eu a tinha visto da última vez, embora nunca tivessem me deixado entrar. Eu só ficava esperando no ancoradouro enquanto a tripulação do meu pai negociava.

Passamos sob o batente baixo para adentrar na luz esfumaçada do armazém. Já estava cheio de mascates e mercadores, cada um com sua barraca feita de restos de madeira e lona rasgada. Um assobio abrupto soou, e West virou a cabeça, procurando por Hamish entre os corredores. Ele nos chamou e o seguimos, atravessando os corpos quentes até o outro lado do salão largo.

— Sangues Salgados de merda — murmurou Willa, fechando a cara quando um comerciante de casaco com detalhes em veludo cruzou nosso caminho.

As tripulações do mar Inominado eram fáceis de identificar, assim como seus navios. O cabelo bonito e aparado, a pele limpa, as roupas finas. Havia uma desenvoltura neles que dava a impressão de que nunca tinham que roubar, trapacear ou matar para sobreviver. Por isso se acreditava que os Sangues Salgados eram fracos demais para a vida nos Estreitos.

As mercadorias que a tripulação tinha descarregado do *Marigold* estavam todas expostas, e o casaco de Hamish fazia volume no quadril, em cujo cinto estavam penduradas bolsas de moedas. West deu a ele os livros de registro e trocaram algumas palavras rápidas antes de voltarmos ao canto sul da casa de comércio.

Uma mão me pegou pela manga do casaco, puxando-me diante dos outros, e West se abaixou para sussurrar:

— Fique perto de mim.

Mercadores gritavam entre si, balançando as mãos no ar, mas West passou por eles até chegar a um homem que parecia estar esperando por nós.

— Você está um dia atrasado — resmungou o homem, os olhos nos perpassando até pousarem em Hamish.

— A tempestade nos atrasou no último porto — respondeu West, e o examinei.

A boca dele nem tremeu ao pronunciar a mentira. Eles não tinham se atrasado em Jeval. Nunca se atrasavam. Porém, tínhamos desviado do caminho ao ir às ilhas de coral.

West estendeu a mão e Hamish tirou uma bolsinha de moedas do casaco e a soltou na mão de West.

— Duzentos e sessenta e cinco cobres — disse West, e estendeu a bolsa.

A expressão do mercador era dura.

— Só isso?

West se debruçou na mesa, pronto para discutir.

— A sidra não vende tão bem em outros portos quanto aqui. Você sabe disso.

— Ou vocês estão embolsando meu lucro.

O homem olhou com irritação para Hamish, batendo o anel de mercador na mesa. Era marcado pelo olho de tigre da Guilda de Centeio. West encarou o olhar do homem, e o salão pareceu subitamente mais ruidoso ao nosso redor.

— Se não confia em nós para vender para você, contrate outras pessoas. — Ele se virou para se afastar, atravessando a multidão.

— Espere. — O homem suspirou. — Dois engradados para o *Marigold* — murmurou para o outro homem ao lado. — Mas não pense que o que vocês fizeram em Sowan não se espalhou. Chegaram boatos nos últimos dias.

West paralisou, a fachada fria do rosto vacilando por apenas um momento.

— Não sei do que você está falando.

Paj e Willa trocaram um olhar, e Paj deu um passo para perto de West, a mão pousada no cinto, ao lado da faca.

O homem se inclinou para a frente, baixando a voz.

— Somos unidos, aqui em Dern. Se tentarem algo assim por essas terras, vão desejar que tivessem sido pegos pelos demônios marinhos.

West ergueu os olhos devagar.

— Como eu disse, não sei do que você está falando.

O mercador sorriu, erguendo uma coberta de aniagem para revelar os engradados de sidra, e West aprovou com a cabeça. A atenção do homem se voltou para Willa, e ele pareceu hesitar quando viu a queimadura que subia da gola dela.

— Fiquei sabendo que você se meteu em encrenca, Willa.

O rosto dela era inexpressivo, mas um levíssimo tremor brotou em seus ombros.

— Duas semanas — declarou West, e estendeu a mão, claramente mudando de assunto.

— Duas semanas.

O homem apertou a mão dele, e saímos pelo corredor sem dizer mais uma palavra.

Olhei para trás, para o mercador que ainda nos observava, forçando a vista. Havia carregamentos no porão do navio estampados com o selo da casa de comércio de Sowan, então eu sabia que o *Marigold* tinha passado por lá. E o que eles tinham feito os havia acompanhado até Dern. Se fossem mesmo um navio-sombra, não havia como saber o que era.

Eu me esforcei para acompanhar o ritmo, me mantendo firme quando trombavam em mim, sem me afastar mais de trinta centímetros de West. Do contrário, eu seria levada pela multidão. Ele regateou com outro mercador e observei por cima da barraca onde Auster estava negociando com um comerciante de pedras preciosas. Ele levava uma das bolsas de couro vermelho que Hamish havia distribuído.

Atrás de mim, Willa discutia com uma mulher baixinha logo adiante no corredor, com quatro pedras cintilantes que pareciam ser ametista na mão. Outra das bolsas vermelhas estava em cima da bancada diante delas.

West olhou nos olhos de Auster por cima da minha cabeça, apontando o queixo para Willa.

— Não a perca de vista.

Auster assentiu, chegando mais perto dela, e olhei ao nosso redor. Havia muitas moedas neste salão e muitos corpos. Levaria apenas um segundo para perder uma bolsa do quadril. Inclusive, devia haver pessoas em Dern que ganhavam a vida exatamente assim, naquela casa de comércio.

Levei a mão ao meu cinto, no qual meus poucos cobres estavam guardados no bolsinho que eu havia costurado. Paj olhou ao nosso redor, procurando em todas as direções enquanto passávamos de barraca em barraca, e trombei com West quando ele parou de andar de repente. Sua atenção estava em um homem perto da parede dos fundos, apoiado na moldura de uma janela engordurada.

— Fiquem aqui — murmurou ele antes de desaparecer na multidão.

Quando chegou ao homem, tirou o gorro da cabeça, passando uma mão no cabelo enquanto conversavam aos sussurros até darem as costas para o salão.

— Quem é aquele? — perguntei.

Paj não respondeu, mas pareceu tão curioso quanto eu, de olhos fixos em West.

Willa nos alcançou com um saco de anzóis pendurado nas costas, seguida por Auster.

— Cadê ele? — perguntou ela, olhando ao redor.

— Preço? — Paj apontou para os anzóis, e percebi a forma como ele entrou na frente dela para bloquear a visão da janela.

Ele a estava distraindo. Acobertando West, mesmo sem saber o porquê. Parando para pensar, todos pareciam fazer isso.

Willa tirou um papel do bolso e o entregou antes de guardar a bolsa vermelha vazia no casaco. Foi então que entendi o que eles estavam fazendo. Não eram moedas naquelas bolsas; eram pedras preciosas. Apenas um pouco em cada. Cada membro da tripulação estava separando uma pedra de cada vez e negociando pequenas quantias com pequenos mercadores.

Vender alguns pedaços de pira de Jeval era uma coisa. Mas era preciso uma autorização especial do Conselho para realmente operar um comércio de pedras preciosas, e eu podia apostar que eles não tinham o documento necessário. Eram poucos os autorizados nos Estreitos, porque os poderosos mercadores de joias de Bastian controlavam o comércio.

Aquela era a forma perfeita de operar ilegalmente: se esconder, fingindo vender grandes quantias de qualquer coisa *menos* pedras preciosas. Apenas um pouco aqui e ali para passar despercebido. Algumas pedras não chamariam a atenção. Mas aquilo parecia ensaiado. Planejado. Eles provavelmente faziam isso em todo porto, e era provável que houvesse muito mais bolsas escondidas no casco além daquela que eu tinha encontrado.

Se eles fossem um navio-sombra de Saint, teriam uma autorização para vender pedras preciosas, porque ele teria cuidado disso. Mas eles não tinham, e isso só poderia significar uma coisa: estavam organizando uma operação paralela e desviando dinheiro de Saint.

Era genial. E, ao mesmo tempo, incrivelmente estúpido.

West atravessou a multidão sem dizer uma palavra, e passamos para a barraca seguinte, onde um velho estava sentado diante de uma bandeja de pedras preciosas e metais derretidos. O ônix no anel do vendedor dizia que ele era um mercador de pedras preciosas. A guilda exigia dez anos de aprendizagem para aquele anel e, mesmo assim, não era garantido. As guildas eram tão implacáveis quanto os comerciantes. Se um veleiro, um construtor de navio ou um vendedor de pedras preciosas fosse flagrado realizando negócios sem um daqueles anéis, era um crime com pena de morte.

A balança de bronze pousada na frente do homem refletiu a luz forte da janela quando o homem colocou três pedras brutas de esmeralda em um lado.

— West — cumprimentou com a cabeça. — Pira?

Então era ali que ele descarregava a pira. E, se eu estivesse certa sobre o que eles estavam tramando, ele provavelmente trocaria os pedaços por apenas algumas pedras preciosas em vez de moedas. O suficiente para não chamar a atenção nos livros de registro. Devia ser o único comércio com um mercador de pedras preciosas que ele fazia em público.

West tirou uma bolsa do casaco, entregando-a, e o homem jogou com cuidado meus pedaços de pira no pano dobrado sobre a mesa.

— De onde você está tirando essas pedras? Nos últimos meses, me vendeu piras melhores do que qualquer uma que eu tenha visto nos últimos dois anos.

Sorri, observando-o pegar o pedaço maior e o erguer sob a luz.

— Se me trouxer mais no mês que vem, posso oferecer um preço melhor. Tem um joalheiro aqui que está fazendo algumas peças novas com elas.

— Essa é a última. Não vamos mais passar em Jeval — respondeu Hamish.

Ergui os olhos para ele, confusa. Quando eu tinha negociado com West nas ilhas barreiras, ele não tinha dito nada sobre aquela ser sua última vez em Jeval. Na verdade, ele tinha se oferecido para pagar mais na próxima vez.

Ao meu lado, Willa, Auster e Paj também pareceram surpresos. A única pessoa que parecia saber exatamente o que estava acontecendo na tripulação era West. Todos os outros pareciam ter apenas informações soltas.

Era intencional. Era o que um bom timoneiro faria — o que Saint faria. Eu me perguntava se algum deles sabia do brasão pintado embaixo do tapete do alojamento de West ou se aquilo também era um segredo.

— Que pena — bufou o homem, puxando a barba branca. — Eu diria que vale uns trinta e dois cobres.

— Como é que é? — sussurrei. — Você só me pagava dez.

— Vendemos para lucrar, Fable. — Um tom de divertimento sacana mudou o som da voz de West quando ele falou.

— O quartzo vendeu bem em Sowan? — perguntou o mercador, botando as mãos para dentro do colete e recostando-se na cadeira.

— Vendeu, sim. Cento e doze cobres pelo lote. — Hamish entregou outra bolsa para ele. — O que você tem em troca da pira?

— Tenho essas esmeraldas aqui que precisam ser escoadas. Acho que venderiam bem em Sowan.

Ele apontou para as pedras na balança.

Eu me inclinei para a frente, estudando as pedras preciosas na bandeja de bronze. Antes mesmo que eu parasse para pensar, peguei uma, erguendo-a na palma da mão. Algo nelas não estava certo.

— Quanto? — perguntou West, e olhou para elas com cuidado.

Mordi o lábio, segurando a pedra entre os dedos. A vibração da esmeralda era baixa e suave, movia-se como uma corrente gentil. Mas essa era diferente. Eu a ergui sob a luz, forçando a vista, e o homem me observou, de cara fechada.

Pigarreei e West baixou os olhos para mim.

— O que foi?

O mercador estava irritado, debruçado sobre a mesa para olhar para mim.

— São... — Alternei o olhar entre os dois, sem saber como dizer isso. — São...

West perdeu a paciência.

— O quê?

— São falsas — sussurrei.

O homem se levantou de repente, chacoalhando tudo sobre a mesa.

— Do que exatamente você está me acusando, dragadora?

Seu rosto se avermelhou, os olhos em chamas.

— Nada, eu... — Olhei para West atrás de mim. Mas ele estava analisando fixamente a esmeralda em minha mão. — Não estou acusando você de nada. É só que... — O homem me encarou. — Posso? — Dei um passo à frente e levantei a bandeja da balança para pegar melhor a luz. Eu a inclinei de modo que as pedras rolassem.

— Olhe. — Apontei para uma das pedras. — Não é esmeralda.

O homem se inclinou diante de mim, tirando do colete a corrente de um monóculo cravejado de rubi e o encaixando no olho.

— É claro que é.

— Não é, não.

— West. — A voz baixa de Paj ressoou às minhas costas.

Apontei para a linha fina no centro da pedra.

— A inclusão reflete a luz. Se fosse esmeralda, não refletiria. Seria transparente. Meu palpite é que sejam forsteritas. Não são valiosas, mas se parecem muito com esmeraldas. São até encontradas no mesmo leito de rocha.

Apontei para as bordas de crostas brancas.

Era uma diferença sutil, mas custaria uma bolsa cheia de moedas. O responsável pela troca sabia muito bem o que estava fazendo.

O queixo do homem caiu, e o monóculo tombou de seu olho quando ele recuou, olhando fixamente para mim. O monóculo balançou na corrente de ouro sobre a balança.

— Acho... acho que ela está certa.

Ele tirou a bandeja de minhas mãos, despejando-as em cima da mesa.

— Não são todas ruins — falei, ordenando-as rapidamente.

Separei cinco pedras de forsterita entre as esmeraldas e as empurrei para um lado, para longe das outras.

— Uau. — Willa sussurrou, seu rosto ao lado do meu.

— Aqueles bastianos filhos da puta! — rosnou o homem, batendo o punho magro com força na mesa.

Eu me encolhi, e West entrou na minha frente.

— Vamos levar o âmbar, então. — Ele apontou para as pedras na bandeja ao lado. — O que você tiver.

O mercador estava atrapalhado, ainda alternando o olhar entre as esmeraldas e meu rosto. Mas West de repente ficou com pressa, pegou a bolsa sem nem olhar as pedras e nos guiou imediatamente pela porta por onde tínhamos entrado. Atravessamos a multidão até a luz do sol bater em meu rosto, e inspirei o ar salgado e frio, contente por sair do calor abafado do armazém.

Assim que chegamos ao lado de fora, West se virou para mim.

— O que você pensa que está fazendo?

Parei, quase dando de cara com ele.

— Como assim?

Ele rangeu os dentes, cravando os olhos nos meus.

— Auster, leve tudo para o navio. Paj, esteja pronto para zarpar ao cair da noite.

— Só partiríamos amanhã de manhã. Ainda tenho provisões para comprar — disse Auster, olhando para nós.

— Então sugiro que se apresse — disse ele, com dificuldade.

— O que eu fiz? — questionei, alternando o olhar entre eles. — Não entendi.

West me encarou, um rubor subindo por seu pescoço pela gola aberta da camisa.

— Você devia ter ficado em Jeval.

QUINZE

QUALQUER CONFIANÇA QUE EU TIVESSE CONQUISTADO DE West e sua tripulação caiu por terra.

Ele e Paj andaram à nossa frente enquanto seguíamos pela doca onde o *Marigold* estava ancorado. Olhei para trás, na direção da casa de comércio, e Hamish notou meu olhar.

— Circulando. Você já atraiu atenção demais — disse ele.

— Ele está certo — acrescentou Willa, cortante, andando ao meu lado. Seu casacão aberto voava atrás dela, e ela ergueu a gola para se proteger do vento. — Se você se virar de novo para olhar, vou trancar você no porão de carga até chegarmos a Ceros.

Mas os passos dela vacilaram quando passou por mim para chegar ao navio ancorado na doca seguinte. Um homem de casaco preto e cabelo escuro e comprido com mechas grisalhas sorriu para Willa da estaca em que estava apoiado.

— West! — chamou, acenando com a mão.

West parou de repente, todos os ângulos de seu corpo se enrijecendo ao mesmo tempo. Ele se empertigou, e Paj deu um passo para se aproximar mais.

— Zola.

Examinei o homem, tentando identificá-lo. O nome era familiar.

— Quando você contratou uma dragadora jevalesa?

Ele olhou para mim, seu sorriso se alargando.

West saiu da doca principal para a passarela, e Paj o seguiu, dirigindo os dedos ao cabo da faca em seu cinto.

Zola tirou o cachecol que estava enrolado ao redor do rosto. Sua pele pálida era avermelhada e fustigada pelo vento, os olhos de um cinza tempestuoso. Acima dele, os rostos de uma tripulação espiavam da amurada de um grande navio. O brasão na proa estava pintado em branco: uma lua crescente cercada por três galhos de centeio. Era um símbolo que eu reconhecia.

Zola não era um mercador qualquer. Quando eu velejava com meu pai, aquele homem tinha a maior operação dos Estreitos. Mas, naqueles tempos, usava os casacos enfeitados e as botas engraxadas que marcavam os mercadores do mar Inominado. Pela aparência dele agora, tinha caído muito de vida desde então.

West estendeu a mão para ele apesar da tensão em seus ombros, visível através do casaco.

Zola olhou fixamente para a mão por um momento antes de apertá-la.

— Por acaso você viu meu taifeiro?

West inclinou a cabeça para o lado em dúvida.

— Hein, West? — insistiu Zola, voltando o olhar para Willa.

Ela cerrou os punhos ao lado do corpo.

— Não consegue controlar sua própria tripulação? — cuspiu ela.

Zola riu.

— Não gostaria que pivetes da Orla como vocês se metessem em mais problemas do que conseguem aguentar.

— Crane deve estar bêbado embaixo das saias de alguém na taverna. — West apontou a vila com o queixo. — Ou talvez tenha se metido em mais problemas do que *ele* consegue aguentar.

O sorriso se dissolveu do rosto vermelho de Zola. Encarou West por um longo momento antes de voltar os olhos para mim.

— Você é boa? Estamos precisando de uma dragadora no *Luna*.

West deu um passo para o lado, bloqueando-me da visão de Zola.

— Ela não é nossa. É uma passageira, só isso.

Zola não pareceu satisfeito com a resposta, seu olhar desconfiado, mas deixou para lá mesmo assim.

— Você está com uma cara boa, Willa.

Algumas risadas soaram no alto, e Willa empalideceu ao meu lado.

— Me avisem se virem Crane. Vocês sabem como é difícil encontrar um bom taifeiro — acrescentou Zola, sorrindo.

West deu meia-volta sem dizer nada, e os olhos de Zola alternaram entre mim e Willa de novo. Seu olhar ardeu em minhas costas enquanto caminhávamos, seguindo pelas baias de navio até o *Marigold*. A escada de corda estava aberta ao lado do casco, e West foi o primeiro a subir, seguido por Paj. Quando eles desapareceram por sobre a amurada, eu me voltei para Willa.

— O que aconteceu com seu rosto? — perguntei, olhando nos olhos dela.

— O que aconteceu com seu braço? — disparou ela em resposta, com a cara fechada.

Levei a mão à manga, puxando-a para baixo. Eu tinha me esforçado para manter a cicatriz coberta, mas ela deve ter visto.

Ela me encarou até eu segurar a escada, encaixando os pés nas cordas. O vento soprou meu capuz para trás enquanto eu passava por sobre a amurada, onde West já estava esperando, de olhos no convés. Ele entrou na arcada, claramente querendo que eu o seguisse para dentro do alojamento do timoneiro.

Quando demorei, sua voz soou detrás da porta:

— Entre aqui!

Hesitei antes de abrir a porta e entrar. As persianas tinham sido abertas, enchendo a passarela de luz, e ele se sentou na beira da escrivaninha ao lado da pedra branca.

— Feche a porta.

Obedeci, fazendo força até o trinco fechar.

— O que foi aquilo? — perguntou ele, fixando os olhos em mim.

— O quê?

— Com as pedras?

Dei de ombros.

— Eu estava te fazendo um favor. Eram falsas.

— Não preciso de favor nenhum. — Ele se levantou, caminhando em minha direção. — Não nos metemos nos negócios de outros mercadores, Fable. Jamais. Agora, aquele vendedor está indo falar com quem quer que tenha oferecido aquelas pedras para ele. Ele vai falar da dragadora jevalesa em meu navio que identificou as esmeraldas falsas que nem *ele* tinha identificado.

Eu o encarei, sem conseguir falar enquanto o sangue se esvaía do meu rosto. Ele tinha razão. Eu havia me colocado em uma posição vulnerável sem nem perceber.

— Como você fez aquilo? Como soube que não eram esmeraldas?

Se eu lhe desse a resposta, correria o risco de ele descobrir quem eu era. Eram poucas as pessoas que conseguiam fazer o que minha mãe fazia. A arte de um sábio das pedras não era algo que simplesmente se aprendia, era preciso nascer com a aptidão para o ofício. E era um estudo para a vida toda, que não podia ser ensinado.

Fora por isso que Saint acolhera minha mãe em sua tripulação. O talento especializado era passado por poucas linhagens, mantido em segredo pela maioria dos sábios depois que o comércio de pedras preciosas se expandiu e a prática se tornou perigosa. Minha mãe estava me ensinando como o pai dela lhe havia ensinado, antes de ela se afogar no *Lark*.

Mas algo no olhar de West me fez entender que ele sabia a resposta à própria pergunta.

— Você não entende como nada disso funciona. Ser responsável por você vai acabar me matando — murmurou ele.

— Mas ninguém sabe o que posso fazer.

— Não importa. Ele está pensando que talvez você possa. Já é suficiente.

Eu me irritei, envergonhada.

— Eu não estava pensando nisso — admiti.

— Não mesmo. Assim como não pensou quando saiu às escondidas do navio depois que falei para não sair.

— Se eu não tivesse entrado na vila, você não teria recuperado aquela adaga.

Até eu sabia que era uma coisa idiota de dizer. Sugerir que West tinha precisado de mim na loja do gambito só o deixaria mais nervoso.

Tirei três cobres do cinto.

— Toma. — Deixei as moedas na escrivaninha atrás dele. — Pelo casaco e pelas botas.

Ele olhou para as moedas.

— Como assim?

— Vou pagar por eles como paguei pela passagem.

— Você não me pediu pelas botas e pelo casaco. E não estou pedindo para me pagar por eles.

— Não preciso de favor nenhum — repeti suas palavras para ele. — E não vou ficar em dívida com você.

— Fable...

Ele suspirou, passando as mãos no rosto, mas desistiu do que pretendia dizer.

Lá fora, o estrondo do trovão ecoou ao longe. Através da janela aberta, eu via as nuvens escuras se unindo no céu azul.

— É melhor a gente esperar — falei, baixando a voz. — Essa tempestade vai ser forte.

— Não temos muita escolha, graças a você. Preciso que você saia do meu navio antes que os boatos comecem a se espalhar nestas docas e nos alcancem em Ceros.

— Como os boatos que seguiram vocês de Sowan até aqui? Não querem ninguém prestando muita atenção, né? — Deixei minha cabeça pender para o lado. — Vocês são apenas uma pequena operação de comércio.

Isso o fez erguer os olhos, as mãos apertando a beira da escrivaninha.

— Você não sabe do que está falando.

— Talvez não. — Dei de ombros. — Acredite, quero sair deste navio tanto quanto você quer que eu suma.

Ele se levantou da escrivaninha, dando um passo em minha direção.

— Eu sei quem você está procurando.

Minhas mãos se tocaram às costas, meus dedos se entrelaçando.

— E daí?

— Você quer recomeçar em Ceros? Tudo bem. Mas Saint é perigoso. — A voz de West se suavizou, sua expressão subitamente cansada. — Seja lá o que você quer dele, não vai conseguir.

Encarei seu rosto, tentando juntar as informações que eu tinha. West era um pivete da Orla que virou timoneiro em um navio-sombra do meu pai. Mas, se estava operando um comércio paralelo, era leal apenas a si mesmo e à tripulação. Ele não arriscaria a ira de Saint se não fosse isso. E, mesmo que não tivesse nada a ver comigo, eu estava curiosa. Queria saber.

Passei a ponta da bota sobre a beira do tapete, rolando-o para trás para revelar o brasão de Saint no chão.

— Parece que *você* conseguiu o que queria dele.

West olhou para o brasão, nem um pingo de surpresa no rosto.

— Quantos navios como este existem?

Ele levantou o olhar para mim, e um silêncio longo e desconfortável se estendeu entre nós. A passarela ficou pequena e, por um momento, eu me arrependi de tocar no assunto. Não queria West como inimigo. Abri a boca para falar, mas uma batida soou atrás de mim e a porta foi aberta.

O rosto de Hamish entrou na passarela.

— Auster voltou.

West não olhou para mim antes de sair atrás dele.

— Preparem-se! — gritou da arcada.

Botas bateram no convés, e Auster apareceu na amurada. Paj desceu do pé da vela e caiu com um estrondo no convés, dirigindo-se às cordas.

— Levantar âncora! — A voz de West soou de novo, e todos se moveram em conjunto, rodeando uns aos outros em um movimento memorizado.

Willa e Hamish giraram a manivela a estibordo, grunhindo quando a âncora se ergueu da água. Algas marinhas estavam penduradas em suas curvas, escorrendo enquanto ela se erguia, e Willa subiu na amurada e a puxou para o convés. Peguei suas pontas enquanto eles a baixavam e fechei o trinco sem que me pedissem. Se West não me deixaria pagar pelo casaco e pelas botas, eu precisava trabalhar para pagar a dívida antes que chegássemos a Ceros.

— Zarpar. — West pegou o leme e o navio se virou, afastando-se da doca. — Levante a vela principal, Willa.

Ela subiu no mastro, erguendo a mão para desamarrar as cordas e voltar a descer enquanto elas se desenrolavam.

— Tem certeza, West, com essa tempestade? — perguntou ela, olhando para o raio que se acendia atrás das nuvens distantes.

West cerrou o maxilar enquanto ele olhava para baixo, pensando. O vento soprou seu cabelo clareado pelo sol sobre a testa enquanto ele erguia uma mão no ar, deixando que o vento soprasse por entre os dedos.

— Quer mesmo esperar? — perguntou West para Willa.

Ela olhou para o ancoradouro, o olhar pousando no navio de Zola, o *Luna*.

— Não — respondeu.

— Então vamos.

Escalei o mastro principal enquanto Willa subia pelo de proa, ajudando-a com as velas, e Hamish terminou de amarrar a segunda âncora lá embaixo. Puxei as cordas, observando as escotas se abrirem contra o céu azul. Quando elas estavam em posição, pulei para baixo para ajudar os outros.

Os olhos de West ainda estavam no horizonte.

Ele sabia medir as nuvens contra a superfície da água e calcular a força do vento. Todo bom timoneiro sabia. Ele via o mesmo que eu — que o vento sopraria rápido e forte, agitando a água e forçando o navio a ficar mais perto da costa do que deveria. Mas não duraria muito. Além disso, o *Marigold* era pequeno. Se estivesse em águas profundas, os ventos do sudoeste não o empurrariam para muito longe.

Assim que pensei isso, West inclinou o leme, ajustando-o de leve.

Auster desceu para a doca para soltar os cabos de elevação e, quando voltou à escada, flutuamos para a enseada. O vento soprou as velas, empurrando-nos rapidamente, e Paj parou ao lado de West.

— Quanto tempo? — perguntei, observando a costa se afastar.

— Dois dias — respondeu Paj.

Passei o braço ao redor dos ovéns presos ao convés e me apoiei neles, fechando os olhos enquanto o vento ganhava força. Quando o farfalhar suave do olhar de alguém roçou em minha pele, olhei para a vila atrás de mim, onde um vulto estava parado na ponta da doca. O casacão preto de Zola soprava ao redor dele, seu olhar duro enquanto nos observava partir.

DEZESSEIS

EU CONSEGUIA SENTIR O FUNDO DO MAR SE AFASTANDO DE nós enquanto avançávamos para a água mais profunda. Um silêncio havia caído sobre o *Marigold*, todos ocupados prendendo o novo inventário de Dern embaixo do convés antes que os ventos chegassem.

Hamish e West trabalhavam debruçados sobre os livros de registro sob a luz da lanterna enquanto Auster e Paj arrumavam engradados e barris, organizando o que sairia do navio em Ceros e o que seria levado a Sowan.

Willa estava sentada no alto do mastro principal, recostada no sling, de olho na tempestade que se aproximava. Escalei os pinos, encontrando um lugar para me sentar nos cordames ao lado dela. Meus pés descalços ficaram pendurados no ar, e vi o raio ao longe, ramificando como as raízes de uma árvore. Do alto, parecia que estávamos velejando pelas nuvens, a névoa densa envolvendo o navio e escondendo a água.

— Está com cara de que vai ser feia — comentou ela, baixo.

Pela aparência do céu, nós duas sabíamos o que estava por vir. Seria violenta, mas rápida.

— Acho que sim.

Willa ficou em silêncio por um longo tempo antes de voltar a falar.

— Onde você aprendeu a fazer aquilo? Com as pedras.

Eu me apoiei no mastro, tentando decifrar a expressão dela. Willa parecia genuinamente curiosa.

— Sou uma dragadora.

— Nunca vi um dragador identificar uma falsificação daquele jeito.

— Só sou boa com pedras.

Dei de ombros. Ela riu, desistindo.

— Eu guardaria isso para mim se fosse você.

Sorri.

— Foi o que West disse.

— Bom, ele tem razão. — Willa cutucou a corda embaixo dela com a ponta do dedo. — Como você foi parar lá? Em Jeval?

Uma dor se inflamou em meu peito.

— Como assim?

Ela ergueu a sobrancelha e não respondeu.

— Não sei. Como qualquer um de nós vai parar onde estamos?

Outro raio iluminou o céu preto, um pouco mais próximo desta vez.

— Seja lá o que você precisou fazer para sobreviver — continuou ela —, vai ser pior nos Estreitos. Mais difícil.

— Eu sei.

Willa soltou um suspiro exasperado.

— Acho que não sabe, não.

— Você acha que eu devia ter ficado em Jeval.

— Não sei. Mas você vai descobrir em breve.

Uma batida forte soou lá embaixo e Willa se empertigou, encaixando um braço nos cabos para conseguir se inclinar para a frente. West estava ao pé do mastro principal, olhando para ela. Trazia um longo cinzel na mão e, atrás dele, Paj e Auster vinham carregando um engradado grande do tombadilho superior.

Assim que viu o rosto dele, Willa ficou em pé na retranca.

— Qual é o problema?! — gritou ela.

Ele não respondeu. Olhou para ela por um longo momento enquanto colocavam o engradado atrás dele.

— O que ele está fazendo? — perguntei, e me inclinei para a frente, tentando ver.

Nós duas ficamos observando enquanto West encaixava a ponta do cinzel embaixo da beira da tampa, abrindo-a. A madeira estalou, e Willa tirou o cabelo da frente do rosto, forçando a vista. West soltou o outro lado, e o cinzel caiu no convés com um barulho alto enquanto ele puxava a tampa.

Willa ficou sem fôlego, quase perdendo o equilíbrio nas cordas enquanto cobria a boca aberta com a mão trêmula. Lá embaixo, o luar branco e cristalino caiu sobre o engradado aberto, no qual um homem de olhos arregalados nos espreitava de um leito de palha enlameada.

— Mas que... — murmurei.

Mas Willa já estava descendo pelo mastro, tentando encontrar os pinos no escuro. Desci ao convés ao lado dela. Ela estava paralisada, todos os músculos tensos, com uma camada brilhante de lágrimas nos olhos.

O homem grunhiu, contorcendo-se no engradado diante de nós e se debatendo contra os arames que estavam enrolados com firmeza ao redor de seus punhos e tornozelos. Um pano alcatroado enchia sua boca, abafando os barulhos presos na garganta, em que o brasão de Zola estava tatuado em sua pele — uma lua crescente cercada por galhos de centeio.

Era o homem que Zola estava procurando. Crane. Só podia ser.

Willa chorou, cobrindo o rosto com as mãos antes de finalmente erguer os olhos, as bochechas úmidas. Os outros ficaram em silêncio, como se esperassem que ela dissesse alguma coisa. O mar se acalmou ao nosso redor, a calmaria que vinha logo antes da tempestade, evocando um silêncio perturbador quando o homem ergueu os olhos suplicantes para Willa.

Ela inspirou fundo, relaxando os punhos antes de assentir brevemente com a cabeça, sacando a enxó do cinto. Auster e Paj pegaram a tampa, fechando-a de volta, e os gritos silenciados do homem desapareceram quando Willa tirou um prego da bolsa no cinto.

— O que vocês estão fazendo? — perguntei em um sussurro.

Mas eu já sabia.

Ela posicionou o prego no canto, batendo a enxó para cravá-lo na madeira com um único golpe antes de pegar outro. Willa fez o mesmo em cada canto e, depois que terminou, West, Hamish, Paj e Auster pegaram o engradado, um de cada lado, e o ergueram do convés como carregadores de caixão.

— Não. — Meus lábios formaram a palavra, mas não saiu nenhum som. — West, você não pode simplesmente...

Ele não estava escutando. Nenhum deles estava.

O homem gritou mais uma vez enquanto era erguido por sobre a lateral do navio. Ao mesmo tempo, todos os dedos escorregaram do engradado e soltaram. Ele caiu pelo ar, acertando a água escura lá embaixo, e corri para a amurada, tentando enxergar onde o homem afundou nas sombras.

O tremor em minhas mãos subiu pelos braços, e os enrosquei no meu corpo, apertando o tecido da camisa nos punhos. Quando me voltei para os outros, os dedos de Willa tocavam a queimadura que chegava à bochecha, o olhar inexpressivo.

Eu desconfiava de que Zola tinha algo a ver com o ferimento. E sabia que toda ação exigia uma reação nos Estreitos. Eu tinha visto veredito como aquele serem executados no navio do meu pai. Uma vez, subi ao convés na calada da noite e o vi arrancar a mão de um ladrão com a mesma faca que usava para cortar a carne no jantar. Mas eu tinha me esquecido da sensação. Tinha me esquecido de como era o som dos gritos de um homem adulto.

Era isso que West estava fazendo na casa de comércio. A pessoa com quem ele conversou devia estar encarregado de encontrar o homem que tinha machucado Willa. Quando West disse que resolveria a questão na loja do gambito, era daquilo que estava falando.

Willa atravessou o convés, parando diante de West. Ficou na ponta dos pés para dar um beijo na bochecha dele enquanto mais lágrimas desciam por seu rosto. Não era um tipo de beijo romântico, mas havia uma centena de segredos na forma como olhavam um para o outro. Uma centena de histórias.

Ele levou a mão atrás da camisa e sacou a adaga dela, segurando-a entre eles. Ela secou o rosto com a parte de trás do braço antes de pegá-la, virando-a sob o luar de modo a fazer as pedras preciosas cintilarem.

— Obrigada — disse, por fim.

Eles ficaram em silêncio enquanto o vento voltava a ganhar força, e West assistiu a ela embainhar a adaga no cinto. Fiquei diante da amurada, todo o calor se esvaindo de meu corpo. Abaixo de nós, um homem afundava nas profundezas. Mas Willa amarrou o cabelo de bronze comprido para trás com uma faixa de couro, como se não tivessem acabado de cometer um assassinato. Como se o sussurro da morte ainda não pairasse no navio.

Era a vida nos Estreitos. E, pela primeira vez, pensei que talvez Saint estivesse certo.

Você não foi feita para este mundo, Fable.

Um vento uivante soprou por estibordo, dando-me um calafrio, e ergui os olhos para ver que o raio estava bem acima de nós agora.

— Protejam o convés! — gritou West, subindo os degraus.

E todos voltaram ao trabalho. Willa subiu pelo mastro principal, e Paj e Auster correram para terminar de amarrar a carga. Procurei algo para fazer. Uma tarefa que tirasse a visão do engradado afundando da minha mente. Desci correndo os degraus para o corredor, fechando os baús na passarela e verificando as portas.

Quando voltei a subir, West não olhou para mim, ali parado sob a luz ofuscante. Mas notou minha presença. Eu soube pela forma como ele virava bem de leve, seus olhos no convés onde meus pés estavam plantados. Talvez sentisse vergonha do que tinha feito. Ou vergonha de não ter vergonha. Talvez imaginasse que eu o via como um monstro. E ele estava certo.

Olhei para o raio ofuscante no céu.

Ele era. Todos éramos. E aquela tempestade nos faria pagar por isso.

DEZESSETE

TENTEI NÃO FICAR OBSERVANDO.

Fixei o olhar nas cordas, ignorando o rugido do vento e o aumento das ondas. Mas, quando o ar ficou gelado, meu coração começou a bater mais forte. A chuva fria caiu do céu, enchendo o convés de água. Escorreu em alta velocidade pelos degraus para o corredor em uma enchente.

Ergui os olhos para as velas agitadas e engoli em seco, tentando manter a cabeça baixa.

— West! — gritou Paj. Estava em cima do mastro principal, um braço encaixado nos cabos e se debruçando para olhar para nós.

West observava as nuvens, uma coluna de fumaça preta de contornos curvos. Soltei uma longa expiração, esperando que ele desse a ordem antes de me mexer um centímetro sequer. A qualquer segundo, West entenderia o que era aquela tempestade.

— Rizem as bujarronas! — A voz dele foi abafada pelo som do trovão.

Não esperei que Auster descesse a escada do tombadilho superior. Escalei o mastro principal, chegando aos cabos bem quando o primeiro vento forte atingiu o navio. O *Marigold* adernou e minha bota escorregou do pino, deixando-me pendurada a dez metros do convés.

Ao longe, West estava parado diante do leme, segurando firme contra os respingos.

Prendi a respiração, esperneando enquanto o barco se inclinava mais e o azul-escuro do mar surgia embaixo de mim. Quando West me viu, seus olhos se arregalaram, sua boca formando palavras que eu não conseguia escutar, engolidas pelos uivos do vento.

Puxei as cordas para me levantar, encaixando o braço nelas bem quando o navio se endireitou, o que me fez dar de cara com o mastro. Assim que minhas botas encontraram os pinos, levei a mão aos cabos, amarrados com firmeza ao redor dos cunhos. Puxei os nós úmidos até a pele de meus dedos rachar, mas estavam apertados demais.

O vento seguinte roçou na superfície da água enquanto soprava em nossa direção, e puxei a corda com força, soltando um palavrão. No puxão seguinte, o nó finalmente se desfez, e o cabo solto foi lançado para a frente, levando-me para fora do mastro. Balancei no ar e a vela se ergueu enquanto eu caía, diminuindo a velocidade bem quando tombei pesadamente no convés. A corda escorregou de meus dedos, queimando as palmas de minhas mãos, e a vela caiu aberta.

— Paj! — gritou West, mais alto que o som da água, quando a ventania seguinte nos atingiu, e o *Marigold* adernou de novo, fazendo Auster escorregar pelo convés.

— Pode deixar! — respondeu Paj, assumindo o lugar dele no leme e nos virando para o norte, para longe da costa. Já estávamos sendo empurrados na direção dos baixios.

West correu para o mastro principal.

— Icem as velas de tempestade agora!

Ergui os olhos. Ele sabia que as velas de tempestade poderiam ser uma má ideia. Em poucos minutos, talvez tivéssemos que baixar todas as velas e enfrentar as ondas. Mas, quando isso acontecesse, elas estariam infladas demais para se fecharem.

Willa e Auster escalaram os mastros em sintonia e, na lufada seguinte, as velas de tempestade se abriram, lançando o navio à frente. A água sob meus pés me empurrou na direção da amurada a bombordo, e West me segurou quando passei por ele, agarrando meus punhos e me puxando para ficar em pé.

— Vá para debaixo do convés! — mandou ele, empurrando-me na direção da arcada aberta.

Por sobre a popa, eu via as nuvens soprando sobre o mar em nossa direção. Famintas.

Fechei os olhos e inspirei o ar úmido no peito. Eu tinha passado a infância diante de tempestades como aquela, e muitas ainda mais furiosas. Era o motivo pelo qual apenas os mercadores mais audazes velejavam pelos Estreitos. E, embora eu sentisse a força dela em todos os ossos, todos os músculos, havia algo dentro de mim que acordava quando eu a sentia. Era aterrorizante, mas familiar. Era tão linda quanto mortal.

O silêncio que caiu sobre o navio durou uma respiração quando os outros viram. Todas as cabeças se direcionaram para West, que estava na proa, os olhos voltados para a frente enquanto o burburinho baixo do vento soprava em nossa direção.

— Segurem firme! — gritou ele, e todos correram para a coisa ancorada mais próxima em que se prender.

Eu me joguei à clava de ferro mais próxima, abraçando a amurada antes que o navio tombasse. Os engradados no corredor se soltaram e deslizaram pela água, partindo em mil pedaços quando acertaram as ondas. A oeste, a sombra tênue da linha da costa estava visível. Estávamos perto. Perto demais.

Auster gritou do alto, onde ainda estava agarrado ao mastro de proa. O navio se inclinou antes de se endireitar de repente, e ele saiu voando, debatendo os braços e pernas enquanto voava na direção do mar.

— Não! — o grito gutural de Paj atravessou o vento furioso, e todos ficamos olhando Auster cair na água e desaparecer.

Paj não hesitou. Nem por um segundo. Ele pegou a ponta da corda caída no convés.

— Paj, não faz isso! — gritou West, correndo na direção dele.

Era tarde demais. Paj se atirou na amurada e pulou. West atravessou a água no convés, pegando a corda comprida antes que ela ondulasse para o lado, e me ajoelhei atrás dele, ancorando-a enquanto o peso de Paj nos puxava. West observou por sobre a amurada, vasculhando a água.

Um enjoo nauseante caiu sobre o navio, o vento parando por apenas um momento, e fechei bem os olhos até West gritar.

— Ali! Puxem!

Eu não enxergava, mas me inclinei o máximo possível para trás e reboquei as cordas atrás dele, minhas palmas se dilacerando contra as fibras enquanto as puxávamos para dentro. De repente, uma mão apareceu na amurada. Gritei, fazendo o máximo de força que conseguia, e a cabeça de Paj surgiu, de boca aberta enquanto tomava ar. Willa e Hamish o puxaram para dentro e, quando ele pisou no convés, Auster estava seguro em seus braços, vomitando água do mar.

O rosto de Paj desabou e ele chorou no cabelo molhado de Auster, segurando-o com tanta força que os dedos pareciam prestes a rasgar as costuras da camisa de Auster.

— Seu filho da mãe imbecil! — Auster engasgou.

O momento foi interrompido pelo barulho metálico e abrupto que ecoou pelo navio.

— Âncora de proa! — Hamish se debruçou a estibordo, olhando para baixo.

Ela tinha se soltado do casco em que estava presa, caindo na água, de cabo esticado. West praguejou enquanto se dirigia ao leme e nos guiava contra o vento. A tempestade estava quase em cima de nós. Não havia nada a fazer além de deixar que ela nos atingisse e torcer para não encalharmos.

West estendeu a mão, tentando me alcançar.

— Vai para debaixo do convés. Agora!

As ondas subiram mais e a chuva caiu com mais força, enchendo o navio. As gotas caíam de lado, como cacos de vidro em minha pele. Balancei a cabeça, procurando por Willa no convés.

— Desce ou vou largar você na próxima ilha e aí pode ir nadando para Ceros! — reforçou ele, pegando meu rosto com as duas mãos e olhando em meus olhos.

Uma expressão que lembrava o trovão depois do raio iluminou seu rosto. Medo envolveu todos os centímetros do meu corpo e apertou. A sensação das mãos deles em mim fez um calafrio subir pela minha espinha. Havia algo de cumplicidade na maneira como ele me olhava. Algo que desfazia os nós da rede de mentiras que tínhamos contado um para o outro.

Atrás de nós, o grosso da tempestade estava a segundos de atingir o navio. Era forte, mas o *Marigold* ficaria bem, desde que não atingisse o recife. Desde que não...

— Fable! — gritou ele de novo.

O navio se inclinou, e West me soltou, fazendo-me escorregar pelo convés na direção da arcada. Eu me segurei na estaca e pulei os degraus com um jato d'água, caindo de costas estateladas no chão. Willa apareceu na abertura acima de mim, antes de fechar o trinco, deixando-me no escuro.

Levantei cambaleante, andando pela água cada vez mais alta. O navio gemeu ao meu redor enquanto eu me encolhia no canto da passarela, abraçando os joelhos e puxando-os junto ao peito. O som abafado dos gritos da tripulação e os passos de botas eram abafados pelo rugido da tempestade que atingia o barco e a última nesga de luz que atravessava as ripas se apagou.

Ela está dizendo alguma coisa.

As palavras de minha mãe me encontraram ali, na escuridão.

Fechei bem os olhos, seu rosto surgindo perfeitamente. Uma longa trança ruiva-escura por sobre o ombro. Olhos cinza-claros da cor da névoa matinal e o colar de dragão marinho ao redor do pescoço enquanto ela erguia os olhos para as nuvens. Isolde amava as tempestades.

131

Naquela noite, o sino tocou e meu pai veio me buscar, tirando--me da rede quando eu estava sonolenta e confusa. E, quando ele me colocou no barco a remo, gritei por minha mãe até a garganta sangrar. O *Lark* já estava meio submerso, desaparecendo na água atrás de nós.

Minha mãe chamava isso de tocar a alma da tempestade. Quando caía sobre nós dessa forma, estava nos acolhendo em seu coração e deixando que a víssemos. Queria dizer alguma coisa. Só assim saberíamos o que havia dentro dela.

Só assim saberíamos quem ela era.

DEZOITO

LA ESTÁ DIZENDO ALGUMA COISA.

Só abri os olhos quando o primeiro raio de luz do sol atravessou a escuridão, iluminando a água verde parada na passarela. A tempestade tinha passado rapidamente pelo *Marigold*, mas levaram horas até os ventos pararem de chacoalhar o navio. Não tínhamos emborcado nem encalhado, e isso era tudo que qualquer tripulação poderia desejar.

Vozes roucas soaram lá fora, mas fiquei encolhida no escuro por mais alguns minutos. A água balançava ao meu redor, carregando os conteúdos de baús capotados pela passarela feito barquinhos. Uma caixinha de verbasco, uma pena de escrever, uma garrafa vazia de uísque de centeio fechada. Levaria dias para tirar toda aquela água do casco e o cheiro azedo só pioraria.

Navegar pelos Estreitos envolvia desbravar as tempestades. Uma vez, perguntei a Saint se ele tinha medo quando as nuvens escuras ameaçavam o *Lark*. Ele era um homem grande, muito mais alto que eu quando estava ao leme. Olhava para mim de cima para baixo, o rosto envolto pela fumaça branca do cachimbo.

Já vi coisas piores do que uma tempestade, Fay, ele havia respondido.

O *Lark* fora minha única casa antes de Jeval, mas, nos anos desde meu nascimento, Saint havia perdido quatro outros navios para a fúria dos demônios marinhos. Quando eu era criança, esse pensamento fazia lágrimas encherem meus olhos, imaginando aqueles lindos navios grandiosos presos nas profundezas frias. A primeira vez que vi um navio naufragado com meus próprios olhos foi mergulhando no Laço de Tempestades com minha mãe, onde o *Lark* estava agora adormecido.

Eu me levantei devagar, todos os músculos e ossos doloridos por terem sido atirados dos cabos. Tinha encrostado sangue seco em minhas mãos e as palmas ardiam onde a pele rasgou pela fricção das cordas, então bati no trinco com o punho. A luz tocou meu rosto quando o alçapão foi aberto sobre mim. Hamish estava agachado no degrau superior, e meus olhos demoraram a se ajustar ao brilho. O cabelo cor de areia que ele normalmente penteava para trás estava colado na testa, e os óculos, turvos. Atrás dele, o calor do fim da manhã fazia a umidade no convés fumegar como uma chaleira.

Paj me cumprimentou com a cabeça, sorrindo.

— Parece que nosso amuleto azarento sobreviveu.

Subi os degraus, as botas pesadas de água. Por toda nossa volta, o mar estava calmo, suavizado em um azul-escuro cristalino.

West estava parado a bombordo, com um pedaço de corda amarrado às costas. Um corte profundo atravessava o músculo grosso de seu antebraço, e outro perpassava a têmpora. O sangue tinha secado em fios que escorreram pela lateral de seu rosto.

Espiei pelo lado do navio e vi Willa sentada no sling, mordendo a lâmina de uma faca. Ela apoiou os pés no casco para trabalhar na fenda em que antes ficavam os ganchos de ferro que seguravam a âncora de proa. As argolas tinham rasgado a madeira sob a força das ondas.

Ela puxou a enxó do cinto e enfiou um cone de madeira maciça em cada buraco. Isso impediria o casco de encher de água até chegarmos a Ceros, mas haveria bastante trabalho a ser feito enquanto o navio estivesse aportado.

Auster estava pendurado ao lado dela, puxando a corda que prendia a âncora solta, mas a peça não estava cedendo. Paj o observava por sobre a amurada com o maxilar cerrado, e me lembrei da forma como ele tinha pulado na água preta. Como tinha segurado Auster em seus braços, o rosto contorcido enquanto chorava com a cara enfiada no cabelo dele. Eu estava certa sobre os dois. Ficou claro como vidro no momento em que voltaram ao convés.

Paj amava Auster e, pela expressão em seu rosto ao erguer os olhos para ele, Auster amava Paj.

Nunca, em hipótese alguma, revele o que ou quem é importante para você.

Era o motivo para Saint ter me feito prometer nunca contar a ninguém que eu era filha dele.

Ergui os olhos para um pedaço da gávea pendurada do mastro de proa, a parte que o vento a tinha rasgado. No corredor, os cordames que mantinham as provisões amarradas também tinham se soltado. O *Marigold* ficaria ancorado por pelo menos uma semana para aqueles consertos.

Auster subiu a escada de corda e pulou de volta para o convés, pingando de água do mar.

— Deve ser um recife. Não enxergo de tão longe.

West estava examinando a superfície lá embaixo.

— Qual a profundidade?

— Sessenta metros, talvez? Não sei.

Peguei a corda e dei um puxão.

— Posso buscar.

West continuou de costas para mim.

— Não.

— Por que não? São só sessenta metros.

— É o mínimo que ela pode fazer. — Auster olhou feio para mim, mas um humor iluminava seus olhos frios. — Considerando o azar que trouxe pra gente.

— Do que você está falando?

— Votamos hoje cedo — disse Willa, forçando a vista sob a luz do sol. Um hematoma vermelho subia pela pele escura do rosto, onde ela provavelmente tinha batido na amurada ou em alguma carga solta. — Foi unânime. Você traz má sorte, dragadora.

Eu ri, soltando a corda.

— Podemos votar de novo se eu soltar a âncora?

West voltou os olhos para minhas mãos ensanguentadas.

— Vamos esperar a maré baixa. Ela vai se soltar sozinha quando o navio descer.

Lá embaixo, Willa o encarou antes de lançar um olhar para mim.

— Já estamos atrasados.

West se inclinou para fora, inspecionando o trabalho dela.

— Quanto tempo?

— Não muito.

— E a vela?

— Vou cuidar disso — disse Paj, saindo da amurada e seguindo para debaixo do convés.

Fui atrás dele, tirando uma lanterna da arcada e acendendo a chama enquanto descia os degraus. Eu me ajoelhei na passarela, tateando na água até encontrar meu cinto. Não havia motivo para não me deixar mergulhar, assim como não havia motivo para me manter no navio, em Dern, ou embaixo do convés durante a tempestade. Mas, se eu soltasse a âncora, poderia compensar o que West tinha feito por mim. Não haveria dívida, e eu teria a tripulação como testemunha.

Só consegui encontrar três das minhas ferramentas, mas imaginei que seria o suficiente para fosse lá o que estivesse mantendo a âncora emperrada. Passei o cinto ao redor do quadril e apertei a fivela, voltando a subir os degraus. West estava no tombadilho superior, ajudando Hamish a amarrar os últimos engradados.

Descalcei as botas e olhei para a água, onde a corda desaparecia ao lado do casco.

— O que você está fazendo? — Auster se debruçou na amurada ao meu lado.

— Vou dar um puxão quando estiver solta — avisei, baixo, subindo. — Daí você pode trazer para cima.

Auster olhou para mim pelo canto do olho antes de assentir discretamente. Pulei para a parte externa do barco, equilibrando-me na amurada.

— Fable — advertiu Hamish do tombadilho superior.

Willa abriu um sorrisinho.

West se virou, olhando para trás, e encontrei seu olhar enquanto pulava. A imagem dele desapareceu quando eu caí, mergulhando de pé na água. Meu corpo afundou, e deixei que o frio me envolvesse, o sal fazendo meus olhos arderem.

Voltei à superfície com o som da voz áspera de West me chamando.

— Fable!

Eu o ignorei, afastando-me do barco e puxando o ar para o fundo da barriga de forma que me enchesse até a garganta. Soltei uma longa expiração comedida enquanto West gritava outra vez.

— Fable!

Mais duas respirações, e mergulhei. O azul nublado se estendia em todas as direções, o sedimento ainda se assentando depois da revolta da tempestade. Mantive um dedo na corda para segui-la vazio adentro, e a corrente puxou meu cabelo para trás enquanto eu descia. Sorri, olhando ao redor pela vastidão vazia. Eu tinha mergulhado quase todos os dias desde que era criança. A água era mais meu lar do que Jeval.

A verdade era que eu gostava de ser dragadora. Amava, até.

Segui um grupo de peixes-papagaios para baixo, seus contornos violeta ondulando enquanto viravam de um lado para outro. A pressão me comprimiu, e soltei um fio de ar quando o baixio surgiu lá embaixo. A rocha preta se estendia pelo leito oceânico de areia em uma fissura irregular. Meus pés pousaram de leve na crista, onde a âncora estava presa embaixo da plataforma. Lá em cima, o *Marigold* não passava de um ponto escuro na superfície.

Eu me apoiei na rocha, minhas palmas ardendo, e chutei a âncora com o calcanhar. Como ela não se soltou, tirei o cinzel e o macete do cinto e comecei a trabalhar em volta, esmigalhando a rocha a cada batida. Pedacinhos pretos afundaram no solo oceânico, uma nuvem arenosa subindo ao meu redor, e, quando abri espaço suficiente, firmei os pés na crista e puxei a corda com toda a força possível. O ardor por ar despertou de leve em meu peito, meus dedos formigando.

A âncora grunhiu antes de a rocha ceder e ela subir, relaxando a tensão da corda. Dei puxadas fortes até o cabo começar a se soltar, encaixando meus pés nos braços da âncora e observando a luz cintilante lá em cima crescer e se estender enquanto eu ia subindo devagar. Peixes se aglomeravam embaixo do *Marigold*, rodeando os fios de algas marinhas que pendiam das cracas e dos mexilhões que cobriam o casco. Soltei o resto do ar logo antes de chegar à superfície e enchi meus pulmões de novo, tomando fôlego. West ainda estava debruçado na lateral, a boca pressionada em uma linha dura. Assim que me viu, ele desapareceu.

Auster e Paj giravam a manivela, erguendo a âncora da água, e levei a mão à escada enquanto eles a puxavam para o convés. Willa estava finalizando o remendo no casco com uma camada de alcatrão e sorriu consigo mesma, abanando a cabeça.

— O que foi?

Parei ao lado dela na escada, recuperando o fôlego. Ela riu.

— Não consigo decidir se gosto de você ou se te acho idiota.

Sorri, subindo até passar pela amurada e pisar no convés quente.

West já estava subindo pelo mastro principal, aquela mesma tensão nas costas que sempre estava presente quando ficava bravo. Ele não estava acostumado a ser desobedecido, e eu não estava acostumada a receber ordens.

West encaixou as mãos e os pés nos degraus de ferro até estar equilibrado ao pé da vela. Com a faca nos dentes e o cabelo soprando ao redor do rosto, passou a trabalhar nas cordas.

Ele tinha razão: quanto antes eu saísse do navio, melhor. Mas eu sairia do *Marigold* sem dever nada a ninguém.

DEZENOVE

WILLA ERA A ÚNICA NA REDE QUANDO ENTREI NA passarela depois de escurecer. Meu baú ainda estava inundado, mas abri a tampa e guardei meu cinto mesmo assim. Lá no alto, passos rangiam no alojamento de West e a luz das velas atravessava as frestas. Ele não olhava para minha cara desde que eu tinha mergulhado atrás da âncora e provavelmente não olharia até eu sair do navio. Talvez fosse melhor assim.

Subi na rede, puxando uma vela para o colo enquanto balançávamos sobre a água verde que enchia a passarela. O rasgo na lona era diagonal e o examinei, medindo o comprimento de linha de que eu precisaria.

— Tenho isso desde os 5 anos — disse Willa, e ergui os olhos para vê-la erguendo a adaga. Ela a virou com as mãos manchadas de alcatrão. — Eu a tirei de um bêbado que desmaiou na Orla, no meio da rua. Simplesmente peguei do cinto dele.

Não era a história que eu esperava.

— Não é especial, na verdade. É só a única coisa que tenho de valor. Tentei vendê-la para o gambito em Dern, mas West a recuperou de alguma forma.

Mantive os olhos na vela.

— Por quê?

— Porque ele tem um péssimo hábito de achar que os outros são problema dele.

Puxei a agulha, passando a linha pelo tecido, e, quando ergui os olhos, entendi o que ela queria dizer. Não estava falando apenas da adaga. Estava falando de mim.

— É por isso que você faz parte da tripulação dele?

Ela riu um pouco.

— É.

— Mas Paj me contou que você está na tripulação desde o começo.

— A gente estava na mesma tripulação quando era criança. — Ela olhava fixamente para o teto, o brilho da memória se acendendo em seus olhos. — Quando West comprou o *Marigold*, queria pessoas em quem pudesse confiar.

Dei um nó na linha, erguendo a vela diante de mim para confirmar que o ponto estava reto.

— E como um pivete da Orla se tornou o timoneiro de um navio como este?

Ela deu de ombros.

— É o West. Ele sabe conseguir o que quer.

— É isso que você quer? Ser uma mercadora nos Estreitos?

— O que quero é não morrer sozinha — respondeu ela, em voz subitamente baixa. — Não escolhi esta vida. É só a única que tenho. — Minha mão parou sobre a lona. — Enquanto eu estiver nesta tripulação, não vou estar sozinha. Acho que é um bom lugar para estar quando a morte bater à porta.

Eu não sabia o que dizer. Era triste e familiar. Familiar até demais. Ela tinha dito em voz alta o único desejo silencioso que eu já havia me atrevido a fazer. E isso dava corpo demais a ele. Transformava-o em uma coisa delicada e frágil. Uma coisa fácil demais de matar naquele tipo de vida.

— O que aconteceu com o dragador do *Marigold*?

— Como assim?

— O dragador que fazia parte da tripulação. O que aconteceu com ele?

Willa voltou os olhos para o baú encostado na antepara, que estava vazio quando cheguei ao navio.

— Ele roubou de nós — disse simplesmente.

— Mas o que *aconteceu* com ele?

— Não foi como Crane, se é isso que você quer saber. Cortamos a garganta dele antes de o jogarmos no mar.

A calma na voz dela era perturbadora.

— E a queimadura?

— Isso foi Crane, sim. Quer dizer, foi Zola, na verdade. — Willa ergueu a mão, tocando a pele rosa suave no maxilar. — Foi algumas semanas atrás, em Ceros.

Eu queria dizer que sentia muito pelo que tinha acontecido com ela. Mas eu sabia como me sentiria se alguém dissesse isso para mim. Em certos sentidos, a pena era pior do que a ferida.

— Por que ele fez isso?

— Estávamos ganhando dinheiro demais para o gosto dele. Nos ameaçou algumas vezes, e não demos ouvido. Então decidiu agir.

Era assim que os mercadores faziam. Avisos seguidos por castigos grandiosos em público. O que quer que mantivesse as pessoas abaixo deles sob controle.

— O que você vai fazer em Ceros? — perguntou Willa.

Olhei para a vela em minhas mãos, dobrando-a com capricho em um retângulo.

— Eu te falei. Vou encontrar Saint e pedir um emprego.

— Não, quero saber o que você vai fazer quando ele disser não? Ergui os olhos, cerrando os dentes.

— O jantar está servido — informou Auster ao entrar na passarela antes que eu pudesse responder, tirando o casaco e pendurando-o no gancho. — Não é muito, mas dá para comer.

Willa se levantou da rede e entrou no corredor; fui atrás dela, subindo os degraus. As velas do mastro principal e do mastro de proa estavam curvadas sob o vento, e a água preta corria embaixo do *Marigold*. Alcançamos uma boa velocidade, mas era impossível recuperar o atraso. Eles tinham perdido inventário na tempestade, e sofreriam ainda mais prejuízo nas vendas.

Subi o mastro de proa e comecei a encordoar a vela remendada, prendendo-a ao mastro. Ela apanhou o vento sobre mim quando desamarrei os cabos e puxei. O céu da noite era escuro e vazio, estrelas espalhadas em desenhos espiralados. Não havia lua, deixando o convés sombrio lá embaixo. Eu me recostei no mastro, meu peso afundando as cordas, e inclinei a cabeça para trás, sentindo o vento soprar ao meu redor.

Lá embaixo, a tripulação estava comendo no tombadilho superior, debruçada sobre potes de mingau. Todos exceto West. Ele estava ao leme, quase invisível no escuro. Segurava as manoplas com as duas mãos, e a sombra em seu rosto, olhando à frente, era acentuada.

Tentei imaginá-lo como um garotinho — um pivete da Orla. Tantos mercadores começavam assim, tirados das ruas sujas por uma tripulação e explorados até a exaustão. Muitos encontravam sua morte no mar, mas alguns subiam pela hierarquia para assumir posições valiosas em navios importantes, velejando pelos Estreitos, alguns até no mar Inominado.

Quando parávamos em Ceros, nas rotas de comércio de Saint, eu via as crianças na Orla e queria ser amiga delas. Eu não fazia ideia de que morriam de fome ou que a maioria não tinha família.

Depois que a vela que eu tinha consertado estava estendida ao lado das outras, desci do mastro. West me observou caminhar na direção dele, tensionando-se apenas o suficiente para eu notar que ele ainda estava bravo.

— Não gosto de ser inútil — falei, entrando na frente dele para que fosse obrigado a olhar para mim.

— Você não faz parte desta tripulação. — As palavras machucaram, embora eu não soubesse o motivo. — É uma passageira.

— Já paguei você. Se eu morrer antes de chegar a Ceros, ainda vai ter minhas moedas.

Ele virou os olhos nesse momento, perpassando-me. Havia mais por trás do que ele estava dizendo, mas eu via, pela expressão em seu rosto, que ele não me revelaria mais nada. Havia muitos demônios naquele navio, e West parecia deter a maioria deles.

— O posto avançado de Saint ainda fica em Apuro? — perguntei. Eu me apoiei na estaca ao lado dele.

— Sim — respondeu ele.

— Willa acha que ele não vai me contratar.

— Ela tem razão.

Observei a mão dele deslizar do cabo para apanhar o raio do leme.

— Ele contratou *você*.

— E paguei caro por isso.

— Como assim?

Ele formulou a frase antes de dizer as palavras em voz alta.

— Nada é de graça, Fable. Nós dois sabemos que sobreviver às vezes envolve fazer coisas que nos assombram.

As palavras me deixaram ainda mais vacilante. Porque ele estava falando do homem no engradado. Mas o que mais poderia ser dito? O homem estava morto. O que estava feito, estava feito. Por mais horrorizada que tivesse ficado, eu entendia. E essa única verdade era o que realmente me assustava.

— O que mais você fez que te assombra? — perguntei, sabendo que ele não responderia.

Aquele navio arrastava um oceano de mentiras. Eles tinham matado o próprio dragador e o taifeiro de outro timoneiro. O que quer que tivessem feito em Sowan se espalhou pelos Estreitos. E, se não bastasse, ainda estavam operando um comércio paralelo bem debaixo do nariz de seu empregador. De Saint.

Por mais que ele pudesse ter mudado desde que o vira pela última vez, meu pai ainda era meu pai. Não hesitaria em fazer coisas piores com West do que a tripulação do *Marigold* tinha feito com Crane. Eu não gostaria de ver isso acontecer.

Temia por West.

Tudo que eu tinha feito era negociar com ele nas ilhas barreiras quando ia a Jeval, mas foram as moedas dele que me mantiveram alimentada e, nos dois anos desde que o conheci, ele nunca tinha deixado de aparecer. Salvou minha vida incontáveis vezes, mesmo sem querer.

Quando eu descesse do navio em Ceros, provavelmente nunca mais o veria. E não queria me preocupar com o que aconteceria com ele.

— Não me importo com o que você fez. Quando apareci naquela doca, você não tinha que me ajudar.

— Tinha, sim — respondeu ele, seu rosto impossível de interpretar.

As palavras entraram sob minha pele. Tiraram o ar de meu peito. E, quando eu estava prestes a perguntar o porquê, ele ergueu os olhos, concentrado em algo distante. Eu me virei, seguindo seu olhar pelo horizonte, onde o brilho laranja suave de luz surgia.

Ceros.

E lá, sob a luz de lanternas cintilantes, estava o único futuro que esperava por mim.

O SOL RAIOU QUANDO ENTRAMOS NO ANCORADOURO. Eu estava na proa enquanto Auster amarrava a última atadura, observando a cidade se aproximar. Por quatro anos, eu tinha sonhado com o dia em que chegaria a Ceros e, agora que estava ali, só conseguia pensar no momento em que veria a cara do meu pai. Perguntando-me o que ele diria. O que ele faria.

Os prédios de pedra se amontoavam, espalhando-se pelo morro que descia até a água. A luz matinal refletia nos vidros das janelas quadradas enquanto o sol nascia atrás de mim, fazendo a cidade parecer cravejada de diamantes. E, suspensa sobre tudo, uma rede intricada de pontes de corda estava pendurada, já cheia de pessoas atravessando a cidade.

— Mantenha o curativo limpo.

Auster esperou que eu acenasse com a cabeça antes de pegar o balde a seus pés e subir pelo mastro.

Baixei os olhos para minhas mãos raladas, enfaixadas com o pano branco. A febre e o inchaço nos cortes em meus ombros tinham amainado e meu lábio começou a cicatrizar. No fim, eu teria mais de uma cicatriz para me lembrar da jornada pelos Estreitos.

A sombra de Auster dançava sobre o convés enquanto ele se equilibrava nos cabos com os albatrozes de asas abertas contra o vento. Ele atirou uma perca no ar e um deles a pegou na boca enquanto outro pousava em seu ombro. Não pude deixar de me perguntar se o que meu pai sempre dizia sobre as aves era verdade. Talvez uma delas fosse Crane.

A tripulação preparou o *Marigold* para aportar e, pela aparência dos outros navios no ancoradouro, não éramos os únicos que tínhamos atravessado a tempestade. Mastros rachados, velas rasgadas e cascos arranhados marcavam várias outras embarcações ao longo da fileira. Os trabalhadores dos estaleiros ganhariam um bom dinheiro naquela semana, pois seu ganha-pão dependia muito das tormentas constantes que assolavam os Estreitos.

Mais da metade dos navios no ancoradouro ostentava o brasão de Saint, o que não me surpreendeu nem um pouco. Mesmo depois de perder o *Lark*, o comércio dele havia crescido nesse meio-tempo. Minha mãe sempre admirou isso nele, a recusa a se deixar vencer, sua sede por mais. Não havia como saber quantos navios estavam sob o comando dele agora.

Willa se agachou ao lado da âncora principal e peguei o cabo, erguendo-o enquanto ela desatava o nó.

— E se Zola descobrir o que aconteceu com Crane? — perguntei.

— Ele sabe.

Minha mão ficou tensa na corda. Não era só com West que eu me preocupava.

— O que ele vai fazer?

Ela deu de ombros.

— Zola tem problemas maiores.

— Maiores do que o assassinato de um membro da tripulação?

— Ele arranjou encrenca com uma grande mercadora de pedras preciosas de Bastian uns anos atrás, isso enfraqueceu a operação dele. Não pode nem nadar nas águas do mar Inominado sem acabar com a garganta cortada e, como Saint está assumindo o controle do comércio nos Estreitos, Zola está desesperado. É por isso que está de olho em nós. Ele não tem como expandir a rota de comércio, então precisa se manter no topo. Sabe que não pode tocar em Saint, mas pode impedir tripulações menores de crescerem.

A guerra comercial entre o mar Inominado e os Estreitos era mais velha do que meu pai. Os Estreitos sempre controlaram a produção e o comércio de centeio, mas Bastian dominava as pedras preciosas. Ambos eram necessários para encher de dinheiro os bolsos dos mestres de guildas.

Era um mundo equilibrado na ponta da faca.

— Que mercadora? — perguntei.

— A única que importa. O Conselho de Comércio não quer dar a Holland a licença para negociar nos Estreitos, mas é só questão de tempo. Zola não vai ter mais onde se esconder.

Holland era lendária desde muito antes de eu nascer. Era a líder do império bastiano que comandava o comércio de pedras preciosas, e a operação de Saint era uma gota no oceano se comparada com o poder que ela detinha sobre as guildas. Se o Conselho de Comércio um dia desse a ela a licença para negociar em nossos portos, isso exterminaria todas as operações com base nos Estreitos, incluindo a de meu pai.

Lá embaixo, pescadores já traziam suas primeiras pescas, e o cheiro de alga marinha era forte no ar. Auster e Willa lançaram os cabos de atracação para os homens da doca, que nos puxaram devagar enquanto o capitão do porto caminhava em nossa direção, uma pilha de pergaminhos embaixo do braço.

— *Marigold*! — gritou ele, parando na ponta da plataforma.

— Pode chamar West, por favor? — pediu Willa, levando a mão à manivela da âncora.

Olhei para a porta fechada do alojamento do timoneiro atrás dela. Eu não via West e Hamish desde o amanhecer, imaginei que estavam preparando os livros de registro para Saint. O efeito da tempestade em seu orçamento teria consequências, e meu pai não era do tipo compreensivo.

147

Bati na porta e dei um passo para trás, inspirando fundo para formular uma despedida. Não haveria mais auroras nas falésias de Jeval, esperando pelas velas do *Marigold* no horizonte. Não haveria mais travessias no barco de Speck com a pira pesada no cinto, e nunca mais eu veria West esperando por mim na ponta da doca. Meu estômago se revirou, me deixando enjoada. Eu não gostava da ideia de nunca mais vê-lo. E não gostava de me sentir assim.

Passos soaram antes de a porta ranger, mas foi Hamish quem apareceu quando ela foi aberta. Atrás dele, pilhas de cobre estavam espalhadas pela mesa, e os mapas, bem enrolados.

— O que foi? — a voz de West soou atrás de mim, e me virei para vê-lo parado embaixo da arcada.

— Ah, pensei que você estava... — Olhei para o corredor escuro atrás dele, que levava para debaixo do convés. — O capitão do porto está procurando por você.

Ele assentiu com a cabeça, subindo o último degrau, e percebi que estava segurando meu cinto e meu casaco. West os empurrou para mim ao passar.

Baixei os olhos para os pontos no couro costurado no ombro, mordendo o lábio inferior. Ele não estava brincando ao dizer que era para eu sair do navio assim que aportássemos. Eu queria que não doesse, mas doía. Eu estava na passarela coberta com o coração na boca, tentando encontrar uma forma de me despedir, e West mal podia esperar para se livrar de mim.

Passei o cinto ao redor da cintura e o prendi, o vermelho brotando sob minha pele. Levei a mão à estaca da arcada, e passei os dedos mais uma vez na madeira tratada com óleo, olhando para o navio. Mesmo danificado pela tempestade, o *Marigold* era lindo. E, de certo modo, eu sentiria saudade dele.

Homens gritaram lá embaixo enquanto Hamish abria a escada. Ele tirou a mão do bolso do casaco e me deu um pergaminho dobrado.

— Um mapa. É uma cidade grande.

— Obrigada.

Eu peguei o pergaminho, sorrindo pela gentileza rara.

— Se cuide — disse Willa, com as mãos na cintura.

O sol iluminou a queimadura em seu rosto, deixando-a vermelho-
-sangue, mas a pele estava cicatrizando. E, agora que Crane estava
no fundo do mar, eu me perguntei se a parte que não dava para ver
também se cicatrizaria.

— Pode deixar.

Ela curvou a boca para cima.

— Não sei por quê, mas não acredito.

Paj me estendeu a mão, e a peguei. Ele apertou uma vez.

— Boa sorte, dragadora.

— Obrigada.

Atrás dele, Auster abriu um de seus sorrisos descontraídos.

— Fable — chamou West, que atravessava o convés, o vento
soprando a camisa ao redor do corpo quando parou diante de mim.

— Obrigada — falei, estendendo a mão entre nós.

Por motivos que eu desconhecia, ele tinha assumido um risco
ao me deixar subir a bordo do *Marigold*. Se eu nunca mais o visse,
queria que ele soubesse que eu entendia isso.

Mas ele não apertou minha mão. Passou o peso de um pé a outro
diante de mim, olhando para todos os lugares, menos meu rosto.

— Mantenha o casaco abotoado e a faca a seu alcance. Não troque
suas ferramentas, nem mesmo para comer. E não durma na rua. —
Ele ergueu meu capuz enquanto eu fechava o casaco e abotoava até
o pescoço. — Não chame atenção. É melhor ser ninguém do que
ser alguém nesta cidade.

Ele desistiu do que diria em seguida, fechando a boca e engolindo
em seco. Ergui a mão de novo, esperando que a apertasse, e, dessa
vez, ele apertou. Seus dedos envolveram meu punho, e os meus, o
dele, enquanto eu observava seu rosto.

— Obrigada, West. — Minha voz soou fraca.

Ele não saiu do lugar. Parecia não estar nem respirando. Tentei
soltar, mas seu aperto ficou mais firme, imobilizando-me. Minha
pulsação acelerou quando ele puxou minha mão até a cicatriz escul-
pida em meu antebraço aparecer debaixo da manga.

— Estou falando sério, Fable — murmurou. — Se cuide.

Seus dedos soltaram meu braço, e dei um passo para trás para aumentar o espaço entre nós, meu coração batendo forte no peito. Baixei os olhos para o convés e pulei a amurada para pisar nos degraus. Ele me observou descer, a escada balançando, e, assim que minhas botas tocaram na doca cheia, algo colidiu contra minhas costelas. Voei para a frente, apoiando as mãos no casco do navio para não cair na água.

— Cuidado! — gritou um homem largo que passou por mim com um engradado de peixes no ombro, sem nem olhar para trás.

Atravessei a multidão, puxando a manga do casaco para garantir que meu braço estivesse coberto. As docas vibravam com o comércio no porto, ao menos seis vezes o tamanho do ancoradouro de Dern. Serpenteei por entre os bolsões de gente e, quando cheguei à rua principal que entrava na cidade, lancei um último olhar para o *Marigold*. Ele estava em uma das últimas baias, a madeira dourada da cor de mel. No tombadilho superior, West estava de braços cruzados, olhando para mim.

Olhei nos olhos dele uma última vez, torcendo para que, mesmo que eu não tivesse dito, ele soubesse.

Eu devia a ele. Devia tudo a ele.

West me observou por mais um momento antes de finalmente se virar, desaparecendo do convés do navio, e inspirei para conter o ardor nos olhos.

Entrei no rio de ambulantes, que davam voltas na rampa que levava à Orla de Ceros. Tripulações recém-desembarcadas já estavam subindo a colina em que companhias temporárias e garrafas de uísque as aguardavam nas tavernas da cidade.

O posto avançado de Saint ficava no Apuro, um buraco deplorável onde nenhuma pessoa respeitável morava ou fazia negócios. Quase todo mundo que lá vivia sobrevivia por sua proteção, então Saint acumulava muitos favores. Era um dos motivos para ele ter conseguido construir tudo o que tinha. Sabia fazer as pessoas dependerem dele.

Outro ombro trombou em mim, me desequilibrando, e bati em uma estaca, cambaleando. Mas o pensamento chiou como um sussurro baixo, meus olhos seguindo as botas engraxadas embaixo do casacão azul-safira.

Ergui os olhos e o caos da doca paralisou, tudo desacelerado com a batida estagnada de meu coração, minha mente percorrendo uma enxurrada de lembranças que veio de repente, afogando-me.

O homem olhou para trás de relance ao passar por mim, seu maxilar anguloso tenso.

Era ele. Era Saint.

O mercador que havia construído um império. O pai que havia me deixado para trás. O homem que havia amado minha mãe com a fúria de mil tormentas implacáveis.

Ele piscou, seus olhos brilhando embaixo do chapéu por apenas um momento antes de se voltar à doca.

E, como se eu só tivesse imaginado, ele continuou andando.

VINTE E UM

ELE TINHA ME VISTO.

Ele tinha me visto e sabia exatamente quem eu era. Ficou claro quando olhou para mim com o punho cerrado. Quando seu maxilar ficou tenso quando seus olhos encontraram os meus. Ele tinha me reconhecido.

Saint sabia que eu tinha chegado a Ceros e sabia por quê. Assim como eu sabia por que ele não havia parado. Eu não quebrara a promessa. Ninguém nos Estreitos sabia que eu era filha dele, exceto por Clove, e Saint não me cumprimentaria em público assim. Ele não correria o risco de que alguém quisesse saber quem eu era.

Meu pai desapareceu na multidão de estivadores, a passos firmes, enquanto se dirigia ao grande navio que entrava na baía. O brasão dele pintado na vela na proa.

Ergui o capuz com mais firmeza, minha respiração presa no peito. Minha garganta queimando, lágrimas ardendo nos olhos, porque ele estava igual. Como era possível? Ele era o mesmo homem bonito e rústico da última vez que eu o vira.

O sino tocou, marcando a abertura da casa de comércio, e dei uma volta, equilibrando-me na escada com uma mão. Saint encontraria os timoneiros de seus navios que estavam chegando antes de voltar ao posto no Apuro. Quando ele chegasse, eu estaria esperando.

Subi os degraus do ancoradouro e parei na entrada de ferro fundido da Orla. Era o pior dos bairros pobres de Ceros, uma série de barracos que seguiam até depois do ancoradouro. Depois disso, a cidade era um labirinto. Ruas e becos serpenteavam como nós apertados, pessoas saindo de todas as janelas e batentes. Era a maior cidade portuária dos Estreitos, um centro movimentado de comércio e negócios, mas nem se comparava à opulência das cidades do mar Inominado.

Tirei da bolsa o mapa que Hamish tinha me dado e o desdobrei no muro de barro do beco. Se o ancoradouro estava atrás de mim, então o Apuro ficava a nordeste. Não era fácil de chegar, o que talvez fosse um dos motivos por que meu pai o havia escolhido para seu posto. Ninguém esperava que um mercador afluente se enfurnasse no canto mais esquálido da cidade.

Fiquei na ponta dos pés, tentando avistar a escada mais próxima que levasse às pontes. Depois do mercado seguinte, eu via silhue-tas sombreadas subindo além dos telhados ascendentes. Dobrei o mapa e o guardei no casaco, entrando na rua principal. Pessoas se aglomeravam entre os prédios, chegando e saindo do mercado com cestas de batatas e alqueires de grãos.

A rua desembocava na praça, onde coberturas de lona e toldos de cores fortes projetavam uma tonalidade rosa sobre o mercado. O ar poeirento cheirava a carne assada, e as barracas de vendedores serpenteavam em fileiras rebeldes, as bancadas e os carrinhos carre-gados de frutas, peixes e rolos de tecidos de todas as cores.

Empurrei as pessoas para passar, sempre usando as pontes como ponto de referência. Meu cinto e minha bolsa de moedas estavam guardados em segurança dentro da camisa, ninguém alcançaria sem cortar meu casaco. Ainda assim, passei a mão entre os botões por instinto, para segurar o cabo da faca.

Uma mulher baixa com um peixe prateado imenso pendurado nos ombros atravessava o mercado, abrindo caminho, e a segui de perto até chegarmos ao outro lado. Encontrei a fila para a escada e, quando chegou minha vez, subi as cordas. O vento frio que soprava sobre a cidade me atingiu enquanto eu subia, dissipando o odor forte das ruas. Inspirei o ar fresco, apoiando-me na parede redada da ponte enquanto as pessoas passavam. As tábuas de madeira balançaram sob meus pés, oscilando de leve, mas apertei os dedos nas cordas e olhei para Ceros. As paredes altaneiras de tijolos e os telhados mal-trapilhos subiam de todos os cantos da cidade, o sistema de pontes serpenteando entre tudo.

Ao leste, eu avistei o Apuro. Era a parte mais baixa da paisagem ondulante e a mais densamente povoada. As estruturas decadentes se empilhavam como blocos oscilantes.

— Moça? — Uma menininha parou, puxando a barra do meu casaco. Ela ergueu um quadradinho de seda branca com um navio bordado em fio azul. — Tem moeda?

Seus olhos azul-claros pareciam quase brancos sob a luz forte do sol. Fiquei analisando a menina, o pano enrugado aberto sobre suas mãos sujas. Era um navio mercante grande, com quatro mastros e mais de doze velas.

— Desculpa — respondi, e balancei a cabeça, passando por ela.

Comecei a atravessar a ponte, mantendo-me na lateral e observando com atenção. Houve o tempo em que eu sabia de cor a rota para o Apuro, mas as pontes eram confusas, e era fácil acabar na direção oposta se não tomasse cuidado. Fiz uma curva, virando para o leste até encontrar uma que seguisse para o norte. O sol do fim da manhã era forte, refletindo-se onde o ancoradouro saía da água. Dali, eu nem conseguia ver qual navio era o *Marigold*.

Ao longe, os sinos da torre soavam, assinalando o fechamento do mercado e, um momento depois, uma enxurrada de pessoas começou a subir as escadas em um fluxo constante. Entrei em uma ponte que subia antes de descer de novo, e comecei a sentir o cheiro. O fedor do Apuro queimava as narinas e demorava dias para passar. Para quem morava ali, era algo que se tornava parte deles.

As ruas lá embaixo se tornaram lamacentas e escuras quando a ponte chegou a um ponto sem saída. A escada que descia para o chão era coberta da mesma lama. Puxei a gola da camisa para fora do casaco para cobrir o nariz e prendi a respiração enquanto descia. As sombras dos prédios cobriam a maior parte do Apuro em sombras, apesar da hora do dia. O som de cachorros de rua latindo e bebês chorando ecoava pela passagem estreita, e abri o mapa de novo, tentando me localizar.

Estava igual a quatro anos antes, exceto que havia mais de tudo — lama, pessoas, negação. E, com os muros de prédios subindo ao meu redor, mal dava para enxergar o céu.

Segui o beco que saía da rua principal. Ele se contorcia por entre os prédios, tão estreito que eu tinha que me virar de lado para passar por certos pontos. Olhos me espreitaram das janelas altas, onde roupas molhadas balançavam no varal. A arcada quebrada e conhecida se assomava sobre os terraços ao longe. O ferro enferrujado era uma guirlanda das mesmas velas triangulares que adornavam o brasão de Saint. Rumei para ela enquanto o sol descia, a temperatura caindo com ele.

O beco se alargou de novo, abrindo-se para um círculo de portas de madeira. Todas verdes exceto uma: uma porta azul brilhante com uma aldrava de bronze retratando o rosto de um demônio marinho. Seus olhos arregalados me encaravam, me dando a língua.

O posto de Saint.

Mais olhos espreitavam do alto, provavelmente pessoas que meu pai tinha pagado para vigiar. Mas eu sabia como entrar. Tinha feito isso uma centena de vezes. Desabotoei e tirei o casaco, amarrando-o por baixo do cinto antes de encaixar os dedos nas frestas da parede de argila branca lisa. Minhas mãos eram maiores do que na última vez que eu tinha escalado ali, mas as frestas e os apoios eram os mesmos. Fui subindo, usando a aldrava da porta como apoio para o pé, e, quando a beira da janelinha estava ao meu alcance, saltei para alcançá-la, agarrando a borda com a ponta dos dedos e balançando os pés no ar.

Encaixei o cotovelo pela borda de madeira e tirei o cinzel do bolso. A borda era escorregadia e trepei para erguer o trinco. Era uma janela pequena, e tive que me encolher para passar, jogando o cinto para dentro e remexendo o quadril até atravessar. Caí no ladrilho duro, grunhindo com a dor aguda que explodiu em minhas costelas, e voltei a me levantar.

O cômodo estava escuro, iluminado apenas pela janelinha aberta que deixava entrar um feixe inclinado. Procurei uma lanterna, tateando as prateleiras até a ponta da bota passar pelo pé de uma escrivaninha e meus dedos encontrarem uma vela. Acendi um fósforo e ergui a luz diante de mim, o nó voltando à minha garganta.

Mapas. Tabelas. Listas. Diagramas.

Uma luneta de bronze com o nome dele gravado na lateral.

Saint.

Estava tudo igual. Igualzinho, assim como ele. Como se os últimos quatro anos nem tivessem acontecido e nenhum tempo tivesse se passado. Ele ainda estava ali, ainda navegando, ainda negociando e regateando e construindo navios.

Como se eu nunca tivesse existido.

Vinte e Dois

Quatro anos antes

Naquela noite, o som abrupto do sino ecoou, e meu pai foi me buscar, tirando-me da rede, ainda confusa, com os olhos turvos de sono.

Eu não sabia o que estava acontecendo até a escotilha se abrir diante de nós, e o raio cair tão próximo do navio que me cegou, o som explodindo dolorosamente em meus ouvidos. Pontos pretos apagaram toda a luz da minha visão, e pisquei furiosamente, tentando clareá-la.

Saint me aconchegou dentro de seu casaco o máximo que dava e saiu para o vento uivante que fazia a chuva girar, em vez de cair em uma direção única.

Eu nunca tinha visto uma tempestade daquelas.

— Mamãe! — gritei, olhando para trás do meu pai em busca dela, mas não havia quase ninguém no convés.

E, quando olhei para o emaranhado de nuvens sobre nós, berrei. O mastro principal do *Lark* tinha se partido ao meio.

Eu sabia o que significava. Não havia como recuperar um mastro quebrado.

Estávamos abandonando o navio.

Eu me desvencilhei do casaco de Saint aos arranhões, escapando de seus braços e batendo no convés com tanta força que o ar escapou de meus pulmões.

— Fable!

Uma onda quebrou a estibordo, desequilibrando-o, e saí correndo para o alçapão.

— Mamãe! — gritei, mas eu não ouvia nem minha própria voz. Escutava apenas o uivo do vento. O grunhido do navio.

Braços me envolveram, puxando meu peso para trás, e outro rosto surgiu diante de mim. Clove. Saint me empurrou na direção dele, e escorreguei pelo convés inundado até dar de cara com ele.

Clove não hesitou. Subiu na amurada comigo no colo e pulou no vento. Caímos na escuridão, atingindo a água com o som de um trovão e, de repente, tudo era silêncio. A tempestade furiosa foi substituída pelo zumbido profundo do mar. Sob a superfície, corpos inertes giravam na água preta, os mastros e proas de navios mortos havia muito tempo iluminados sob nós pelos relâmpagos que estouravam de novo e de novo.

Quando subimos, eu engasguei, segurando-me a Clove com as mãos trêmulas.

Saint apareceu de repente ao nosso lado.

— Nade! — gritou ele.

Outro estrondo ensurdecedor soou como um tiro de canhão, e me virei na água. O casco do *Lark* estava se partindo em dois. Bem no meio.

— Nade, Fable!

Eu nunca tinha ouvido a voz do meu pai assim. Nunca tinha visto seu rosto despedaçado de medo.

Atravessei a água, nadando o mais rápido possível contra a sucção do navio que afundava e nos puxava consigo. Saint me acompanhou, subindo pela crista de cada onda ao meu lado. Nadamos até eu não sentir mais os braços nem as pernas e minha barriga estar quase cheia de água do mar. Quando a luz laranja de uma lanterna piscou no alto, comecei a afundar. A mão de Clove apanhou minha camisa, e ele me puxou até eu flutuar na água atrás dele. Quando abri os olhos de novo, um dos marujos de meu pai estava me colocando em um barquinho.

— Mamãe... — chorei, vendo a proa do *Lark* afundar ao longe. — Mamãe, mamãe, mamãe...

Saint não disse uma palavra quando subiu depois de mim. Não olhou para trás. Nenhuma vez.

Só içamos a pequena vela na manhã seguinte, quando a ventania acalmou e o mar adormeceu. Fiquei sentada na popa, enchendo baldes d'água até esvaziar o casco do barco a remo. Os olhos de Saint se mantiveram no horizonte. Foi apenas então que notei que o homem que tinha me tirado da água estava ferido, o rosto pálido revelando seu destino. Ele levou apenas horas para morrer e, meros momentos depois de seu último suspiro, Saint o jogou no mar.

Empurramos o barco para a praia suave de Jeval na manhã seguinte. Eu nunca tinha estado naquela ilha rica em pira, mas minha mãe dragara seus recifes. Eu me deitei na areia, as ondas subindo para tocar meus pés descalços, e, enquanto Clove saía para procurar comida e água, meu pai tirou a faca do cinto.

— Você confia em mim? — perguntou ele, olhando no fundo dos meus olhos com uma calma que me aterrorizava.

Fiz que sim, e ele pegou minha mão com os dedos calejados, virando-a para que a pele macia de meu antebraço ficasse entre nós. Só entendi o que ele faria quando a ponta da faca já tinha tirado sangue.

Tentei puxar o braço, mas um olhar firme dele me fez ficar parada sob seu toque. Afundei o rosto entre os joelhos e tentei não gritar enquanto ele me cortava, gravando linhas curvas suaves que desciam do cotovelo até o punho. Ao terminar, ele me carregou para a água e limpou, enfaixando a ferida cuidadosamente com pedaços rasgados de sua camisa.

Clove voltou com um balde de mariscos que tinha negociado na praia, e acendemos uma fogueira, comendo o jantar escasso em silêncio. Meu estômago se revirou de tanta dor no braço, meu coração doendo pela perda da minha mãe. E não falamos dela. Eu nunca mais falaria dela naqueles anos em Jeval.

Não perguntei o que havia acontecido. Se ela estivesse viva, Saint nunca a teria deixado para trás.

Dormimos na praia e, quando o sol nasceu, Clove preparou o barco a remo. Mas, quando entrei na água atrás dele, meu pai colocou a mão pesada em meu ombro e informou que eu não iria com eles. Seus lábios formaram as palavras enquanto ele olhava em meu rosto, sua expressão impossível de interpretar, como sempre. Mas eu não conseguia entender. Ele repetiu três vezes até as peças finalmente se encaixarem em minha mente e minhas mãos começarem a tremer ao lado do corpo.

— Por quê? — perguntei, rouca, tentando não soar patética.

Meu pai odiava quando as pessoas eram patéticas.

— Porque você não foi feita para este mundo, Fable.

Por um momento, pensei ver o brilho de lágrimas em seus olhos. O tom de emoção em sua voz. Mas, quando pisquei, a máscara do pai que eu conhecia tinha voltado.

— Saint... — Eu não queria implorar. — Não me deixe aqui.

Olhei para o barco, onde Clove estava esperando. Mas ele não olhou para mim, seus ombros duros como pedra.

— Se você me prometer uma coisa, vou prometer outra de volta.

Fiz que sim com a cabeça, ávida, achando que ele tinha mudado de ideia.

— Sobreviva. Saia desta ilha. E, na próxima vez que nos virmos, vou dar a você o que é seu por direito.

Ergui os olhos para seu rosto.

— E se nunca mais nos virmos?

Ele apenas se virou, desvencilhando a mão dos meus dedos enquanto se afastava.

Não me atrevi a chorar enquanto ele se dirigia ao barco. Não dei um pio sequer. As lágrimas escorreram por meu rosto em fios quentes, desaparecendo na camisa. Meu coração se apertou e ameaçou parar, cada parte de mim gritando por dentro.

E, quando a pequena vela triangular desapareceu no horizonte, eu estava sozinha.

VINTE E TRÊS

EU ME SENTEI NA CADEIRA DE COURO ADORNADA ATRÁS da escrivaninha de meu pai, absorvendo o aroma quente da fumaça de seu cachimbo. Estava impregnado em todos os cantos do escritório, doce, picante e tão familiar que fez meu peito doer.

Havia vestígios de minha mãe por toda parte.

Uma bússola que era dela no batente da janela. Ferramentas de dragagem transbordando de um pequeno baú no chão. Ao lado da porta, um lenço de seda turquesa desfiado estava pendurado em um prego enferrujado. Se eu fechasse os olhos, ainda conseguiria vê-lo enrolado ao redor dos ombros dela, a trança comprida balançando atrás das costas enquanto ela andava.

Por isso, não fechei os olhos.

Acendi as velas quando o sol desceu e fui à janela, contemplando o Apuro. Olhos ainda observavam das janelas escuras, e me perguntei se reconheceria algum daqueles rostos. Se algum deles me reconheceria como a menininha que andava por aquelas ruas atrás de Saint.

Olhei para o espelho dourado na parede atrás de mim. A prata tinha começado se encrespar atrás do vidro, fazendo tudo no reflexo parecer estar embaixo d'água.

No centro, estava eu.

Fiquei paralisada. Porque não conhecia a garota no reflexo. E, ao mesmo tempo, conhecia.

Eu me parecia com *ela*. Lembrava muito ela, no formato, na cor e no ângulo do maxilar.

Os anos tinham me transformado. Eu estava mais alta, claro, mas havia uma curva no meu quadril que eu não tinha notado. As sardas que antes salpicavam meu nariz já eram numerosas demais para contar, muitas se misturando. Meu cabelo ruivo estava mais escuro, e as cores variavam com a mudança da luz. Havia algo de que eu não gostava em me ver assim. Era perturbador.

Ergui a mão, tocando meu rosto e traçando com a ponta dos dedos o formato dos ossos. Minha mão ficou paralisada quando a senti, como uma corrente profunda dentro de mim.

Isolde.

Eu a sentia como se ela estivesse ao meu lado no escritório. Como se o calor dela dançasse sobre minha pele. Algo reluziu na estante encostada na parede, e forcei a vista, concentrando-me no brilho verde-claro.

Dentro de uma caixa aberta de madeira havia um objeto que reconheci. Que pensei que nunca veria de novo.

Uma dor aguda despertou sob minhas costelas, lágrimas quentes brotando em meus olhos. Não podia ser.

Um pingente simples repousava dentro da caixa, a corrente de prata caindo para o lado. Um dragão marinho de abalone verde. Não valia nada, na verdade. Exceto que era *dela*.

O colar da minha mãe balançava sobre mim toda noite quando ela me beijava. Rodeava o pescoço dela quando mergulhávamos nos recifes. Ela o estava usando na noite em que morreu.

Então como tinha vindo parar aqui?

Eu o peguei com cuidado, como se pudesse se transformar em fumaça e desaparecer.

Vozes entraram pelas janelas de vidraça, e fechei os dedos ao redor do colar enquanto eu olhava para fora.

O casaco azul de Saint brilhava sob a luz fraca, a única coisa luminosa na rua sombria. As pessoas saíam da frente quando ele passava, sua presença silenciosa quase parecendo deixar um rastro atrás de si. Ele sempre tinha sido assim.

O tremor em meus ossos voltou e eu meti a mão no bolso do casaco. O colar continuou pendurado em meus dedos escorregadios enquanto eu voltava a me afundar na cadeira, me virando, emperti-gada, para a porta.

Botas pararam lá fora, e Saint esperou por um momento breve antes de encaixar a chave na fechadura. Tentei acalmar o coração acelerado, mas gotas de suor já estavam se acumulando em minha testa. Mordi o lábio inferior para que não tremesse.

A porta se abriu, deixando o ar fresco entrar, e o homem que nunca tive permissão de chamar de pai estava diante de mim, seus olhos de um azul-gelo aguçado sob a luz das velas.

Fiquei paralisada, sem conseguir respirar.

— Eu sou...

— Fable.

O rangido grave de sua voz encheu o cômodo silencioso.

Ele tinha me reconhecido, *sim*. Eu sabia.

Saint fechou a porta e caminhou até a escrivaninha, apoiando as mãos nela enquanto olhava para meu rosto. Tentei conter as lágrimas que ameaçavam chegar a meus olhos, mas não adiantou. Esperei que ele falasse, meus pensamentos a mil por hora com o que ele poderia dizer. O que poderia fazer. Mas Saint apenas me encarou.

— Negociei passagem em um de seus navios — contei, o som da minha voz era estranho.

— O *Marigold*.

Fiz que sim com a cabeça.

— Esse mesmo.

As tábuas do assoalho rangeram sob seus pés quando ele se endireitou e foi até a prateleira, pegando seu cachimbo e o enchendo de folhas de verbasco.

— Onde está Clove?

O navegador do meu pai nunca se afastava de Saint, e me perguntei o que ele diria quando me visse.

— Ele se foi.

— Se foi?

Saint se curvou sobre a chama, soprando até as folhas arderem em fogo baixo.

Não podia ser. Clove e Saint tripulavam juntos desde antes de eu nascer. Era impossível que ele tivesse deixado o navio do meu pai. A menos que...

Sequei uma lágrima rebelde do canto do olho quando entendi o que ele queria dizer. Clove tinha morrido. E, se Clove tinha morrido, Saint estava sozinho. O pensamento me fez sentir como se eu estivesse sob aquela água escura outra vez, o raio silencioso lá no alto.

— Vi seus navios em Dern e no ancoradouro. — Funguei, mudando de assunto. — São quantos agora?

Ele se sentou na cadeira à minha frente.

— Vinte e oito.

Arregalei os olhos. Eu tinha imaginado vinte, talvez. Mas quase trinta navios velejando sob seu brasão era mais do que uma mera operação mercantil. Se tinha tantos navios, ele não era o mercador em ascensão que eu conhecia quatro anos antes. Tinha subido para o topo da cadeia.

— Você conseguiu — sussurrei, um sorriso repuxando meus lábios.

— Consegui o quê?

— Abriu sua rota para o mar Inominado.

Ele encheu a boca de fumaça, que saiu ondulando devagar por seus lábios.

— Exatamente como Isolde...

Ele se enrijeceu, estreitando os olhos.

— Não diga o nome dela.

Inclinei a cabeça, tentando ler sua expressão. Mas Saint era uma fortaleza. Um abismo sem fim. Pouquíssimas coisas o deixavam nervoso, e eu não tinha desconfiado que o nome de minha mãe seria uma delas.

Não era a recepção que eu esperava. Ele não era um homem caloroso, e eu não precisava de um abraço, nem de uma demonstração de emoção, mas ele não tinha nem me perguntado o que acontecera depois de me deixar em Jeval. Como eu tinha sobrevivido. Como tinha chegado a Ceros.

— Voltei para buscar o que você me prometeu — anunciei, a raiva entrando em cada palavra.

As rugas ao redor de seus olhos ficaram mais marcadas por um longo momento. Ele mordeu o cachimbo e se levantou de novo, fazendo a cadeira raspar no chão, e voltou para a estante. Encheu os braços com pilhas de livros empoeirados, que deixou em cima da escrivaninha.

— Sua herança — disse ele.

Eu me inclinei para a frente.

— Minha o quê?

Ele tirou um pergaminho grosso do fundo da prateleira e o largou na escrivaninha à minha frente. Eu o peguei devagar, um formigamento perpassando minha pele. Saint me observou desenrolá-lo, e a luz de velas caiu sobre um mapa desbotado. Era o Laço de Tempestades.

— Não entendi.

Saint tirou um único cobre do bolso do casaco e o colocou em um ponto no canto superior direito do mapa.

— O *Lark*.

A ardência em minha pele piorou, percorrendo meu corpo todo até eu estar vibrando com o calor de uma tempestade.

— Como assim?

Ele encostou a ponta do dedo na moeda.

— Ele está aí. E é seu. — Ergui os olhos para ele por entre os cílios. — Eu o guardei para você.

— Você nunca voltou?

— Uma vez. — Ele pigarreou e meus dedos apertaram o colar em meu bolso. Foi assim que ele o tinha recuperado. Ele tinha voltado. Para buscar Isolde. — Mas deixei a carga.

— Havia uma fortuna no casco daquele navio... — Minha voz se perdeu.

— Apenas três pessoas sobreviveram àquela noite. — Por um momento, pareceu que a memória o afligia. — Apenas três pessoas sabem onde o *Lark* afundou.

Eu, Saint e Clove.

— Pertence a você — concluiu ele.

Eu me levantei, dando a volta pelo canto da escrivaninha e o abracei. Encostei o rosto em seu ombro e ele se manteve ereto, a tensão se alargando por todo o seu corpo. Mas não dei a mínima. Eu tinha passado os últimos quatro anos tentando encontrá-lo. E tinha passado todos os dias me perguntando se ele cumpriria a promessa que havia feito a mim.

E cumpriu.

O *Lark* dormia no Laço de Tempestades com minha mãe, esperando por mim. Por *nós*.

Havia moedas e pedras preciosas suficientes lá para fazer o que eu quisesse. Depois de quatro anos ralando dia após dia, nada me faltaria.

Eu o soltei, secando os olhos.

— Quando vamos?

Seu rosto mudou, o olhar mais direto.

— Não vamos.

Eu o encarei.

— Deixei aquele navio no fundo do mar para você. Se quiser, vá buscá-lo.

— Mas pensei que... — As palavras se perderam. — Você disse que me daria o que é meu.

— E dei.

— Pensei que você queria dizer um *lugar* aqui. — Minha voz ficou tensa. — Voltei para ficar com você. Para fazer parte da sua tripulação.

— Da minha tripulação?

— Sou uma boa dragadora e uma sábia das pedras ainda melhor. Não sou tão boa quanto Isolde era, mas...

— Não... diga... o *nome* dela — cortou Saint.

— Não entendo — murmurei.

— Eu nunca devia ter deixado sua mãe nem sequer pisar no meu navio. Não vou cometer o mesmo erro duas vezes.

Ele se levantou, andando até a janela. Observei os músculos de seu pescoço pularem enquanto tensionava o maxilar.

— Você está me mandando embora? Simples assim?

— Acabei de te dar um futuro!

Ele apontou para o mapa.

Peguei o pergaminho, jogando-o para o outro lado da escrivaninha. O mapa bateu nele e caiu no chão.

— Não quero o *Lark*. Quero tripular sob seu brasão.

— Não.

Lágrimas quentes escorreram por meu rosto, a respiração se acelerando de pânico no peito.

— Você não faz ideia do que tive que fazer para chegar aqui.

— E agora você sabe como se manter viva neste mundo.

Ele ergueu o queixo.

— Como assim?

— O melhor que eu fiz por você foi deixá-la em Jeval.

— Quer dizer que é o melhor que fez por *você*. Quase morri de fome. De medo! — Eu o encarei, rangendo os dentes. Ele esperava que eu agradecesse pelo inferno que me fizera passar, para poder levar o crédito por quem eu era. — Perdi minha mãe e minha casa. Depois você me largou no pedaço de terra mais próximo para me virar sozinha.

— Se virar sozinha? — disse Saint, baixo, a voz amarga e cortante. — Quem você acha que manteve você alimentada? Quem você acha que colocou as moedas que você usou para comprar passagem em seu bolso? — perguntou, erguendo a voz.

Eu o encarei, confusa.

— O que você acha que o *Marigold* é, Fable?

— Sei o que é um navio-sombra. É o disfarce que você usa para manipular o comércio e reunir informações. Não sou idiota. West deve estar tão atolado em dívidas com você que nunca vai conseguir pagar.

— Muito esperta. — Meu pai pareceu satisfeito.

— O que isso tem a ver comigo? — perguntei.

— Você acha que West teria aparecido em Jeval se eu não o tivesse mandado para lá? Acha que teria comprado piras de você se eu não tivesse dado essa ordem a ele?

Arregalei os olhos, de queixo caído. Ergui a mão trêmula para a escrivaninha, protegendo-me das palavras.

— Como assim?

— Eu cuidei de você.

Um soluço escapou de meu peito antes de se transformar em uma risada amarga. Claro. West sabia exatamente quem eu era. Aquele tempo todo. E, quando ele navegou para as ilhas barreiras dois anos antes querendo comprar pira, na verdade estava procurando por mim. Era por isso que ele não me queria a bordo do navio. Era por isso que ele não podia deixar que nada acontecesse comigo.

Eu era a carga mais cara que ele já havia transportado pelos Estreitos.

Olhei fixamente para o chão, tentando impedir que o mundo girasse. Estava tudo rodando. Estava tudo errado.

— Você não vê. Talvez nunca veja. Mas fiz o que era melhor para nós dois. Você cumpriu sua promessa e eu cumpri a minha. — Ele pegou o mapa do chão, enrolando-o com firmeza. — Agora é hora de você seguir seu caminho, Fable.

Outro grito escapou de meus lábios, e cobri o rosto com as mãos, humilhada. Eu tinha atravessado os Estreitos por um homem que provavelmente nem me amava. Por um sonho que nunca se realizaria. E, naquele momento, eu não fazia ideia de por que chegara a acreditar que poderia se realizar.

— Você é forte e esperta. Vai dar um jeito.

— Sem você comigo, esse mapa é inútil. — Encarei o mapa, sentindo o corpo subitamente pesado. — Mesmo se eu arranjar um jeito de chegar lá, nunca vou conseguir navegar pelo Laço de Tempestades sozinha. Você é o único que sabe o caminho por aqueles recifes.

Ele estendeu a mão para mim e me encolhi, dando um passo para trás. Mas ele ergueu meu braço e arregaçou a manga da minha camisa até o cotovelo. Sob a luz bruxuleante, a pele erguida e perolada da cicatriz cintilou entre nós.

— Aqui.

Ele apontou para o canto superior direito, a ponta do fio mais longo da cicatriz.

Senti um enjoo estranho no fundo do estômago enquanto ia juntando as peças. Como se o estivesse vendo pela primeira vez, o desenho ganhou vida, tomando forma diante dos meus olhos.

Era um mapa.

Aquele cretino orgulhoso e teimoso tinha traçado um mapa para o *Lark* em minha pele. Era o caminho complexo através do cemitério em que repousavam duzentos anos de navios afundados.

Puxei o braço com força, meu rosto em chamas.

— Você tem tudo de que precisa para construir sua própria vida.

Ele queria dizer uma vida longe dele. Não era uma herança. Não era um presente. Era um suborno para me afastar.

— Certo — falei, a voz engasgada. — Vou seguir meu rumo. E se acha que devo algo a você...

— Você é minha filha, Fable.

Olhei nos olhos dele, minha voz ardendo com todas as gotas do ódio que fervia dentro de mim.

— Sou filha de *Isolde*.

A expressão ferrenha de sua boca vacilou naquele momento, quase nada, e eu soube que as palavras haviam machucado. Mas era verdade. Eu tinha sido ingênua em acreditar que Saint me receberia de volta nos Estreitos. Que ficaria feliz em me ver.

Ele era o mesmo tirano cruel e frio que sempre tinha sido.

E o odiei mais do que tinha odiado qualquer coisa em minha vida.

Peguei o mapa, passando reto por ele. Meu reflexo no espelho dourado reluziu como um fantasma enquanto eu passava e, quando abri a porta, o mau cheiro do Apuro entrou com tudo. Pisei na lama, guardando o mapa dentro do casaco.

E, dessa vez, fui eu quem deixou Saint para trás.

VINTE E QUATRO

ANDEI PELAS PONTES NO ESCURO.

O vento salgado soprava do mar, e passei a mão nas paredes de cordas atadas, seguindo-as em qualquer direção que me levassem. Não me importava aonde. Não havia lugar para mim, de qualquer modo.

Pessoas com as barras das saias e as botas manchadas de lama passaram por mim, e lanternas ganharam vida lá embaixo enquanto a escuridão cobria Ceros, um telhado de cada vez. Quando a ponte finalmente chegou a um beco sem saída, eu me vi sobre um bolsão da cidade localizado atrás da Orla. Desci a escada, e minhas botas chapinharam na lama enquanto as últimas luzes alaranjadas iluminavam as ruas tortas.

— É melhor você entrar, menina! — gritou para mim uma mulher de xale carmesim sobre a cabeça, de uma janela rachada.

Puxei o capuz e continuei andando.

A cidade era uma teia de passagens estreitas, prédios cobrindo cada centímetro de terra. Minha mãe dizia que Ceros era como os corais em recifes, exceto pelo barulho. Havia seres vivos incrustados em cada fenda e fresta, mas, debaixo d'água, havia apenas um silêncio profundo que vibrava nos ossos. Ela nunca tinha amado a cidade como Saint. Era no mar que se sentia em casa.

Tirei o colar do bolso e o ergui para que o pingente balançasse sob o luar.

Não tinha pensado em pegá-lo. Não de verdade. Mas, a cada palavra venenosa que saiu dos lábios de Saint, meus dedos envolveram a corrente com mais firmeza. Até eu sentir que ela não era mais dele.

Pendurei o colar no pescoço e apertei os dedos na corrente até ela afundar na pele. Se Isolde não tivesse se afogado com o *Lark*, talvez estivéssemos andando por aquelas ruas juntas. Vagaríamos pelas pontes enquanto meu pai inspecionava registros de inventário em seu posto e se reunia com mercadores no ancoradouro. Compraríamos ameixas assadas no mercado e encontraríamos um lugar para assistir ao sol se pôr sobre a terra alta, o sumo da fruta quente e pegajoso em nossas mãos.

A imagem era dolorosa demais para manter na mente, como água fervente enchendo meu crânio.

— Olá — cumprimentou um homem, entrando no beco e bloqueando meu caminho. Seus olhos refletiam a luz da lanterna, seus lábios se abrindo sobre dentes perdidos.

Ergui os olhos para ele, levando a mão à faca em meu cinto sem dizer uma palavra.

— Aonde você está indo? — continuou. Ele deu um passo em minha direção, e puxei a faca.

— Me deixe passar — pedi.

Ele se inclinou para perto, cambaleando para a frente enquanto tentava levar a mão ao meu cinto. Antes que conseguisse se endireitar, cortei o ar em um movimento hábil, acertando a ponta de sua orelha com a faca.

Ele se jogou para trás, a bebedeira subitamente saindo de seus olhos, e o acompanhei, dando três passos rápidos até estar com as costas na parede. Ergui a lâmina, encostando-a na curva de sua garganta e apertando com força suficiente para tirar uma gota de sangue.

Ele congelou, esticando-se, e olhei nos olhos dele, desafiando-o a fazer qualquer movimento. Eu queria um motivo para machucá-lo. Queria uma desculpa para avançar até o fio do aço se cravar em sua pele. Era a única coisa que parecia capaz de aliviar a dor cortante dentro de mim. Esfriar o ardor furioso que ainda queimava meu rosto.

Ele deu um passo para o lado, devagar, dando a volta por mim, e ouvi uma série de palavrões no escuro enquanto ele desaparecia. Eu fiquei imóvel, encarando a parede de tijolos até o som de vidro se quebrando me fazer virar. No fim do beco, estava acesa uma janela com uma persiana balouçante. Quando o vento soprou o cheiro azedo e familiar de uísque de centeio derramado, suspirei, seguindo diretamente para a porta.

Entrei na taverna mal iluminada onde cada pedacinho estava cheio de gente, de pele e roupas cobertas pela imundície de Ceros. Mercadores. Estivadores. Operários de reparos navais. Estavam atulhados em todos os cantos, com copinhos verdes nas mãos. O cheiro ocre de corpos sujos enchia o pequeno salão.

Havia apenas um banco livre no balcão, entre dois homens muito altos, e fiquei na ponta das botas para me sentar. O taverneiro me cumprimentou com a cabeça e levei a mão ao cinto para tirar um cobre.

Minha mão parou quando senti o peso da bolsa. Estava mais carregada. Mais cheia.

Puxei os barbantes, abrindo-a e olhei do lado de dentro. Havia bem mais de vinte cobres que não estavam lá no dia anterior. Apalpei todo meu cinto, tentando entender, até que a explicação chegou a mim como o ardor de uma chama.

West.

A imagem dele na passarela naquela manhã ressurgiu. Ele tinha enchido a bolsa. Por isso estava com meu cinto quando subiu da passarela.

— E então? — bufou o taverneiro, a mão estendida diante de mim.

Deixei um cobre na palma da mão dele, fechando a bolsa antes que alguém pudesse espiar dentro dela.

Cruzei os braços em cima do balcão e baixei a cabeça, olhando para minhas botas.

West sabia quem eu era desde o começo. E sabia exatamente o que aconteceria quando eu falasse com Saint. Ele estava cuidando de mim, como tinha feito nos últimos dois anos. Mesmo que fosse sob as ordens de Saint, ele tinha cuidado de mim. Mas os cobres a mais na bolsa não me traziam alívio. Era apenas um lembrete de que nenhum dinheiro nunca tinha sido meu por direito.

Os copos espirraram quando o taverneiro os bateu no balcão diante de mim, e passou para a próxima mão erguida no ar. O vidro verde-esmeralda cintilou como uma joia quando ergui o primeiro copo, inspirando o cheiro gramíneo do uísque de centeio antes de dar um gole.

O cheiro me lembrava Saint. Um copinho verde ficava em cima de sua escrivaninha toda noite, na fumaça turva do alojamento do timoneiro no *Lark*, embora uísque de centeio fosse proibido a bordo do navio.

Eu queria odiá-lo. Queria xingá-lo.

Mas, nos minutos que se passaram desde que eu saíra pela porta dele, fui atormentada pela verdade de que eu não apenas o odiava. Eu não sabia nada do lugar de onde ele vinha, mas sabia que era um assunto do qual não gostava de falar. Saint tinha construído seu negócio do zero, navio por navio, e, por mais que tivesse me abandonado e me traído, uma pequena parte de mim o amava. E eu sabia por quê. Era Isolde.

Minha mãe havia amado Saint com um amor que poderia atear fogo no mar.

Era uma verdade que dificultava desejar a morte dele. Mas, depois de três copos de uísque de centeio, pensei, tudo era possível.

Tombei a cabeça para trás, tomando o copo todo, e fechei bem os olhos enquanto a garganta ardia. A bebida desceu até meu estômago, fazendo-me me sentir mais leve no mesmo instante. Seu calor se espalhou para o peso de minhas pernas, e me apoiei no balcão.

A única alma restante a que eu poderia recorrer nos Estreitos era Clove, mas ele estava morto, assim como minha mãe. O pensamento pesou dentro de mim, mais lágrimas enchendo meus olhos. Nem em todo o tempo passado em Jeval tinha me sentido tão sozinha quanto naquele momento.

— Dragadora — chamou uma voz grave às minhas costas, e peguei um segundo copo antes de me virar no banco.

Zola estava apoiado na viga de madeira ao lado do balcão, um sorriso no rosto. Não usava seu gorro, revelando uma cabeleira preta e comprida, riscada por fios grisalhos.

— Pensei que fosse você.

Olhei para ele em silêncio antes de virar a cabeça e tomar outro gole.

Zola fixou os olhos incisivos no homem ao meu lado, que se levantou imediatamente, deixando o banco vazio. Ele se sentou ali e deixou um cobre no balcão.

— O que você está fazendo sozinha, em uma taverna, à noite, na cidade mais perigosa dos Estreitos?

Ele parecia achar graça na ideia.

Devagar, o taverneiro deixou três copos de uísque de centeio diante dele, tomando um cuidado especial para não derramar, e voltei um olhar furioso para o homem.

— Não é da sua conta — respondi a Zola.

— Cadê sua tripulação? — cochichou ele, se aproximando.

— Não são minha tripulação.

Ele quase riu.

— Deve ser melhor assim. Não acho que o *Marigold* vá sobreviver por muito tempo. Nem seu timoneiro.

Girei o último copo de uísque de centeio no balcão.

— Como assim?

Zola deu de ombros, olhando para o fundo do copo.

— É que West sabe se meter em encrenca. E, mais cedo ou mais tarde, vai ser o fim dele. — Ele pegou um copo e o virou em um gole. — Ouvi falar de uma dragadora em Dern que ninguém nunca tinha visto, identificando pedras falsas. É você?

— Não.

Ele apoiou os cotovelos no balcão, cruzando os dedos.

— Você mente bem. Já te falaram isso?

Deslizei o olhar para encontrar o dele. Koy tinha dito a mesma coisa logo antes de tentar me matar.

— Não é uma má qualidade nos Estreitos. Você sabe dragar, é boa com pedras e sabe mentir. Está procurando um lugar em alguma tripulação ou não?

Eu me virei para ele.

— Não na *sua*.

— Por que não?

— Sei o que fez com Willa.

Os olhos de Zola brilharam, o sorriso se alargando mais e mais.

— Não acho que eu tenha que te explicar o que é preciso fazer para sobreviver nos Estreitos.

— Não quero saber. Não me interessa.

Ele me analisou enquanto eu virava a última dose de uísque de centeio e, quando ergui os olhos, a expressão dele tinha mudado. Seus olhos se estreitaram em pensamento, a cabeça inclinada para o lado.

— O que foi?

Ele piscou como se, por um momento, tivesse esquecido onde estava.

— Você me lembra alguém — pronunciou as palavras tão baixo que quase não deu para escutar.

Ele tomou suas duas últimas doses, uma após a outra, e deixou mais um cobre na mesa, acenando para o taverneiro.

Os sons do salão se silenciaram enquanto meu coração batia mais devagar com o uísque de centeio correndo em minhas veias. Tudo se estendeu. A luz ficou mais suave.

A voz de Zola ficou mais grave quando ele se levantou.

— Tome cuidado lá fora, dragadora.

Mais três copos de uísque de centeio foram deixados no balcão, e olhei de relance para trás. Zola não estava mais lá, seu banco vazio ao meu lado. No dia em que eu o conhecera em Dern, ele dissera que Crane era seu taifeiro, mas o navio de Zola, o *Luna*, era muito maior do que o *Marigold*. Ele comandava uma tripulação muito maior. Será que conhecia o homem que eu tinha visto West e os outros matarem, ou era apenas um rosto que ele mal reconhecia, enviado em mais um trabalho sujo? E o que aquele homem tinha feito a mando de Zola?

Tomei o copo seguinte e esfreguei o rosto com a palma das mãos. Aquela noite no *Lark*, os anos em Jeval, os dias no *Marigold*. Veio tudo para cima de mim à luz das velas da taverna como uma multidão furiosa. Eu queria fechar os olhos e só abrir de novo quando o inverno caísse sobre os Estreitos.

Coloquei o segundo copo na mesa e arregacei a manga do casaco, estendendo o braço diante de mim. A cicatriz que Saint havia entalhado em meu braço parecia uma rede furiosa de rios e afluentes. Trilhas lisas e inchadas serpenteavam pela pele, e as tracei com o dedo, parando na ponta mais distante, perto do punho.

Onde o *Lark* estava afundado.

— Fable?

Puxei a manga de volta e encostei o braço no tronco, erguendo os olhos para ver Willa. A visão dela me fez oscilar e balançar, e de repente senti que ia cair da banqueta. Apertei as mãos na beira do balcão para me segurar.

— O que você está fazendo aqui? — perguntou ela, se sentando ao meu lado e inclinando-se para a frente para olhar meu rosto.

Peguei o último copo e o virei, batendo-o no balcão.

— Quantos desses você tomou?

Fechei os olhos, respirando para conter a náusea que subia por minha garganta.

— Por que você se importa?

— Certo — disse ela, levantando-se. — Vamos.

Willa pegou minha mão, mas me soltei, quase caindo. Seus braços me seguraram, colocando-me de volta na banqueta, e então eu estava em pé. Andando. Atravessando o salão cheio, que girava ao nosso redor. Quando cambaleei, batendo na parede, Willa se abaixou, jogando-me sobre seu ombro.

— Para! — reclamei, a voz enrolada, meus braços balançando.

Mas ela não me deu ouvidos. Subimos degraus no escuro, e o tilintar de chaves fez meus olhos se abrirem. Na respiração seguinte, eu estava deitada em uma cama.

— Idiota — murmurou Willa.

— Quê? — falei, com a voz rouca.

— Eu disse que estava tentando entender se gostava de você ou se te achava idiota.

As palavras se misturaram em um único som gritante em minha cabeça. Um balde de metal foi deixado do lado da cama, e Willa me virou de lado, abrindo minha boca.

— O que você está...

Ela enfiou o dedo em minha garganta, e eu esperneei, tentando me soltar. Mas já estava vomitando. Willa ergueu o balde na altura de meu rosto e bateu nas minhas costas com a palma da mão.

Tossi, empurrando-a.

— O que você está fazendo?

Ela riu, levantando-se.

— Você vai me agradecer quando só restar metade desse veneno em suas veias.

— Como me encontrou?

— Fazia horas que eu estava te seguindo. Achei melhor fazer você encerrar a noite antes que desmaiasse no balcão.

— Você estava me *seguindo*?

Eu a empurrei de novo. Ela me olhou feio.

— Acredite em mim, não é o que eu queria passar a noite fazendo.

— Então por que está aqui?

— Ordens. — Ela baixou os olhos para mim, esperando que as palavras se encaixassem em algo que fizesse sentido. Quando finalmente fizeram, entendi que estava falando de West. Ele ainda estava se dando ao trabalho de me manter viva. — O que aconteceu com Saint?

Deitei de costas e fixei os olhos nas vigas, tentando fazer com que o quarto parasse de girar.

— Exatamente o que você disse que aconteceria — murmurei em resposta.

— Ah, entendi. — Ela cruzou os braços, apoiando-se na parede. — Então, você acha que é a única menina dos Estreitos cujos sonhos não se realizaram?

— Vai embora — resmunguei.

— Quer alguma coisa da vida? — Ela parou diante de mim. — Vá pegar, Fable.

— Do que você está falando?

— Você quer fazer parte da tripulação de um navio mercante.

Eu não queria apenas fazer parte de uma tripulação. Queria trabalhar na tripulação do meu pai. Mas eu não podia contar isso para ela sem quebrar minha promessa a Saint.

— Você sabe que o *Marigold* não tem um dragador — continuou Willa, a voz neutra.

— E daí?

Ela suspirou.

— *E daí?*

Pestanejei, pensando, mas tudo estava turvo demais. Nebuloso demais.

— Se quer alguma coisa da vida, vá pegar — repetiu ela, mais alto. — Para uma menina que morava em Jeval, não sei por que preciso te dizer isso.

— West nunca vai me contratar.

— Eu falei. Ele tem o péssimo hábito de achar que os outros são problema dele.

Ela estava certa. Eu não tinha chance com nenhum timoneiro das docas. Ninguém admitiria uma dragadora jevalesa desconhecida a menos que eu mostrasse o que conseguia fazer com as pedras. Era um risco que eu não poderia correr. Sábios de pedras viravam presas de mercadores rivais e peões das guildas de joias com tanta frequência que a habilidade tinha se tornado só mais uma coisa que poderia levar alguém à morte.

Mas, para chegar ao *Lark*, eu precisava de um navio.

— Ele mandou você me seguir?

A dureza que sempre traçava o rosto de Willa não estava lá quando ela se recostou na cama ao meu lado, e me perguntei se ela também não tinha tomado alguns copos de uísque de centeio.

— Faça ele te contratar.

Eu ainda não sabia o que exatamente o *Marigold* estava tramando, mas não devia ser muito pior do que o trabalho corrupto que Saint fazia. Ou talvez fosse. Em poucos dias, eu tinha descoberto que a tripulação de West estava tentando superar mais do que apenas um inimigo. Para enfrentar isso, eu precisava saber exatamente com o que estava lidando.

— O que aconteceu com o mercador de Sowan? — me arrisquei a perguntar.

Willa olhou pela janela, sua voz vazia enquanto respondia.

— West fez uma coisa ruim com um homem bom porque teve que fazer. E, agora, precisa viver com isso.

VINTE E CINCO

TUDO DOÍA.

A luz que entrava no quarto perfurava meu crânio como uma faca. Abri um olho, contendo o impulso de vomitar de novo. O balde em que eu tinha botado minhas tripas para fora na noite anterior não estava mais lá. A janela tinha sido entreaberta, deixando a maresia entrar, e me sentei devagar. O quarto não estava mais girando.

Havia uma bacia de água em um suporte no canto, e lavei o rosto, enxaguando a boca o melhor possível enquanto trançava o cabelo. Os fios refletiram a luz da manhã, deixando o ruivo em uma tonalidade quase violeta. Meu cinto estava no chão ao lado da cama, e catei a bolsa de moedas, jogando-a no ar e a pegando. Se Willa estava falando a verdade e West a tinha mandado me seguir, poderia haver uma chance de eu conseguir convencê-lo a me aceitar na tripulação.

A taverna já estava acordada no andar de baixo. O clangor de xícaras e a vibração de vozes subia a escada e passava por baixo da porta, e dei cada passo com cuidado, minha cabeça latejando. Assim que apareci, Willa ergueu a mão de um banco no canto e um sorriso largo se abriu em seu rosto. Ela mordeu o lábio para não rir.

Paj, Auster e Hamish estavam debruçados sobre pratos de pão e travessas de manteiga e me cumprimentaram de boca cheia.

— Olha só o que o uísque trouxe. — Auster rasgou um pedaço de pão e o estendeu para mim. Abanei a cabeça, encontrando um lugar para me sentar ao lado de Paj. Mas Auster insistiu. — Confia em mim, você precisa forrar o estômago.

Willa colocou uma xícara diante de mim e a encheu de chá preto fumegante. Quando um prato caiu com estrépito em uma mesa atrás de mim, eu me crispei, minha dor de cabeça explodindo. Apoiei a cabeça nas mãos e respirei para tentar fazer passar.

Auster colocou dois torrões de açúcar na xícara. Seu cabelo estava amarrado para trás; seu rosto, limpo.

— E então, o que aconteceu com seu plano de trabalhar para Saint?

— Não... deu certo — murmurei.

Ele riu.

— Essa parte eu poderia ter te avisado.

— Eu *avisei* — ecoou Willa.

E ela estava certa. Por mais que eu fosse filha dele, Saint ainda era Saint.

Paj me observou de trás da xícara.

— O que vai fazer agora?

Cutuquei a ponta do curativo ao redor da minha mão com nervosismo. Aquela tripulação era melhor que a maioria, embora fosse pequena e mergulhada em encrencas. Em nenhum momento fui ameaçada, exceto pela noite em que subi a escada para entrar no navio. Eles cuidavam uns dos outros e sabiam negociar, ainda que de maneira arriscada. Havia uma rede vazia no ventre do *Marigold* e, para ser sincera, não tinha mais nenhum outro lugar para onde ir.

Encontrei os olhos de Willa, respirando fundo.

— Cadê o West?

Ela olhou para a escada.

— Ainda não desceu.

Dei um gole cauteloso de chá. Se eu pedisse para eles me aceitarem sem West ali, talvez tivesse mais chances de ganhar em caso de votação. Mas eu teria a inimizade de West quando ele descobrisse. Era melhor esperar.

— Deve ter saído mais cedo. — Hamish tirou o caderno de couro do casaco e o colocou em cima da mesa. — Certo, Willa, você e Auster cuidam das provisões da galé. É só encher o barril de grãos, vamos comer pouco.

Auster pareceu ofendido.

— Como assim?

Hamish suspirou.

— Precisamos cortar o máximo de custos possível até Sowan para pagar pelas perdas e pelos reparos.

Auster balançou a cabeça de um lado para outro.

— Odeio mingau.

Hamish o encarou.

— Bom, é tudo que você vai comer até a próxima vez que virmos a Ceros. Talvez até por mais tempo. Paj, precisamos substituir aqueles cordames danificados, mas não vá àquele desgraçado da Orla de novo. Ele cobra caro demais e, depois dessa tempestade, vai ser preciso barganhar, com tantos navios procurando reparos.

— E o casco? — Willa se apoiou nos cotovelos. — Precisamos voltar à água o quanto antes.

— A equipe que contratamos trabalhou a noite toda, então devem estar finalizando os consertos mais urgentes ainda hoje. Vamos para as docas checar isso primeiro. West já deve estar lá, e posso dar os números exatos para os cordames.

— Certo.

Paj passou uma camada grossa de geleia em outra fatia de pão com a parte de trás da colher. Hamish fez mais marcas na página antes de fechar o livro e se levantar. Os outros foram atrás, vestiram os gorros e casacos, bebendo o resto do chá. Auster encheu os bolsos com o resto de pão da mesa, e Paj pegou as sobras da mesa vazia ao nosso lado.

Willa apontou o queixo para a porta.

— Vamos, dragadora.

Hesitei, olhando para os outros à espera de uma objeção, mas não veio nenhuma. Os quatro esperavam no quadrado de luz fria da manhã que entrava pela janela. Apertei os lábios para não sorrir e dei um gole do chá, saindo atrás deles para o beco.

— Ele nunca vai concordar com isso — falei, baixo, para apenas Willa me ouvir.

— Então é melhor dar um bom argumento, se quiser que o voto dele seja vencido.

Ela tinha razão. Eu não precisava que West aceitasse. Precisava da maioria dos votos. Não havia nada que ele pudesse fazer se a tripulação quisesse me admitir. Ele seria obrigado a engolir.

Willa deu uma piscadinha antes de seguir na frente, deixando-me no fim da fila.

No alto, as pontes já estavam cheias de gente. Passamos pelas ruas sinuosas, atravessando passagens estreitas e curvas fechadas até irmos parar nas calçadas de paralelepípedos da Orla. O vento nos atingiu como uma muralha quando pisamos na rua, e o mar se estendeu diante de nós, atrás de uma fileira infinita de navios balançando. Crianças descalças nos rodeavam, os rostos sujos de fuligem e terra e as mãos abertas.

Pivetes da Orla. Como West.

Eu não conseguia imaginá-lo, de cabelo desbotado pelo sol e pele dourada, pedindo comida nas esquinas e revirando lixo nos becos. Não queria imaginá-lo assim.

Paj tirou o pão dos bolsos e o rasgou em pedaços menores, distribuindo-os, mas Auster ergueu o seu no ar. Uma revoada de aves marinhas apareceu um momento depois, bicando os pedaços de suas mãos enquanto ele andava.

Willa parou de repente à minha frente, e trombei nela enquanto um grito estrangulado escapava de sua garganta. Um arrepio percorreu toda minha pele, e olhei ao redor, vasculhando as docas à procura do que ela tinha visto. Paj levou a mão atrás de si, segurando a de Auster, e Hamish parou, todos os rostos erguidos para o céu ao longe.

— Não. — A palavra sussurrada escapou da boca de Willa.

Passei por ela, o ardor em minha pele se transformando em um fogo devorador quando meus olhos encontraram o que ela havia visto.

O *Marigold*.

Seus mastros subiam até o céu azul, as velas abertas e rasgadas. Todas elas: lona branca e cortada estremecendo ao vento.

Paj e Auster saíram correndo, batendo as botas na pedra úmida, e Hamish apertou o punho na boca.

— Que... quem...? — balbuciei.

Willa já estava se virando, descendo o olhar para a fileira de navios aportados ao nosso redor até ver o brasão que estava procurando. O *Luna*.

— Zola... — grunhiu.

Corremos atrás de Auster e Paj, atravessando a multidão de pessoas que já estavam reunidas ao redor do navio, atentas. Os dois homens que Hamish havia contratado para vigiar o navio jaziam na doca em poças do próprio sangue grudento, seus olhos arregalados e vazios voltados para o céu.

— West! — chamou Willa, subindo a escada o mais rápido que seus pés permitiam.

Fui atrás dela, minhas palmas ardendo nas cordas. Auster e Paj já estavam esperando no convés.

— Ele não está aqui — disse Paj, seus olhos ainda fixados nas velas destruídas.

A expressão no rosto dele era igual à das pessoas na doca. Era uma sentença de morte. O custo de um conjunto inteiramente novo de velas esvaziaria os cofres, e o tempo que levaria para consertá-las atrasaria demais sua rota. Eles perderiam ainda mais dinheiro do que tinham extraviado do inventário na tempestade. Para um mercador rico com muitos navios, seria uma pancada. Para uma tripulação como o *Marigold*, afundaria toda a operação.

As bochechas de Hamish coraram em um tom escuro de vermelho enquanto ele mexia no caderno, seu polegar indo e voltando entre as páginas. Não havia cálculos, argumentos ou desvios suficientes para sair dessa. Zola tinha ido direto para a jugular, rápido e preciso.

Willa foi até a amurada, o rosto em chamas. A três baias dali, Zola estava no convés do *Luna*, seu olhar voltado para nós.

— Vou matar aquele homem. Vou abrir as tripas dele e quebrar seus ossos com as minhas próprias mãos, com ele ainda vivo — falou ela em um sussurro, lágrimas escorrendo por suas bochechas.

— Ele me contou — falei, lembrando-me de Zola na névoa da noite anterior.

— O quê?

Hamish e os outros vieram atrás de mim.

— Ontem à noite, ele me disse que o *Marigold* não velejaria por muito mais tempo.

Willa rangeu os dentes, o sangue se esvaindo de seu rosto.

E não era tudo que ele tinha dito.

Não acho que o Marigold *vá sobreviver por muito tempo. Nem seu timoneiro.*

O vento ficou frio de repente, fazendo voltas ao nosso redor sobre o convés vazio até eu colocar os braços em volta do corpo para me aquecer.

Nem seu timoneiro...

O mesmo pensamento pareceu passar por todos eles ao mesmo tempo, seus rostos mudando quase em uníssono.

Willa arregalou os olhos de repente, cheios de terror.

— Cadê o West, porra?

VINTE E SEIS

— QUEM FOI? Paj pegou o capitão do porto pelo casaco, batendo-o contra o poste no meio da multidão.

Vozes se erguiam à nossa volta, todos os olhos no *Marigold*.

— Quem?! — urrou Paj.

O homem se desvencilhou, endireitando a gola da camisa.

— Eu falei: o sol nasceu e as velas já estavam cortadas. Ninguém viu nada.

Se tivessem visto, nunca falariam. Havia um código nos Estreitos entre os mercadores que ninguém nunca quebrava. Quem via algo guardava para si. Ninguém queria aquele tipo de dor de cabeça, e era com isso que Zola estava contando. Se ele fosse denunciado ao Conselho de Comércio, poderia perder a licença por cortar as velas de outro navio. Mas ninguém abriria o bico.

O capitão do porto apontou a mão para os dois corpos no chão.

— É melhor encontrarem seu timoneiro. Seu dinheiro não vale tanto assim para eu aguentar essa balbúrdia em minha doca.

Ele deu meia-volta, saindo na direção da passarela, e a multidão foi se dispersando devagar ao nosso redor.

— Vamos.

Willa passou por nós, guiando o caminho de volta à Orla. Andamos em fila única, e Auster e Paj ficaram de olho nas sombras de batentes e janelas enquanto passávamos.

Meu coração acelerou no peito, tentando lembrar se eu tinha visto West na névoa da noite anterior. Não tinha. Ou talvez tivesse. Eu só me lembrava de Willa. Zola. O homem no beco contra quem eu tinha sacado a faca.

Paj abriu a porta da taverna, e fomos direto para os degraus de madeira, entrando no corredor escuro. Willa não bateu, arrombando a porta com o ombro até a fechadura se quebrar e ela se abrir diante de nós.

O quarto estava limpo; o lençol de lã cinza, arrumado com capricho sobre a cama. Meu coração se apertou.

West não tinha dormido ali.

— Quem foi o último a vê-lo? — A voz de Willa ficou fraca. A fragilidade não combinava com ela. Não combinava com nenhum deles. E estavam todos assustados. — *Pensem*. Quem foi o último a vê-lo?

— Ontem à noite. Ele jantou e... — Auster passou a mão no cabelo escuro, pensando. — Não sei se o vi subir a escada.

— Ele não subiu.

Hamish apontou para a mesinha no canto em que uma vela apagada ainda estava no castiçal. West não devia ter nem colocado os pés no quarto.

Willa andou de um lado para outro diante da janela, os dedos tamborilando nos botões do casaco.

— Hamish, vá falar com Saint. Veja se ele sabe de algo. Talvez West tenha ido ao Apuro ontem à noite. Paj e Auster, visitem todas as tavernas em todos os cantos da cidade. Eu e Fable vamos ao gambito depois que falarmos com o taverneiro.

Eles desceram a escada um momento depois e, assim que saíram de nossas vistas, Willa soltou um longo suspiro, as lágrimas enchendo os olhos.

Observei seu rosto com cautela. A fúria que eu vira nas docas não estava mais lá, restando apenas o medo.

— No que você está pensando?

— Estou pensando que vou reduzir essa cidade a cinzas até encontrá-lo.

Ela passou por mim, e desci a escada atrás dela, direto para o balcão, onde o taverneiro estava empilhando copos verdes limpos em fileiras organizadas. Willa pegou uma garrafa de uísque de centeio diante dele, e ele ergueu os olhos, observando-a de cima a baixo.

— O que foi, Willa?

Toda a fragilidade que ela tinha no andar de cima desapareceu em um instante, substituída pelo rosto duro e frio de uma mercadora.

— Você viu West ontem à noite?

Ela tirou a rolha da garrafa, dando um longo gole.

O taverneiro se apoiou no balcão, alternando o olhar entre nós.

— Não, por quê?

— Ouviu alguma conversa sobre ele?

Havia uma calma arrepiante na voz dela, a expressão em seus olhos quase sem vida. Ele pegou outro copo, ignorando-a.

— Não me meto em fofocas.

— Agora se mete.

Ela estendeu a garrafa diante de si e a virou de cima a abaixo. O uísque de centeio entornou sobre o balcão, escorrendo pela borda das banquetas e formando uma poça a nossos pés.

— Mas que...

Ele estendeu a mão sobre o balcão, mas ela já estava com outra garrafa na mão, derrubando-a no assoalho de madeira. A garrafa se estilhaçou ao nosso redor, e eu soube o que ela iria fazer. Willa deu meia-volta e passou pelo taverneiro até chegar onde três velas queimavam dentro de uma lanterna de vidro na parede. Ela a tirou do gancho, segurando-a com o braço esticado.

— Willa...

O homem ergueu as mãos diante do corpo, os olhos arregalados fixos na lanterna.

As velas pairavam sobre a poça de uísque aos pés de Willa. Todos sabíamos o que aconteceria se ela a derrubasse. A taverna pegaria fogo em um estalar de dedos. O incêndio a reduziria a cinzas e se espalharia a todos os prédios que tocasse, tão rápido que não haveria nada que pudesse ser feito. Um incêndio em uma cidade como aquela era morte garantida para todos nós.

Willa estava falando sério sobre reduzir a cidade a cinzas.

— Você ouviu alguma conversa sobre West ontem à noite? — repetiu ela, devagar, a cera da vela escorrendo pelo vidro da lanterna.

— Talvez! — Ele deu um passo para perto, suas mãos tremendo.

— Talvez um mestre de moedas de um dos navios mercantis tenha falado algo.

— Quem?

— Não sei. Juro. Ele só perguntou se a tripulação do *Marigold* estava hospedada aqui.

— E o que você disse? — Ela inclinou a cabeça para o lado.

— Eu disse que sim. Só isso. Nada mais. — O taverneiro engoliu em seco. — Juro, não sei de mais nada.

— Pensei que você não se metia em fofoca. — Willa fitou a chama incandescente. — Se eu não encontrar West até o pôr do sol, vou voltar. E, antes de botar fogo nesta taverna, vou empalar seu corpo neste balcão.

Ele acenou freneticamente, suor brilhando no alto da testa. Willa era aterrorizante, seu rosto lindo maculado pela cicatriz da lâmina quente. Ela abriu a porta da lanterna e soprou a vela antes de derrubá-la no chão e espatifá-la em cacos espalhados pelas tábuas do assoalho.

— Vamos. — Willa escancarou a porta, enchendo a taverna de luz do dia, e saímos para a rua.

Eu a segui de volta ao ancoradouro. Entramos pelos mesmos becos em que tínhamos andado de manhã, mas dessa vez a passos rápidos. Nossas botas chapinhavam na lama, e passamos trombando por corpos aglomerados entre os prédios até o cheiro fresco do mar nos encontrar, atravessando o fedor da cidade. Willa nos guiou para longe das docas, onde os barracos da Orla ficavam amontoados em um labirinto de estruturas pútridas inclinadas.

— Pensei que estávamos indo ao gambito — falei, tentando acompanhar.

Ela não respondeu, dobrando à direita e à esquerda sem nem olhar ao redor. Sabia exatamente aonde estava indo.

Ao parar diante de um batente vazio, colocou a faca de volta no cinto, respirando fundo antes de se virar para mim.

— Posso confiar em você?

— Pode — confirmei, surpreendendo-me com a rapidez da resposta.

Eu não tinha parado nem um momento para pensar.

— Isso fica entre nós. — Ela olhou em meus olhos por um momento antes de entrar. — *Só* nós.

A esqualidez da cidade era ainda pior no cômodo escuro e exíguo. Era vazio, quase sem móveis nem nada nas paredes. O ar era abafado, tornando difícil respirar. Havia apenas uma pequena cadeira de madeira ao lado da janela, onde uma bacia e uma pequena lata de fogueira formavam algo semelhante a uma cozinha.

— Mamãe?

Congelei, minha bota pairando sobre o degrau seguinte.

— *Hmmm*? — respondeu uma voz aguda.

Meus olhos foram se ajustando devagar, e o corpo magro como um graveto de uma mulher surgiu no canto escuro. Um xale violeta cobria seus ombros esqueléticos, uma mancha vermelha pintada nos lábios finos.

Willa se sentou ao lado dela, pegando sua mão, e a mulher a tomou. Ela sorriu, piscando devagar.

— Willa.

Eu tinha visto centenas de mulheres como ela na Orla ao longo da vida. Pobres, famintas. Vendendo o corpo para mercadores que passavam a noite aportados e acabando embarrigadas. Era por isso que a Orla era tão cheia de crianças.

— Mamãe, West esteve aqui? Ontem à noite? — falou Willa, baixo.

Olhei ao redor do quarto em busca de algum sinal dele, meus olhos pousando em um cesto de nabos guardado no canto ao lado de um pote de peixe em conserva e uma lata fechada de chá. Talvez ele achasse que a mãe de Willa também era problema dele.

— Uhum.

A mulher fez que sim com a cabeça, mas parecia cansada.

— Quando? Quando ele veio?

— Ontem à noite. Eu te falei.

Ela soltou a mão da de Willa, apoiando-se na parede e fechando os olhos.

Willa se levantou, seu olhar passando de um lado a outro do chão enquanto refletia.

— Por que ele viria aqui? — sussurrei.

Willa corou, e ela deu as costas para mim, pegando uma manta pendurada em um prego na parede e cobrindo a mulher.

— Ele está magro demais, Willa. Precisa comer mais — murmurou ela.

— Eu sei, mamãe.

— Você precisa fazer aquele menino comer.

— Vou fazer isso, mamãe — prometeu ela, sussurrando. — Vá dormir.

Willa deu a volta por mim, e olhei a mulher por mais um momento enquanto suas feições ficavam pesadas. O pequeno catre era velho, o estrado mal ficava em pé, e o barraco estava vazio exceto pela comida.

Segui Willa para fora, mas estava parada no beco, sem se mexer.

Esperei até ela olhar para mim.

— O que West estava fazendo aqui?

Willa passou o peso de um pé a outro, enfiando as mãos nos bolsos.

— Ele cuida dela.

— Por quê?

— Porque ninguém mais cuida.

Foi então que me dei conta, a expressão em seu rosto a revelando.

— Ele é... West é seu irmão?

Willa não piscou. Não respirou.

Nunca, em hipótese alguma, revele o que ou quem é importante para você.

— Os outros sabem? — perguntei, baixinho.

Ela baixou os olhos. Os dois guardavam segredo até da própria tripulação.

— Se contar para alguém, eu te mato — ameaçou ela, subitamente desesperada. — Não vou gostar, mas mato.

Assenti uma vez. Eu entendia aquele tipo de segredo. Era o tipo de informação que poderia tirar tudo de alguém.

Willa ficou imóvel, olhando para trás de mim, e me virei para ver um menino pequeno e descalço usando roupas de adulto na trilha mais à frente. Ele torcia as mãos com nervosismo enquanto olhava na direção de Willa.

Como se eles tivessem uma conversa silenciosa, o menino saiu em disparada de repente, e Willa seguiu, correndo atrás dele. Seguimos a trilha sinuosa, o menino desaparecendo em curvas à frente de nós até virarmos na esquina de um barraco e ele parar, saltando na beirada de um telhado caindo aos pedaços, empoleirado como um pássaro. Apontou uma pilha de engradados revirados antes de se levantar e pular o muro, e então desaparecer.

Entramos na poça de luz que pintava o chão úmido, e prendi a respiração enquanto Willa revirava os engradados, derrubando-os no chão. Ela paralisou, afundando quando uma mão aberta caiu sob a luz.

West.

VINTE E SETE

RRANQUEI OS LENÇÓIS DA CAMA ENQUANTO AUSTER
e Paj subiam pela escada da taverna carregando West,
seguidos pelo médico. Eles o deitaram e a luz da vela
iluminou o rosto dele. West tinha sido espancado violentamente, o rosto inchado e ensanguentado, mas não havia como saber
a gravidade.

O médico apoiou a bolsa no chão e arregaçou as mangas da camisa
antes de começar o trabalho.

— Água, pano... — murmurou. — Melhor um pouco de uísque
de centeio também.

Paj deu um aceno duro e saiu pela porta.

— O que aconteceu? — Willa se inclinou sobre West, tocando
de leve o corte aberto no supercílio.

Ele se crispou, inspirando fundo enquanto o médico tateava as
costelas dele com a ponta dos dedos.

— Zola — respondeu ele. Provavelmente era o único relato que
daria. — Não devíamos ter deixado o navio. Não depois de Dern.

Willa voltou o olhar para o meu. Ele não tinha falado uma palavra sobre o *Marigold*, mas devia saber o que acontecera com as velas.

Paj voltou com os apetrechos, e West pegou o uísque de centeio antes mesmo de Auster tirar a rolha, bebendo com vontade e esvaziando a garrafa pequena. Ele apoiou as costas, o peito subindo e descendo enquanto se encolhia de dor.

E, como se só então tivesse me visto, ele ergueu os olhos de repente, encontrando os meus.

— O que você está fazendo aqui?

Tentei abrir um sorriso, mas saiu fraco.

— Tirando seus restos de vielas.

Eu não gostava de vê-lo coberto de sangue. A imagem fazia minha barriga se contrair.

Antes que meu rosto me denunciasse, entrei no corredor para observar o médico trabalhar à luz de velas noite adentro.

O chão estava coberto de curativos usados e pegadas de lama, e West gemia toda vez que as mãos do médico tocavam nele, soltando palavrões. Quando ele se aproximou de novo, West o empurrou para trás, fazendo o médico quase voar de seu banquinho.

Auster riu ao meu lado, limpando a mancha de sangue de West da tatuagem de cobras enroscadas em seu braço, mas foi um riso fraco. Desde que o trouxemos pela escada da estalagem, a tripulação mal saiu do lado de West, e a preocupação silenciosa estava estampada no rosto de cada um deles.

West se sentou, passando as pernas para a lateral da cama e se inclinando para frente, para que o médico pudesse dar pontos no corte atrás do ombro. A pele que se estendia sobre suas costas e seus braços ficava ainda mais dourada sob a luz quente, mas estava coberta de hematomas pretos e azuis, como borrões de tinta em tecido.

— Quantos anos vocês tinham quando Saint os contratou? — perguntei aos sussurros, chegando perto de Willa.

Ela soltou um longo suspiro, olhando para o chão como se estivesse tentando decidir se respondia.

— Ele não nos contratou.

— Então como vocês foram parar no *Marigold?*

— Foi aquele imbecil ali. — Ela apontou o queixo para West. — Um mercador o admitiu como um pivete da Orla quando ele tinha 9 anos e, um ano depois, ele voltou para me buscar. Me colocou às escondidas no navio no meio da noite e, na manhã seguinte, quando estávamos no mar, fingiu me descobrir como uma passageira clandestina. — Ela abriu um sorriso triste. — West convenceu o timoneiro a ficar comigo porque eu era pequena e conseguia subir nos mastros mais rápido do que qualquer outra pessoa.

Foi isso que Willa quis dizer quando falou que não tinha escolhido aquela vida. West tinha escolhido por ela.

— E te aceitaram?

Ela deu de ombros.

— Não me jogaram na água. Disseram que eu aprenderia a sobreviver, senão não tinha nada que estar no mar.

— Você já quis que ele não tivesse te levado para o navio? — perguntei, baixinho.

— Todo dia — respondeu ela, sem hesitar. — Mas ele não queria me deixar na Orla. E agora não quero deixá-lo no *Marigold.*

Era uma maldição que atormentava todos que amavam alguém nos Estreitos. Pela fresta na porta, eu conseguia ver West apertando os olhos enquanto o médico cortava a linha com que estava dando pontos.

— Qual é a sua com Saint, afinal? — Willa chegou perto de mim, baixando a voz.

Eu me endireitei.

— Como assim?

— Por que atravessar os Estreitos para trabalhar para um homem como ele? Você não pode ter acreditado sinceramente que ele admitiria você.

Olhei fixamente para ela, de dentes cerrados.

— Eu...

O médico passou pela porta com a bolsa abraçada junto ao peito e desceu a escada resmungando, a camisa branca manchada de sangue fresco. Do outro lado da porta, West apertava as costelas com a mão enquanto virava outra garrafa de uísque de centeio.

— Entrem aqui. — Sua voz grave chegou ao corredor.

A tripulação entrou no quarto apertado, todos olhando para West. Ele estava praticamente limpo, mas coberto de pontos e hematomas cada vez piores. Se ele tivesse ficado largado no labirinto da Orla por mais um dia ou dois, poderia ter morrido.

West tocou o canto do lábio inchado com o nó do dedo.

— Desembucha.

Hamish inspirou fundo antes de dizer:

— As velas são irrecuperáveis. Se as costurarmos, vão se abrir à primeira tempestade que encontrarmos. E, com as perdas de inventário, mal temos dinheiro suficiente para voltar à água.

O olhar de West vagou para trás de nós enquanto ele pensava.

— E se pegarmos um empréstimo até Sowan?

Hamish abanou a cabeça.

— Ninguém emprestaria tanto.

— Deixa eu ver. — West estendeu a mão, e Hamish entregou o caderno.

Esperamos em silêncio enquanto West folheava as páginas, seus dedos traçando os números. Quando finalmente o fechou, ele suspirou.

— Vou falar com Saint.

— Não. — Willa baixou as mãos ao lado do corpo de repente. — Você já deve a ele.

— Então vou estender a dívida.

— *Não*, West — insistiu ela.

— Quer voltar a trabalhar para uma tripulação qualquer? — retrucou ele.

Ela estreitou os olhos.

— Não. Mas, pelo menos assim, você pode devolver o navio para ele. Ficar quites.

— E perder o *Marigold*?

Ele a encarou, incrédulo.

— É melhor do que vender o único pedacinho de alma que ainda lhe resta. É uma dívida da qual você nunca vai se recuperar.

West olhou para os outros.

— O que vocês acham?

Hamish foi o primeiro a responder.

— Acho que Willa está certa. Mas você também. Saint é a nossa única saída.

Auster e Paj concordaram com a cabeça, evitando o olhar furioso de Willa.

West resmungou enquanto se levantava, sua mão voltando à mancha azul-escura em suas costelas.

Willa estendeu as mãos para equilibrá-lo.

— Aonde você está indo?

— Ao Apuro. Vamos pegar dinheiro emprestado de Saint e encontrar outra saída.

— Eu, *hm*... Não acho que você precise ir ao Apuro para falar com Saint — disse Auster, arregalando os olhos enquanto se apoiava na esquadria da janela.

Fui até ele, espiando a rua por sobre seu ombro. Um vulto usando um casaco azul-escuro elegante brilhava sob a luz poente, um mar de pessoas se abrindo diante dele.

Saint.

— Tirem-na daqui.

West passou a mão no cabelo desgrenhado, arrumando-o atrás das orelhas.

Willa pegou meu braço, me empurrando para o outro lado do quarto.

— Esperem!

Eu a empurrei, mas Paj pegou meu outro braço, empurrando-me de volta para o corredor.

— Quer piorar as coisas? — vociferou Willa.

Ela abriu a porta do quarto ao lado e me empurrou para dentro.

— Tem como piorar?

Eu me desvencilhei dela, e Paj fechou a porta, deixando-nos no escuro.

Willa acendeu a vela em cima da mesa, e escutei o burburinho da taverna se silenciar logo antes de passos pesados subirem pela escada.

— Saiam da frente! — A voz retumbante de Saint ecoou no corredor, seguida pela porta se batendo.

Willa e eu encostamos os ouvidos na parede de tábuas finas de madeira entre nosso quarto e o de West, e ficamos em um silêncio desconfortável, fazendo as batidas do meu coração ecoarem em meus ouvidos.

— É isso que você chama de ser um timoneiro? — falou Saint, com a voz calma mas fria.

Eu me movi a passos leves ao longo da parede até encontrar uma fresta por onde entrava luz. Torci a boca para o lado quando West surgiu em meu campo de visão. Ele estava empertigado diante da janela, o queixo erguido apesar da dor que devia estar sentindo. Ele olhava nos olhos de Saint, sem se mexer.

— Fizemos um acordo quando lhe dei o *Marigold*.

— Você não me deu o *Marigold* — interrompeu West.

— O quê?

— Você não me *deu* o *Marigold* — repetiu West.

Saint o encarou.

— Eu te dei uma oportunidade, a chance de se tornar o timoneiro da sua própria tripulação e ampliar seu negócio. Em vez disso, meu navio está no ancoradouro com as velas cortadas, e sua tripulação tendo que te arrastar semimorto para fora da Orla.

— Zola...

— Não quero falar de Zola. Quero falar de *você*. — Saint ergueu a voz: — Se tiver um problema com outro mercador, resolva.

— Sim, senhor.

— Volte para a água e encontre uma forma de reparar aquelas finanças.

West baixou o olhar para o chão.

— Não posso.

Saint congelou.

— Como assim?

— Não tenho dinheiro para velas novas. Não depois da tempestade.

Saint estreitou os olhos, alargando as narinas.

— Você está me dizendo que está falido?

West deu um único aceno com a cabeça.

— E quer que eu compre novas velas para você?

— Pode colocar na minha conta.

— Não — sussurrou Willa ao meu lado.

Um segundo depois, Saint ecoou a palavra.

— Não.

West ergueu os olhos, claramente surpreso pela resposta.

— Você não pode trazer seus problemas para a minha porta e usar o meu dinheiro para resolvê-los. Se você não der um jeito nisso, então não merece velejar aquele navio.

Os músculos no maxilar de West se tensionaram, mas ele conteve a fúria que se agitava sob sua pele.

— Você está atrapalhando meus negócios. — A barra do casaco de Saint rodeou suas botas quando ele se virou, mas parou, a mão na maçaneta da porta. — E, se eu descobrir que alguém sabe da carga que você trouxe de Jeval, vai encontrar os pedaços de sua tripulação espalhados pela cidade.

As mãos de West ficam tensas no cinto.

— É disso que se trata? *Dela*?

A sensação de fogo se contorceu em meu peito, e percebi de repente que eu estava prendendo a respiração.

West deu um passo na direção de Saint.

— Então isso é um castigo.

— Chame do que quiser. Seu trabalho é fazer o que eu mando. Você não deve fazer nada sem minha permissão. Se não gosta desses termos, há uns cem homens naquelas docas que assumiriam seu lugar.

— Se eu não a tivesse tirado de Jeval, ela estaria amarrada ao recife agora, a carne dela toda comida.

— Fable sabe se virar. — A voz de Saint ficou mais grave.

Willa voltou o rosto para mim, os olhos arregalados.

— Então por que passei os últimos dois anos deixando dinheiro naquela ilha? Se alguma coisa tivesse acontecido com ela, nós dois sabemos de quem é a garganta que seria cortada. Salvei tanto a vida dela como a minha trazendo-a para cá.

Meu pai rangeu os dentes, toda a força de sua raiva preenchendo o silêncio.

— Não quero mais ver sua cara até você arrumar essa bagunça. Senão, não vai ser Zola quem vai vir atrás de você. Serei eu. E não vou deixar você vivo.

A porta bateu de novo, chacoalhando as paredes, e os passos de Saint desceram pela escada. Fui até a janela e o observei sair para o beco. Ele abotoou o casaco de maneira metódica antes de sair escuridão afora sem olhar para trás.

Willa cruzou os braços, observando-me.

— Tem alguma coisa que queira nos contar?

— Sim — suspirei. — Precisamos conversar.

VINTE E OITO

WEST ESTAVA À JANELA QUANDO ENTRAMOS PELA PORTA, os olhos dele na rua.

— West...

Willa ergueu a mão na direção dele, mas ele se afastou.

— Ele não vai nos emprestar o dinheiro. Podemos usar o montante.

Todos ficaram em silêncio, de olhos fixados nele.

— Não podemos — disse Auster. — Concordamos que nunca usaríamos.

— Juramos — murmurou Paj atrás dele.

Um silêncio se estendeu entre nós. Pela primeira vez, eu vi as mínimas fissuras na muralha da tripulação.

— O que é o montante? — perguntei.

Para minha surpresa, foi Hamish quem respondeu. Talvez porque não importasse mais.

— É o dinheiro que guardamos de um comércio paralelo que estávamos fazendo. É para... depois.

— Depois?

Ele tirou os óculos do rosto, deixando-o pendurado dos dedos.

— Depois que tivéssemos comprado o barco de Saint.

— Só se todos concordarmos — emendou West. — Há o suficiente para comprar velas e cobrir os custos da tempestade. Podemos voltar para o mar e recuperar o dinheiro. — Ele estava tentando soar seguro. — Posso contratar um navio para me levar às ilhas de coral amanhã.

Claro. As ilhas de coral eram um esconderijo.

Toda tripulação tinha um. Era ingenuidade guardar tudo em um só lugar se navios podiam afundar e postos na cidade poderiam ser saqueados enquanto você estava no mar. Toda tripulação com meio cérebro tinha mais de um esconderijo para distribuir suas moedas.

— Levamos dois anos para guardar tudo aquilo — disse Willa.

West deu de ombros.

— É nossa única escolha.

Mas não era verdade. E, se eu quisesse fazer uma jogada para conseguir um lugar na tripulação, aquela era minha melhor chance. Coloquei a mão dentro da abertura de meu casaco, encontrando o dragão marinho com a ponta dos dedos, e senti um frio na barriga ao abrir a boca.

— Não é a única — falei, olhando nos olhos de West.

Silêncio voltou a cair sobre o quarto, e minha pele ardeu enquanto todos pousavam os olhos em mim. Não havia como voltar atrás depois do que eu contasse.

— Como assim? — Hamish pareceu desconfiado.

— Tenho outra saída — anunciei, empertigando-me. — Se vocês quiserem.

Ele voltou a colocar os óculos.

— O que você quer dizer?

— Se me aceitarem como dragadora do *Marigold*, consigo suas velas — falei, as palavras se formando em uma única respiração.

— Não. — A resposta de West pesou em seus lábios.

Mas Willa estava curiosa.

— E como exatamente você vai fazer isso?

— Importa? Consigo velas novas para vocês. Se me admitirem como dragadora, consigo cobres suficientes para vocês quitarem o barco de Saint à vista.

Auster se desencostou da parede.

— Do que você está falando?

— Essa é a minha proposta. — Minha atenção ainda estava fixada em West.

— Não — repetiu ele, dessa vez com um lampejo de raiva.

Willa alternou o olhar entre nós.

— Por que não? Se ela tem uma forma de...

— Não tem ninguém melhor para essa tripulação. Sou uma dragadora habilidosa — acrescentei.

— Não!

Eu me retraí, dando um passo para trás. Os outros se entreolharam, confusos. Willa o encarou, boquiaberta e falou:

— Estamos sem dragador. Ela disse que vai bancar os custos das velas e pagar nossa dívida com Saint. E você diz *não*?

— Isso mesmo. Não vamos admitir essa garota.

— E por que não? — insistiu Willa.

Dei uma última chance a West, deixando o silêncio cair de novo. O segredo queimava na garganta como o uísque de centeio em que eu tinha afogado as mágoas na noite anterior. Eu nunca tinha dito aquilo em voz alta. Jurei que jamais o faria. Mas Saint tinha quebrado sua promessa comigo. Podia ter me deixado o *Lark*, mas não tinha me dado o que era meu. Não o que ele me devia.

Então eu quebraria minha promessa.

— Não faça isso — suplicou West, em um sussurro, lendo meus pensamentos.

— Saint é meu pai.

A tensão no quarto se estendeu e um calafrio perpassou minha pele. Eu nunca poderia desfazer isso.

— Mas o que... — exclamou Willa.

— É por isso que West levava o *Marigold* a Jeval a cada duas semanas. É por isso que ele comprava pira de mim e apenas de mim.

Saint mandou vocês cuidarem da filha que ele abandonou do outro lado dos Estreitos. Só entendi que vocês estavam trabalhando para ele quando chegamos em Dern.

Dava para ver pela cara deles que sabiam que era verdade. Era loucura demais para ser mentira.

— Eu fazia parte do acordo dele com West em troca do *Marigold*. E você estava certa. — Olhei para Willa. — Vocês venderam a alma para um homem desalmado. Nunca vão quitar o *Marigold*. Ele sempre vai encontrar uma forma de manter vocês em dívida. É isso que ele faz.

— Se Saint é seu pai, então... — Willa perdeu a voz.

— Isolde era minha mãe. É por isso que sei fazer o que faço com as pedras preciosas.

— Você é uma sábia das pedras.

Fiz que sim.

— Você não vai dragar para o *Marigold* — falou West, com firmeza, mas isso parecia estar exigindo até o último pingo de sua energia. — Saint nunca permitiria. E, mesmo se permitisse, ele cortaria nossa garganta se alguma coisa acontecesse com você. Te aceitar na tripulação é pedir para morrer.

Ao lado dele, Auster parecia achar graça da situação.

— O que você ganha com isso? — perguntou ele.

Passei o peso de um pé a outro, engolindo a vergonha.

— Isso é tudo o que tenho. Saint não me quer.

Todos me olharam.

— Se vocês me admitirem, vou colocar o Marigold de volta na água e encher o casco com dinheiro suficiente para pagar todas as dívidas que vocês têm. Essa é minha oferta.

— E como vai fazer isso? — perguntou Hamish, com cuidado para não olhar para West.

— Tenho uma coisa. Uma coisa da qual ninguém sabe. Está só esperando embaixo d'água para eu buscar.

— O que é? — falou Paj finalmente.

— Só vou contar se vocês aceitarem o acordo.

Paj suspirou.

— Dragar um recife não vai nos tirar dessa situação, Fable.

— Não é um recife. E é mais do que o suficiente para comprar seu navio de Saint.

Um sorriso curvou a boca de Willa, os olhos dela brilhando.

— Todos para fora — declarou West, se voltando para a janela. Quando a tripulação não saiu, ele gritou: — Todos para fora!

Os outros saíram sem dizer uma palavra. Fechei o trinco e me apoiei na porta, observando-o. Os pontos serpenteavam sobre seu ombro, parando antes de retomarem logo abaixo da escápula. Mesmo assim, ele continuava bonito.

— Como funcionava? — perguntei, meu tom de voz baixo.

Ele olhou para a rua, apenas metade do rosto iluminado pela luz.

— Como funcionava o quê?

— Você comprava pira de mim em Jeval, vendia em Dern e dava o lucro para Saint?

Ele balançou a cabeça.

— Não dei o lucro para ele. Ele não queria.

— Então você guardou?

— Está no esconderijo. Cada cobre. O dinheiro que te dei quando chegamos a Ceros era parte dele.

Então era por isso que paramos nas ilhas de coral a caminho de Dern.

— Todo esse tempo, pensei que estava me virando sozinha. Pensei que tinha encontrado uma forma de sobreviver — falei, aos sussurros.

— E encontrou.

— Não encontrei, não. Só não morri naquela ilha por sua causa. — As palavras pareceram envergonhá-lo. Ele baixou os olhos para o chão entre nós. — Você poderia ter mentido para Saint sobre ir. Ele nunca saberia.

— Eu não faria isso com ele.

— Mas operar seu comércio paralelo e desviar os ganhos dele não tem problema?

— É diferente — disse West simplesmente.

— Não me diga que admira o homem que controla você?

— Você não entenderia — murmurou ele.

— Tem certeza?

West pareceu considerar a pergunta antes de responder.

— Um mercador me tirou da Orla e me colocou em um navio quando eu tinha 9 anos. Ele me ensinou tudo que eu sabia sobre velejar e negociar, mas era um homem horrível. Saint me comprou daquele navio e me pôs no dele. Ele é um desgraçado, mas é o único motivo para eu não estar raspando cracas nas docas ou apodrecendo no fundo do mar.

Eu não queria imaginar o que West quis dizer quando falou que o mercador era um homem ruim. Dava para ver, pela maneira como ele engolia em seco entre as palavras, que tinha vergonha disso.

— É por isso que ele sabia que poderia confiar em você — falei. — Ele é bom nisso, em fazer todos deverem o *mínimo* para ele.

— Ele é inteligente.

Abanei a cabeça.

— Como você pode defendê-lo depois do que ele acabou de fazer? Ele cortou laços com você.

— Porque ele tinha razão. Sou responsável por minha tripulação e meu navio. Eu errei. E ele não cortou laços conosco, só não vai nos resgatar.

Eu o encarei, sem palavras. West realmente estava defendendo meu pai.

— Você está certa, eu o admiro. Os mercadores no mar Inominado acham que os Estreitos um dia vão cair nas mãos deles. Saint está mostrando que conseguimos lutar por conta própria.

Eu nunca admitiria, mas parte de mim sentia orgulho do meu pai, mesmo que o resto de mim o odiasse. Naquele momento, me dei conta de que West talvez fosse a única outra pessoa que poderia entender como aqueles sentimentos poderiam coexistir.

— Quanto tempo até vocês quitarem o navio?

Ele não respondeu.

— Quanto? — insisti.

West ergueu o braço, apertando a costela de novo, doía. Eu não sabia como ele ainda estava em pé.

— Dezesseis anos.

Dei um passo na direção dele, esperando que olhasse em meus olhos antes de dizer.

— Dezesseis anos ou uma noite?

— O quê?

— Você pode passar dezesseis anos juntando moedinhas para comprar o navio de Saint. Ou pode fazer isso em uma única noite. Comigo. Sem trabalhar como navio-sombra. Sem fazer relatórios, sem espionagem, sem cumprir ordens como a que você recebeu em Sowan.

Ele se enrijeceu, e vi que as palavras o machucaram. Ele não queria que eu soubesse o que acontecera em Sowan.

— Não posso admitir você, Fable — falou West outra vez, passando a mão no cabelo e tirando-o da frente do rosto.

— Você acha que eu não sei me virar.

— Você viveu em Jeval por quatro anos. Sei que sabe se virar.

— Então o que é? Saint?

Ele baixou os olhos, tensionando o maxilar.

— Saint é a única operação nos Estreitos que faz rotas até o mar Inominado desde que os navios de Zola foram banidos. Ele é o único concorrente legítimo dos mercadores de Bastian. É uma posição pela qual qualquer mercador dos Estreitos daria a mão direita e, se alguém descobrir quem você é, todos vão te usar para chantageá-lo.

Ele tinha razão, mas, antes que eu pudesse argumentar, West estava falando de novo.

— Mas, mais do que isso, eu não confio em você.

— Como assim?

— Você acabou de tentar voltar minha própria tripulação contra mim.

Fiquei boquiaberta.

— Eu...

— Você manipulou as únicas pessoas em quem confio com minha vida. Eu dependo delas.

— Você não queria me escutar. Eu sabia que, se eles soubessem quem eu era, dariam ouvidos ao que eu tinha a dizer.

— Não é assim que uma tripulação funciona.

Soltei uma longa expiração.

— Então me ensine.

West pôs as mãos nos bolsos, ficando em silêncio por um momento.

— Se tiver que escolher entre nós e Saint, você vai escolher Saint.

Eu ri.

— Por que eu faria isso? Ele nunca me escolheu.

— O único motivo por que você queria fazer parte da tripulação do *Marigold* é porque Saint virou as costas para você. — West tentou de novo.

— E o único motivo para você ser o timoneiro do *Marigold* é porque Saint o tornou timoneiro do navio-sombra dele. Não importa a razão pela qual estamos aqui, West. É aqui que estamos. Preciso confiar em alguém com a *minha* vida.

Ele comprimiu a boca em uma linha dura.

— Você não confia em mim, mas eu confio em você — falei, sussurrando.

— Você não tem motivos para confiar em mim.

Cruzei os braços, desviando os olhos dele.

— Você voltou.

— Do que você está falando?

— Eu ficava sentada no alto das falésias sobre a praia, noite após noite, imaginando as velas do navio do meu pai no horizonte. Torcendo para que ele voltasse para me buscar. — Fiz uma pausa. — Ele não voltou, mas você, sim.

Ele ergueu os olhos nesse momento, encontrando os meus.

— Quero dragar para o *Marigold*. Quero tirar vocês do controle de Saint.

Ele se recostou na parede, coçando a barba rala no queixo.

— Eu nunca devia ter deixado você subir a bordo do *Marigold*.

— O que isso tem a ver com o que aconteceu em Jeval?

— Tudo.

— Você acabou de dizer a Saint que me deu passagem para salvar a própria pele.

— Tirei você de Jeval porque não queria deixar você lá — murmurou. — Não *podia* deixar você lá.

Foi a primeira coisa que ele me disse que carregava o peso da verdade nas palavras. Tentei ler sua expressão, estudando as sombras que se moviam sobre seu rosto, mas apenas fragmentos dele estavam visíveis, como sempre. West se apresentava em pedaços, nunca inteiro.

Ele ficou em silêncio por um longo momento antes de dar um passo em minha direção.

— Vou votar para aceitar você como dragadora. — O calor dele me envolveu. — Se me disser que entende uma coisa.

— O quê?

Ele olhou para meu rosto.

— Não posso me importar com mais ninguém, Fable.

O significado do que ele dissera encheu o pequeno espaço entre nós, fazendo-me sentir como se as paredes estivessem se fechando. Eu sabia o que ele queria dizer. Estava na maneira como às vezes seus olhos desciam para minha boca quando me fitava. Na maneira como sua voz ficava um pouquinho mais grave quando dizia meu nome. West estava assumindo um risco diferente ao votar para que eu entrasse para sua tripulação e, no momento, estava me deixando ver isso.

— Diga que você entende.

Ele estendeu a mão entre nós, esperando.

Não era apenas uma admissão. Era um contrato.

Então, olhei em seus olhos, sem a menor hesitação na voz ao pegar a mão dele na minha.

— Eu entendo.

VINTE E NOVE

UMA ÚNICA LANTERNA ILUMINAVA O *Marigold* enquanto eu atravessava a doca no escuro.

Os navios vazios flutuavam no porto como gigantes adormecidos, as tripulações bebendo seu peso na cidade, e apenas os estivadores pagos para vigiar as baias estavam lá. Até a Orla parecia deserta, sem os rostos infantis que normalmente enchiam as vielas. Ceros parecia muito menor no escuro, mas eu me sentia maior dentro dela.

Quando cheguei à faixa em que o *Marigold* estava ancorado, minhas botas pararam diante da mancha de sangue na doca onde estiveram os dois corpos naquela manhã. Tinham lavado, mas as marcas vermelhas estavam impregnadas na madeira. Eu ainda conseguia ver os corpos caídos sob o sol, e fiquei pensando em quem eram. Provavelmente homens pobres que passavam as noites trabalhando para ganhar um dinheiro extra. Era uma forma ridícula de morrer, pegos no meio da rivalidade de outras pessoas.

A escada estava desenrolada, esperando por mim, e ergui os olhos, encaixando as mãos enfaixadas nos degraus. Pensei que nunca mais estaria a bordo do *Marigold*, mas o navio se tornaria meu lar. Sua tripulação seria minha família. E, como a virada do vento antes da tempestade mais imprevisível, eu sentia que tudo estava prestes a mudar.

Passei por cima da amurada e os outros já estavam reunidos no convés, parados em círculo diante do leme. Os mastros despidos se assomavam sobre nós como esqueletos, subindo na escuridão até desaparecerem. A lona rasgada estava enrolada no casco.

West olhava fixamente para o convés quando eu encontrei um lugar ao lado de Willa, a tensão visível em sua postura. Ele tinha concordado com a minha presença, mas não estava feliz, e isso me magoava mais do que eu gostaria de admitir.

— Tem certeza, dragadora?

Willa encostou o braço no meu enquanto cochichava.

Olhei para West e, por um momento, ele me encarou.

— Tenho.

E era verdade. Não era apenas porque eu não tinha para onde ir. Era que, desde a primeira noite dormindo naquela rede vazia abaixo do convés, parecia haver um lugar para mim ali. Eu me encaixava. Mesmo que West não me quisesse na tripulação, eu encontraria meu lugar entre os cinco. Poderia confiar neles. E isso era suficiente. Era mais do que suficiente.

Auster tirou o gorro de lã da cabeça, deixando o cabelo solto cair sobre o ombro, e o estendeu virado para baixo no meio do círculo.

Um nó se ergueu em minha garganta enquanto eu olhava para o gorro.

Willa tirou um único cobre do cinto.

— Sou a favor de deixar essa dragadora jevalesa imprestável trabalhar para o *Marigold*. — Ela jogou a moeda no ar, que brilhou sob a lanterna enquanto girava, caindo dentro do gorro de Auster. — Por mais que ela seja, *sim,* um amuleto de azar.

— Por mim, tudo bem.

Paj girou um cobre entre os dedos, jogando o seu em cima do de Willa. Auster veio em seguida, dando uma piscadinha para mim.

— Por mim também.

Hamish tirou um cobre do bolso, observando-me. A hesitação não estava escondida em seu rosto.

— O que a filha de Saint estava fazendo em Jeval?

Passei o peso de um pé para o outro, colocando as mãos nos bolsos do casaco.

— O quê?

— Para confiarmos em você, quero saber a história. Como você foi parar em Jeval?

— Não precisamos saber — interveio West, e lançou um olhar de alerta para Hamish.

— Eu preciso — insistiu Hamish.

— Ele me deixou lá — respondi, o nó na garganta aumentando. — Na noite seguinte ao naufrágio do *Lark*, ele me largou em Jeval.

O grupo ficou em silêncio, voltando o olhar para o chão. Eu não sabia suas histórias, mas imaginava que não deviam ser muito melhores do que a minha. Eu não era tonta a ponto de sentir pena de mim mesma. Os Estreitos eram o fio de uma navalha. Não dava para viver ali sem se cortar. E eu me recusava a ter vergonha da minha origem. Aqueles tempos se foram.

Hamish me deu um aceno com a cabeça antes de jogar sua moeda dentro do gorro, e todos olharam para West. Ele ficou em silêncio enquanto os albatrozes gritavam no escuro atrás dele, e me perguntei se ele mudaria de ideia, deixando que a tripulação o vencesse.

Quando finalmente ergueu a mão, o brilho de cobre cintilou entre seus dedos. Ele o depositou no gorro sem dizer uma palavra.

Ele me admitiria. Ele aceitaria meu dinheiro para salvar o *Marigold*. Mas não faria mais do que isso.

— Pegue o uísque de centeio, Willa — falou Auster, colocando o gorro em minhas mãos, e baixei os olhos para ele.

Era tradição todos os integrantes de uma tripulação darem um cobre ao mais novo membro como demonstração de boa-fé. Eu tinha visto as de meu pai fazerem a mesma coisa várias vezes. Mas, nos anos desde que colocara os pés em Jeval, eu nunca tinha ganhado nada. Nunca. Nem me esforcei em tentar conter as lágrimas. Elas escorreram por meu rosto uma após a outra enquanto eu abraçava o gorro junto ao peito.

Como um albatroz cansado sobrevoando o mar mais desolado, eu finalmente tinha encontrado onde pousar.

Willa tirou a rolha de uma das garrafas azul-escuras da taverna, e Paj distribuiu os copos enquanto ela os enchia, o uísque de centeio transbordando no convés aos nossos pés. Todos juntos, viramos os copos, tomando a bebida em um só gole, e eles comemoraram. Tossi com a queimação na garganta, rindo.

— Quanto? — perguntei, girando o copo vazio na mão.

— Quanto o quê? — perguntou Willa, e voltou a encher o copo.

— De quanto dinheiro precisamos para as velas?

Hamish pareceu um pouco surpreso com a pergunta, mas tirou o caderno de dentro do colete. Ele pegou a lanterna do mastro e a apoiou no convés entre nós, abrindo na última página marcada, e todos nos agachamos ao redor dele, nossos rostos iluminados pela luz fraca. A letra dele se espalhava pelo pergaminho em fileiras, com os números à direita organizados em somas.

— Depois de pagar a equipe de conserto e compensar as perdas da tempestade, vamos precisar de pelo menos oitocentos cobres para as velas.

— Oitocentos? — questionou Paj, cético.

— Tenho quase certeza de que é o que vamos ter que oferecer para conseguir um veleiro que aceite o trabalho. Ninguém vai querer arranjar problemas com Zola.

— Ele tem razão — disse West.

O uísque em minhas veias não aliviou o golpe do número. Eu sabia que seria caro, mas não tinha imaginado que o custo seria tão alto. Só me restava torcer para que meu plano ainda desse frutos.

— Você consegue ou não?

A luz se refletiu nos óculos de Hamish enquanto ele erguia os olhos da página.

— Eu consigo.

Willa colocou a rolha de volta na garrafa e a colocou entre nós.

— Você nunca disse como — falou ela.

— Importa?

Willa deu de ombros.

— Na verdade, não. Mas gostaria de saber mesmo assim.

— Saint vai pagar pelas velas.

West voltou os olhos para mim bruscamente, e Paj pigarreou.

— Saint?

— Isso mesmo.

— E como você vai fazer com que ele pague? — Claramente, Willa estava achando graça da situação.

— Tenho uma coisa que ele quer. Uma coisa que sei que ele daria tudo para ter de volta.

Eles não perguntaram o que era, mas dava para ver que a ideia os deixava nervosos. Saint já estava furioso com eles por causa de Zola. Assim que descobrisse que eu o estava manipulando para consertar o *Marigold*, provavelmente viria atrás das nossas cabeças.

— Você está brincando com fogo, Fable — acusou Willa, mas o sorriso maldoso em seu rosto se refletiu nos olhos, fazendo-os brilharem.

Dava para ver que West estava pensando o mesmo, mas ele não parecia estar achando engraçado. Olhava para o fundo do copo vazio, a luz refletindo no vidro verde. O cabelo escondia o corte que atravessa sua testa, mas o lado esquerdo inteiro de seu rosto ainda estava inchado; um de seus olhos, vermelhos.

A tripulação já estava mergulhada em problemas quando subi a bordo do navio pela primeira vez, mas não deixei de me perguntar se não seria eu a tormenta que finalmente os afundaria.

TRINTA

EU TINHA QUEBRADO MINHA PROMESSA, MAS AINDA VIVIA segundo as regras de Saint.

A aurora crescia atrás do horizonte enquanto eu esperava entre dois prédios, observando a ponte. Se eu estivesse certa, as botas de Saint bateriam nas tábuas de madeira a caminho da taverna de Griff a qualquer momento. Quando eu era criança, se não estivéssemos no mar, ele tomaria chá lá toda manhã antes de o sol nascer.

Eu pensara que talvez Saint tivesse mudado nos últimos anos. Mas, se ele ainda era o mesmo mercador implacável que rebaixava todos ao seu redor para se manter por cima, talvez ainda fosse o mesmo desgraçado que tomava chá na taverna de Griff antes do amanhecer.

O som distante de passos me fez erguer os olhos para a única ponte que vinha do Apuro. Embora as ruas ainda estivessem vazias àquela hora da manhã, Saint não gostava de andar na lama.

Um vulto sombreado se mexia em contraste com o céu escuro, e dava para ver, pelo casaco que ondulava ao vento, que era ele. Eu me levantei do engradado em que estava sentada, seguindo-o. Ele fez as mesmas curvas que sempre fazia em direção à Orla, e caminhei com as mãos nos bolsos, observando sua figura deslizar sobre os prédios. Esse também era Saint, projetando sua sombra em todos ao seu redor.

Quando ele começou a descer a escada perto do ancoradouro, eu me escondi junto à parede do prédio mais próximo e esperei, prendendo a respiração. A luz pálida fazia seu casaco brilhar como as serpentes marinhas azuis que deslizavam pelo recife leste de Jeval. Suas botas tocaram o chão, e ele entrou no beco bem quando as lanternas da cidade estavam ganhando vida. A rua estaria cheia de estivadores e padeiros em questão de minutos, as engrenagens de Ceros começando a girar.

Esperei ele desaparecer na esquina antes de ir atrás, mantendo os passos leves. A placa da taverna de Griff estava pendurada sobre o beco, as palavras apagadas pela força dos ventos do mar. Mas eu conhecia o lugar. As paredes de blocos de pedra eram cercadas por vigas imensas de madeira, o telhado inclinado e tão íngreme que nem as aves conseguiam pousar.

Saint desapareceu pela porta, e parei na frente da vitrine, observando-o. O lugar estava vazio exceto por Griff atrás do balcão, prendendo um pano ao redor da cintura. Ele mal ergueu os olhos enquanto Saint puxava a cadeira de uma mesa e se sentava.

Uma mulher saiu dos fundos, trazendo uma bandeja de chá, e a serviu com cuidado, arrumando a chaleira no canto da mesa de Saint enquanto ele tirava um rolo de pergaminhos de dentro do casaco. A xícara de chá parecia minúscula em sua mão quando tomou um gole, prestando atenção nas páginas.

Encostei na fechadura, acalmando-me antes de abrir a porta.

Griff tirou os olhos do balcão e a mulher ressurgiu no batente, ambos pegos de surpresa. Mas foi o olhar de Saint que mais pesou sobre mim. Ele desviou os olhos da xícara, as sobrancelhas grossas arqueadas sobre os olhos azuis brilhantes.

— Bom dia — cumprimentei a mulher, com um aceno. — Vou aceitar um bule, por favor.

Ela olhou para Griff, como se pedisse permissão antes de agir, e ele deu um sim de cabeça, claramente desconfiado de mim. Ele arregalou os olhos quando puxei a cadeira à frente de Saint, sentando-me diante dele com as mãos entrelaçadas sobre a mesa.

— O que você está fazendo aqui?

O olhar de Saint voltou ao pergaminho, mas a maneira como se ajeitou na cadeira me mostrou que eu o havia surpreendido.

Eu me debrucei sobre eles, fingindo interesse.

— Livros de registro?

— Isso mesmo. Dois navios chegaram ontem à noite. — Ele voltou a erguer a xícara, e um círculo de chá marcou o canto do pergaminho. — O que você quer?

Sorri, baixando a voz a um sussurro.

— Quero tomar chá com meu pai.

Todos os músculos do corpo de Saint ficaram tensos, sua mão apertando a xícara com tanta firmeza que parecia prestes a se estilhaçar. Seus olhos deslizaram para encontrar os meus enquanto a mulher deixava um segundo bule entre nós, reorganizando a mesa para caber tudo.

— Leite? — perguntou ela.

— Sim, por favor.

— E açúcar, meu bem?

— Claro. — Olhei para Saint. — Faz anos que não sei o que é açúcar.

Ele bateu a xícara na mesa com um pouco de força demais, e ela transbordou enquanto eu enchia a minha. A mulher voltou com um pratinho de creme e alguns torrões de açúcar em um guardanapo. Saint me ignorou enquanto eu os jogava na xícara.

— Algum de seus navios sofreu estragos naquela tempestade alguns dias atrás?

— Todos os navios sofreram estragos naquela tempestade — murmurou ele em resposta.

— O de Zola também?

Ele baixou o pergaminho.

— O que você sabe sobre Zola?

— Não muito, além do fato de que ele tem algum tipo de rixa com aquela mercadora de pedras preciosas do mar Inominado. — Eu o observei. — E com o *Marigold*. Fiquei sabendo que as velas deles foram cortadas.

— Quanto menos você souber dos negócios dele, melhor.

Peguei o bule do lado dele da mesa e enchi a xícara dele de novo.

— Você também tem problemas com ele?

— Sua mãe tinha — contou Saint, e minhas mãos paralisaram sobre a chaleira. — Então, sim. Tenho problemas com ele.

— Ele a conhecia?

Tomei cuidado para não dizer o nome dela. A última coisa de que eu precisava era que ele ficasse bravo.

— Ela dragou para ele antes de eu trazê-la para a minha tripulação.

Eu o encarei, chocada com a franqueza. Saint sempre falava em charadas, mas estava me dando informações que nunca nem pedi. Fazia sentido que Isolde tivesse dragado para outras tripulações antes de Saint, mas ela nunca tinha falado sobre sua vida entre sair de Bastian e entrar para a tripulação do *Lark*.

— Que tipo de problemas?

Ele se debruçou sobre a mesa.

— Não importa.

Rangi os dentes, resistindo ao impulso de puxar seu lindo casaco e gritar.

Você não foi feita para este mundo, Fable.

Ele não achava que eu sabia me virar. Ele tinha me dado o *Lark*, mas não achava que eu conseguiria encontrar meu próprio caminho. Não de verdade.

Enchi os pulmões com o ar que sempre pairava ao redor dele. A atitude orgulhosa e endurecida que sempre iluminava seus olhos. Contive a dor no centro do meu peito que torcia para ele estender o braço sobre a mesa e só pegar minha mão. A pequena parte despedaçada de mim que desejava que seus olhos se erguessem dos pergaminhos e olhassem para mim. Realmente *olhassem* para mim.

220

— Quando você vai me dizer por que está aqui?

Dei um gole de chá, o amargor doce ardendo em minha língua.

— Preciso de dinheiro.

— Quanto? — Ele não parecia nem um pouco interessado.

— Oitocentos cobres.

Isso chamou sua atenção. Ele se recostou na cadeira, abrindo um sorriso sarcástico.

— Você quer que eu te dê...

— É claro que não — interrompi. — Isso quebraria uma das suas regras. Nada é de graça — recitei para ele, como fazia quando era criança. — Quero fazer uma troca.

Isso despertou sua curiosidade.

— Uma troca.

— Exato.

— E por que você precisa de oitocentos cobres?

— Você me disse para encontrar meu próprio caminho. É o que estou fazendo.

Ele assentiu com a cabeça.

— E o que você tem que poderia me fazer pagar tanto dinheiro?

Coloquei a mão no bolso do casaco antes que pudesse mudar de ideia e tirei o dragão do mar. Eu o coloquei em cima da mesa entre nós, e nem Saint conseguiu esconder o choque que o atravessou naquele momento. Ele virou pedra, seus olhos se arregalando enquanto caíam sobre o colar.

— Onde você conseguiu isso? — grasnou.

Eu sabia que era errado. Que havia algo de genuinamente perverso em usar minha mãe contra ele. E era monstruoso tirar proveito da posse mais valiosa dela para regatear. Mas o colar tinha me chamado quando eu estava diante do espelho no posto de Saint, como se Isolde soubesse que eu precisaria dele. Para este momento.

Ele o pegou com cuidado, o dragão marinho de abalone balançando entre os dedos.

— É por isso que você voltou ao *Lark* — falei. — Você voltou para buscar o colar dela.

Ele não respondeu. Tinha encomendado aquele pingente para minha mãe em Bastian de um joalheiro que fazia peças exclusivas. O abalone era raro, o verde inconfundível do tipo que só se encontrava no mar Inominado. Ela nunca o tirava.

— E então?

Lágrimas ardiam em meus olhos quando o encarei.

Ele fechou a mão ao redor do colar antes de colocá-lo no bolso do peito do casaco, então pigarreou.

— Pode ser oitocentos cobres.

Estendi a mão e ele a pegou, selando o negócio. Saint não ergueu os olhos enquanto eu me levantava, e a consciência do que tinha acabado de fazer pesou dentro de mim. Eu sabia o que importava para ele, e tinha usado isso. Eu tinha me tornado o motivo pelo qual ele precisava das regras.

Virei as costas antes que qualquer lágrima pudesse cair.

— E Fable?

Paralisei, um pé já fora da porta.

A expressão fria e calma de sua boca voltou enquanto ele afundava na cadeira, olhando para mim.

— Se um dia tentar me chantagear de novo usando sua mãe, vou esquecer que você um dia existiu.

TRINTA E UM

EU A SENTI SE AFASTAR DE MIM ENQUANTO SAÍA DA TAVERNA de Griff, deixando o colar para trás. A sensação da presença de Isolde vinha me seguindo como um fantasma no ar desde que eu tinha tirado o colar do posto de Saint.

Paj amarrou duas bolsas cheias de moeda em meu quadril, apertando o couro no meu cinto.

— Quando começarmos a andar, não pare.

Fiz que sim, apertando o cinto com mais firmeza para que o peso não o soltasse.

— Não pare — repetiu ele, esperando que eu encontrasse seu olhar.

— Entendi.

Atrás dele, Willa se escondia na sombra do beco, observando a rua. O mestre de moedas de Saint apareceu no meio da noite com os cobres, escoltado por dois homens segurando facas em cada mão. Eles me observaram com os olhos semicerrados enquanto eu assinava o pergaminho em meu quarto da taverna, mas nenhum deles disse uma palavra. Se trabalhavam para meu pai, sabiam que não deveriam fazer perguntas.

Hamish recomendou que fechássemos negócio com o veleiro antes, para não corrermos o risco de carregar cobre pela cidade, mas West achou que nossas chances de convencê-lo a aceitar a encomenda eram melhores se ele visse todas as moedas com os próprios olhos.

Não existe persuasão melhor do que o brilho do cobre, ele tinha dito.

— Vamos levar vocês até a porta e esperar do lado de fora.

Auster verificou as bolsas de novo.

— Vocês não vão entrar com a gente? — perguntei.

Alternei o olhar entre ele e Paj. Eu não gostava de estar na oficina do veleiro com tantas moedas e apenas Willa para apontar a faca contra quem tentasse roubá-las.

— Tinny não gosta muito de nós — informou Paj, sorrindo e recostando-se na parede ao lado de Auster.

— Por que não?

— Ele não faz negócios com Sangues Salgados.

Arregalei os olhos, alternando o olhar entre os dois.

— Vocês disseram que eram da Orla — falei.

Meu olhar pousou em Paj. Ele ficou um pouco rígido, talvez incomodado por Auster estar me contando algo sobre eles que era verdade.

Mas Auster não pareceu se importar.

— Nascemos em Bastian.

A cidade rica e reluzente nas costas do mar Inominado também era o lugar em que minha mãe tinha nascido. Era raro encontrar alguém que escolhia a vida dos Estreitos se tinha nascido em um lugar como Bastian. As únicas pessoas que faziam isso estavam fugindo de alguma coisa.

Mas eu sabia que o motivo que os trouxera para cá não se resumia a isso. E não deixei de notar o que Auster estava fazendo ao me contar. Ele estava me dando um tantinho de confiança para ver o que eu faria com ela.

— É hora de ir — disse Willa, olhando para trás.

Fechei o casaco enquanto Auster e Paj assumiam seus lugares ao meu lado.

Willa sacou a adaga do cinto.

— Pronta?

Fiz que sim com a cabeça.

Ela saiu para a rua e eu fui atrás, caminhando no ritmo de Auster e Paj, que se mantinham perto o suficiente de mim para me esconder entre eles.

O estúdio do veleiro era um dos doze píeres que se estendiam sobre a água no lado leste de Ceros. As janelas de vidro emoldurado se abriam por toda a lateral do prédio, com vista para a cidade. O tijolo vermelho estava coberto de musgo verde e grosso, a argamassa se desfazendo. Andei com as mãos nos bolsos, os dedos cercando as bolsas pesadas para evitar que tilintassem.

Não deixei de notar a maneira como todos que passavam por nós olhavam longamente para a cicatriz no rosto de Willa, mas ela mantinha a cabeça erguida, como se não notasse. Eu não a tinha visto tentar esconder a cicatriz em nenhum momento, e me perguntei se era útil alardear para os Estreitos que ela sabia o que era brutalidade. Não era incomum mulheres trabalharem em navios, mas definitivamente estavam em menor número. E, quanto mais delicada você parecesse, maior a probabilidade de se tornar uma vítima.

A essa altura, a notícia do *Marigold* e de West já teria chegado aos outros mercadores. A rixa com Zola tinha se transformado em algo mais — uma guerra — e era óbvio que a tripulação estava perdendo. Mas ninguém sabia nada da menina de Jeval que havia depenado Saint para salvar o navio deles.

Chegamos aos degraus do píer, e Auster se postou ao lado do prédio em uma boa posição estratégica, tirando um cachimbo do bolso. Paj fez o mesmo, enfiando as mãos debaixo do colete. Os dois observaram pelos cantos dos olhos enquanto Willa empurrava as portas imensas de ferro e entrávamos na oficina de velas, onde a luz das janelas iluminava o térreo.

Lonas dobradas e empilhadas, de todos os tamanhos e espessuras, cobriam o chão e formavam um labirinto de modo que só a escada era visível à frente. Ao longo da parede ao lado da porta, encomendas prontas estavam embaladas e preparadas para a casa de comércio, envoltas por papel de embrulho no qual estavam escritos nomes de navios.

A careca de um homem se destacava em meio a uma cortina de lonas, observando-nos enquanto subíamos a escada que levava ao segundo piso. Era um grande salão aberto onde a lona era estendida, cortada e construída à mão. As janelas deixavam entrar a luz de todas as direções, e o tecido branco ondulante cobria cada centímetro do chão, no qual aprendizes sentavam-se com suas caixas de ferramentas de madeira. Cordas com ilhós brilhantes estavam penduradas no teto como correntes de prata.

— Tinny! — chamou Willa, e um homem apareceu de trás de uma pilha de engradados do outro lado do ateliê.

Ele arregalou os olhos, e seu bigode sacudiu quando murmurou um palavrão.

— Ah, não, nem pensar. Sem chance, Willa!

Os aprendizes se apressaram para puxar a lona para trás, abrindo um caminho antes que ela pudesse pisar nas velas enquanto se dirigia a Tinny.

— Nem em um milhão de anos!

Ele balançou a cabeça, enfiando a espicha no canto da vela em sua mão. Ele a girou, alargando o buraco, e a luz se refletiu em seu anel. A pedra de cornalina cor de ferrugem estava incrustada em um aro prateado com o selo de Ceros, identificando-o como um mercador certificado pela Guilda de Veleiros. Todos ali trabalhavam sob ele, investindo seus anos de aprendizagem na esperança de um dia conseguir o próprio anel.

— Não existe nenhum veleiro em Ceros que aparelharia o *Marigold*, então nem adianta pedir.

Willa apoiou a mão na janela ao lado dele.

— Zola esteve aqui?

— Ele esteve em todos os lugares.

Willa encontrou meu olhar atrás de Tinny. Hamish e West estavam certos.

O veleiro tirou um ilhó do avental e o encaixou no buraco que havia feito.

— Ninguém precisa de confusão com a tripulação do *Luna*, ok? Zola pode não ter a frota que já teve um dia, mas joga sujo. Sinto muito pelo que aconteceu com o *Marigold*. — Ele ergueu os olhos, fitando o rosto de Willa. — E sinto muito pelo que aconteceu com você e West. Não sei o que vocês fizeram para chamar a atenção de Zola, mas não preciso tanto assim de dinheiro para irritar aquele demônio marinho.

Atrás de nós, um dos jovens aprendizes escutava enquanto apertava a costura, seus olhos descendo para o volume das bolsas embaixo de meu casaco.

— Sempre fomos corretos com você, Tinny — argumentou Willa. — Sempre pagamos o valor justo.

— Eu sei. Mas, como eu disse... — Ele suspirou. — Vocês têm mais chances em Sowan. Se Zola não chegar lá antes.

Willa fechou a cara, mas Tinny não cedeu.

— E como você sugere que cheguemos a Sowan sem velas?

— Olha, eu não deveria nem estar conversando com vocês. — Seus olhos se ergueram para a oficina atrás de nós. — O povo fala.

Willa baixou a voz e disse:

— Temos dinheiro. Muito. Estamos dispostos a pagar o dobro pelo que as velas custariam normalmente.

As mãos de Tinny hesitaram por apenas um momento enquanto ele erguia os olhos para Willa.

— Mostre — mandou ela, olhando para mim.

Entrei atrás dos engradados e desabotoei o casaco, abrindo-o para revelar as duas bolsas cheias.

A firmeza na boca de Tinny vacilou, os pensamentos transparecendo em seu rosto. Ele passou o peso de um pé a outro, olhando pela janela. Ele estava tentado, mas, mesmo antes de abrir a boca para falar, deu para ver que não arriscaria o próprio pescoço, por mais dinheiro que déssemos a ele.

— Desculpa, Willa.

Ele deu as costas para nós, girando a espicha no canto seguinte.

— Traidores malditos — murmurou Willa enquanto se encaminhava para a saída.

Os aprendizes puxaram a tela da frente dela, mas ela não diminuiu o passo, a sola de suas botas acertando o chão como um coração que bate pesado.

— Alguém nesta cidade deve querer oitocentos cobres — falei, seguindo-a escada abaixo até a porta.

— Se alguém fosse aceitar, seria Tinny.

Paj se desencostou da parede quando passamos pelas portas.

— Foi rápido.

— Ele não vai aceitar — resmungou Willa, colocando as mãos no quadril e olhando para a rua cheia.

Auster deu uma longa baforada de seu cachimbo, soprando a fumaça pelas narinas. Um sorriso malandro se abriu em seus lábios.

Paj o observou.

— Nem pensar.

Auster não disse uma palavra enquanto balançava para trás sobre os calcanhares.

— O que foi? — perguntei, olhando para ele.

— Talvez a gente conheça alguém que aceite — contou, evitando o olhar de Paj.

Olhei de Paj para Auster e de volta para Paj.

— Quem?

— Não vamos até Leo — disse Paj, olhando feio para ele.

— Quem é Leo? — perguntou Willa, estava ficando impaciente.

— Um velho conhecido. Ele vai aceitar — respondeu Auster.

Paj não parecia disposto a ceder. Auster deu de ombros e completou:

— Ninguém nunca descobriria. De certo modo, é mais seguro.

— Como você sabe que ninguém descobriria? — perguntou Willa, alternando o olhar entre os dois.

— Porque esse veleiro teoricamente nem existe.

— Você não acha que deveria ter mencionado isso antes de entrarmos lá e criado o rumor de que a tripulação do *Marigold* procurou Tinny para fazer velas? — Willa ergueu a voz.

Paj suspirou.

— É meio que um último recurso.

— Parece ser o caso — falei, dando meia-volta. — Vamos.

TRINTA E DOIS

NÓS NOS SENTAMOS NA PEQUENA CASA DE CHÁ, ESPERANDO. Fyg Norte era o único distrito da cidade onde os paralelepípedos eram secos e as crianças não corriam descalças nas ruas. Muitos de seus residentes eram nascidos em Bastian, estacionados em Ceros para representar suas guildas ou supervisionar os interesses de seus empregadores fora do mar Inominado. Eles estavam acostumados a um estilo de vida diferente daquele que levávamos nos Estreitos. O cheiro de Ceros não existia ali, onde o sol refletia nas casas de fachada de pedra enfeitadas com ornamentos de bronze que tinham esverdeado com o passar dos anos.

Eu nunca tinha estado em Fyg Norte porque meu pai se recusava a colocar os pés a oeste da Orla. Quando tinha que se reunir com as autoridades municipais ou os mestres das guildas, ele os obrigava a ir ao centro da cidade, onde poderia negociar e conduzir negócios em seu território.

Todos os olhos na rua nos seguiram enquanto nos dirigíamos à casa de chá, e me perguntei quando foi a última vez que algum deles tinha descido para as docas. Nossa laia não era exatamente bem-vinda em Fyg Norte, mas eles tampouco recusariam nosso cobre. Pagamos a mais pelo lugar à janela, onde poderíamos ficar de olho na porta vermelha do outro lado da rua.

— Que droga é essa?

Auster pegou um dos bolinhos da travessa de vários andares, erguendo-o diante dele. As camadas de massa fina e quebradiça estavam cobertas de um pó esfarelado cor de sangue.

Uma mulher parou ao lado da mesa com um carrinho prateado e serviu o chá, deixando dois bules pintados à mão em cima da mesa. Ela manteve os olhos baixos, como se não estivéssemos lá, e me dei conta de que não era reprovação que a impedia de olhar para nós. Estava com medo. Por um momento fugaz, percebi que gostei da sensação.

Virei o bule diante de mim, estudando as flores roxas intricadas e a borda pintada de dourado. Só a xícara do jogo devia valer mais do que todo o meu cinto de ferramentas.

— Ele vai aparecer ou não? — bufou Willa, impaciente, enchendo a xícara de chá preto fumegante.

— Vai — garantiu Paj, os olhos ainda fixos na porta vermelha.

— Como exatamente dois marinheiros nascidos em Bastian conhecem um alfaiate rico de Fyg Norte? — perguntou Willa, observando Auster por cima da xícara.

— Ele é um Sangue Salgado. — Lançou um olhar para Paj antes de terminar. — E Paj fez um favor para ele uma vez.

— Que tipo de favor? — perguntei.

— O tipo que precisa ser pago — interrompeu Paj antes que Auster pudesse falar.

Eles já tinham dito mais na minha frente do que eu esperaria. Eu é que não insistiria.

Willa pegou um bolo da travessa, dando uma mordida e falando de boca cheia.

— E se ele se recusar?

Auster sorriu.

— Ele não vai se recusar. Toparia por cem cobres se fosse o que estivéssemos oferecendo.

— Como você sabe?

— Ele não faz um conjunto de velas há anos. Vai adorar a oportunidade.

Eu me recostei na cadeira.

— Então por que não oferecemos cem cobres em vez de oitocentos?

— Vamos pagar cem pelas velas e setecentos pelo silêncio dele — disse Auster.

Willa riu.

— Os Sangues Salgados não são muito unidos, né?

— Lá vamos nós.

Paj se levantou, recostando-se na janela quando um homem de bigode branco usando um lenço pontilhado apareceu do outro lado da rua, carregando um monte de embrulhos nos braços. Ele revirou os bolsos até encontrar uma chave e destrancou a porta, entrando.

Terminei o chá enquanto os outros se levantavam, e Auster abriu a porta para mim. Saí à luz do sol com Paj ao meu lado.

Ele olhou para os dois lados da rua antes de me dar um aceno de cabeça, e seguimos juntos, atravessando em sintonia. Mas não havia como uma tripulação de navio passar despercebida em Fyg Norte. Nossa pele queimada, o cabelo descorado pelo sol e as roupas velhas nos denunciavam. Uma mulher se debruçou na janela do prédio ao lado, observando-nos com a cara fechada. Todos os outros na rua nos encaravam quando paramos na frente da porta do alfaiate.

Paj ergueu o trinco, deixando a porta abrir, e subimos os degraus. Lá dentro, as paredes da lojinha estavam pintadas no mesmo tom pálido de lavanda, e rolos de tecido de todas as cores enchiam as prateleiras.

— Um momento! — gritou uma voz dos fundos.

Paj se sentou na poltrona ao lado da janela, onde um espelho de três faces no canto refletia a melhor luz. Ao lado dele, uma bandeja de decantadores de cristal cheios de líquidos âmbar ficavam em cima de uma mesinha, e Paj destampou um deles, enchendo um copinho gravado antes de levá-lo aos lábios e tomar um gole brusco.

Ergui a mão, tocando a borda desfiada da seda branca desenrolada, pontilhada com florezinhas amarelas, e fechei os dedos no punho cerrado quando me dei conta de como minha mão estava suja em comparação com o tecido.

Passos se aproximaram, e Auster apoiou os dois cotovelos no balcão, esperando. O homem saiu do corredor, parando de repente ao ver Willa, mas seus olhos se arregalaram quando ele avistou Paj. O lenço ao redor de seu pescoço estava amarrado em um nó caprichado, o bigode branco curvado para cima nas duas pontas com cera.

— O que você pensa que está fazendo aqui?

Seu forte sotaque transparecia em cada palavra. Paj sorriu.

— Pensei que ficaria feliz em me ver, Leo.

O homem bufou.

— Meus clientes não vão ficar felizes quando ficarem sabendo que um bando de pivetes esteve em minha loja.

— Caso não se lembre, foi um pivete que salvou sua pele em Bastian. Você não teria essa loja chique se não fosse por mim — disse Paj, erguendo a cabeça para esvaziar o copo.

Leo foi até a janela, fechando as cortinas de renda antes de tirar um cachimbo e uma latinha do avental. Observamos em silêncio enquanto ele enchia o fornilho com folhas de verbasco amassadas e acendia, baforando até a fumaça branca escorrer por entre os lábios.

— Não é perigoso usar isso?

Auster apontou para o anel no dedo médio de Leo. Era um anel de mercador, com uma carmelina incrustada. Olhei de novo ao redor pela loja, confusa. Se ele era veleiro, por que tinha uma alfaiaria?

— Preocupado comigo? Que comovente.

Leo estendeu os dedos diante de si, observando a pedra, e, quando olhei mais de perto, vi o selo de Bastian gravado na prata. Então, ele era um veleiro, mas não tinha recebido o anel de mercador da guilda de Ceros.

— Precisamos de um conjunto de velas — disse Auster simplesmente.

O bigode de Leo estremeceu.

— Não posso fazer velas. Você sabe disso.

— Não quer dizer que não vai fazer.

Ele estreitou os olhos.

— Por que não ir a uma das oficinas de vela do outro lado da cidade?

Paj encheu o copo de novo.

— Nós fomos. Eles se recusaram a fazer.

Leo riu consigo mesmo.

— Então vocês se meteram em encrenca.

— Por que você se importa? Vai ou não fazer?

— Depende de quanto dinheiro estão dispostos a me dar para fazer valer a pena eu arriscar o meu pescoço.

— Oitocentos cobres — soltei.

Willa olhou para mim com severa reprovação.

Mas não tínhamos mais como negociar. Estávamos desesperados, e não havia por que fingir que não.

— Não temos tempo para regatear. Precisamos de velas, e precisamos delas agora — concluí.

Leo olhou para nós, pensativo.

— Que tipo de navio?

— Uma lorcha de dois mastros — respondeu Auster. — Não deve demorar.

Um brilho iluminou os olhos de Leo.

— Não seria a lorcha que teve as velas rasgadas dois dias atrás, seria?

Willa olhou feio para ele.

— Em quanto tempo você consegue fazer?

Eu o observei fazer as contas. Se fosse pego fazendo velas sem um anel de mercador da Guilda de Veleiros de Ceros, seria um homem morto. E não parecia louco por dinheiro se trabalhava em Fyg Norte. Se ele fizesse aquilo, era porque queria fazer. Não porque precisava de nós.

234

— Dois dias — respondeu Leo, abrindo um sorriso. O cachimbo encaixado entre os dentes brancos.

— E como você vai fazê-las em dois dias? — perguntou Paj, inclinando a cabeça para o lado. A luz entrando pela janela sombreava seu rosto, deixando sua pele preta como tinta.

Leo deu de ombros.

— Tenho um pessoal.

— Bom, é bom que saibam ficar de boca fechada. — Desamarrei as duas bolsas de couro do quadril e as joguei para ele. — Tem duzentos aí. Você vai receber outros duzentos quando as velas estiverem prontas, e os últimos quatrocentos quando estiverem penduradas.

— Combinado.

Willa deu um passo na direção dele.

— Se não entregar, não preciso dizer o que vamos fazer com você.

O sorriso dele vacilou um pouco.

— Eu vou entregar.

Paj se levantou, colocando o copo vazio na mesa.

— Acho que estamos quites, então — disse ele.

Leo fez que sim, abrindo a porta.

— Já não era sem tempo.

Saímos para a rua, o peso das moedas ausente de meu cinto. Paj e Willa foram à frente, seguidos por Auster e eu.

— O que Paj fez por ele? — perguntei, falando baixo para apenas Auster ouvir.

Ele checou se Paj estava escutando antes de responder.

— Paj trabalhou em um navio na costa de Bastian antes de virmos para os Estreitos. A rota de comércio dele terminava em Ceros, e ele trouxe Leo às escondidas na carga quando o cara precisou desaparecer.

— Desaparecer de Bastian?

Auster fez que sim.

— Então ele era veleiro em Bastian.

— Não qualquer veleiro. Ele era o veleiro de Holland.

Parei no meio do passo, boquiaberta. Holland era a mesma mercadora que Willa dizia ter problemas com Zola. A mesma mercadora cujo dinheiro controlava o comércio de pedras preciosas.

235

— Ele perdeu a consideração dela. Era fugir de Bastian sem deixar vestígio ou enfrentar qualquer fim que Holland tivesse planejado para ele — contou Auster. — Ele pagou sessenta cobres para Paj levá-lo de navio para Ceros. Nunca tínhamos visto tanto dinheiro na vida, então ele aceitou. Mas todos os comerciantes e mercadores se recusavam a tocar nele quando chegou aos Estreitos, então ele montou uma loja de alfaiate.

Foi isso que Auster quis dizer quando falou que Leo não deveria nem existir. Ele tinha encontrado um menino desesperado para escondê-lo no bojo de um navio de carga e fugido. Até onde as pessoas de Ceros sabiam, ele era apenas um alfaiate.

— Então você está com Paj há muito tempo — falei, olhando para a frente.

Ele entendeu o que eu queria dizer. Eu não estava simplesmente perguntando havia quanto tempo se conheciam. Estava perguntando havia quanto tempo eles se amavam.

Um sorriso enviesado se abriu nos lábios de Auster, seus olhos encontrando os meus por um momento antes de fazer que sim. Mas então levou a mão distraidamente à manga da camisa, puxando-a sobre a tatuagem no braço, e uma sombra perpassou seu rosto.

Duas cobras entrelaçadas, uma mordendo a cauda da outra. Era o tipo de marca que significava algo, e formava o símbolo do infinito. Para sempre. Mas, até onde eu sabia, Paj não tinha uma.

— A tripulação sabe de vocês dois?

— Eles são os únicos.

E agora eu também sabia.

— É muito tempo para guardar segredo.

Ele deu de ombros.

— Sabe como é. É perigoso as pessoas saberem.

O pensamento me deixou feliz antes de me deixar triste. A ideia de que era possível encontrar amor nesse mundo, como Saint e Isolde, mesmo que tivesse que o esconder para proteger a pessoa amada. Sozinha em Jeval, eu vivia pensando que o amor não passava de folclore. E que minha mãe só tinha conseguido dar carne e osso ao sentimento porque não era como o resto de nós. Ela era mítica. Sobrenatural. Isolde parecia conectada ao mar de uma forma que ninguém mais era, como se o lugar dela fosse abaixo da superfície em vez de ali em cima, conosco.

Mas, na respiração seguinte, pensei em West.

Eu não tinha falado com ele desde que apertara sua mão, concordando com suas condições para me admitir. Eu dragaria para o *Marigold*, mas manteria distância.

West dissera que Saint havia ensinado tudo o que ele sabia. Era por isso que estava cheio de dívidas e mantendo um comércio paralelo. Embolsando dinheiro do orçamento e jogando homens em engradados no mar. Era preciso certa maldade para viver aquela vida. Saint me ensinara isso, mas só fui aprender de verdade em Jeval. Eu tinha feito muitas coisas perversas para sobreviver na ilha, mas não conseguia encontrar motivos para me sentir mal por nenhuma delas. Era como as coisas funcionavam. Talvez isso me tornasse ainda mais parecida com meu pai do que eu gostaria de admitir.

E, embora West tivesse dito de novo e de novo que não fazia favores nem corria riscos, no fim, havia feito as duas coisas. De novo e de novo.

Por mim.

TRINTA E TRÊS

OIS DIAS PARECERAM VINTE.

Mantivemos a discrição na cidade, bebendo uísque de centeio demais e dormindo até tarde para não chamar atenção enquanto Leo trabalhava noite e dia para finalizar as velas do *Marigold*. Mas eu sentia os olhos de Zola sobre nós nas docas. Ele não era idiota, e a tripulação do *Luna* ainda estava na nossa cola. Eles apareciam em toda taverna em que entrávamos, seus passos seguindo os nossos nas pontes e vielas.

Ele estava esperando a próxima jogada.

Mas ninguém podia adivinhar o que estava por vir. Dali a dois dias, o *Marigold* estaria ancorado no Laço de Tempestades, e traríamos o carregamento que quitaria a dívida de West com Saint. A tripulação estaria livre para descascar o brasão do chão do alojamento do timoneiro e, pela primeira vez, o *Marigold* não estaria em dívida com ninguém.

West se trancou em seus aposentos, recusando-se a sair do navio enquanto se recuperava; os ferimentos que a tripulação de Zola tinha deixado nele ainda cobriam quase todos os centímetros de seu corpo. Os hematomas tinham começado a amarelar, a pele se contraindo ao longo dos pontos, mas levaria semanas até ele recuperar a força completamente.

Leo estava sentado no alto do mastro, o lenço de seda listrado amarrado ao redor do pescoço balançando ao vento. Willa estava ao lado dele, segurando a vela enrolada nos braços. Desde o momento em que o sol se pôs e a névoa subiu, eles trabalharam, as mãos de Leo se movendo tão rápido nos cordames que era difícil até ver o que ele fazia. Quando dissemos que ele teria que pendurar as velas na escuridão absoluta para não ser visto, pareceu animado pelo desafio extra. Assim que o sol nascesse, sairíamos do ancoradouro a caminho do Laço de Tempestades.

Os outros já estavam esperando quando entrei no alojamento do timoneiro, o mapa que Saint tinha me dado firme em minhas mãos. West estava à cabeceira da escrivaninha e não deixei de notar que evitou me olhar nos olhos.

— Quase terminando — informei, fechando a porta.

West olhou para Hamish.

— Que mais?

Ele empurrou os óculos sobre o nariz com a ponta do dedo enquanto respondia:

— Cobrei todas as nossas dívidas. Precisou de um ou dois narizes quebrados, mas nos pagaram tudo, e isso deve garantir nossos custos até podermos negociar em Dern.

— E a carga?

— Eu e Auster descarregamos tudo de que não precisávamos. Tivemos que vender com prejuízo, mas, quando encontrarmos os mercadores de novo, vamos poder pagar para eles. Nunca vão saber o que perdemos na tempestade ou o que escoamos aqui em Ceros.

Levou um dia inteiro para tirar tudo do casco. O *Marigold* teria que viajar mais leve do que antes para atravessar o Laço de Tempestades sem afundar.

— Agora, só falta traçar a rota — disse Paj, olhando para o mapa em minhas mãos.

Hesitei, apenas por um segundo, sentindo o peso do momento sobre meus ombros. O *Lark* era a única coisa que eu tinha no mundo. Ao dá-lo para West, eu estava colocando minha vida em suas mãos. O pensamento fez meu estômago revirar, a batida do meu coração acelerando.

Paj estendeu o braço, e coloquei o mapa em sua mão antes de ele o desenrolar em cima dos outros espalhados sobre a mesa.

— Certo. Mostre o caminho.

Toquei as letras escritas que percorriam a margem e segui a linha da costa, lembrando-me do toque do pergaminho sob meus dedos. Elas subiam e se afastavam da costa, passando por Jeval e parando nas faixas finas de terra que cercavam uma à outra no meio do mar.

— Laço de Tempestades — disse West em voz baixa, se apoiando na mesa à minha frente.

Paj passou as mãos no rosto, suspirando.

— É lá que o carregamento está escondido? No Laço de Tempestades?

Fiz que sim.

— Você só pode estar brincando — murmurou Hamish. — O que tem lá?

— Pedras preciosas. Metais. Moedas. Tudo — respondi.

— Um naufrágio.

West olhou fixamente para o mapa.

— E como vamos chegar até ele? — Auster olhou para mim. — Há um motivo por que ninguém vai ao Laço. É uma armadilha mortal.

— A menos que você saiba se localizar — respondi.

West ergueu os olhos para mim, as mãos espalmadas na escrivaninha diante dele.

— *Você* sabe o caminho pelo Laço de Tempestades?

Não tirei os olhos dos dele enquanto desabotoava o casaco e o deixava cair dos ombros. O casaco caiu no chão, e arregacei a manga

240

da camisa. A cicatriz enrugada e inchada nos encarou em resposta, o vermelho-escuro sob a luz da lanterna. Coloquei o braço sobre a mesa, alinhando-o ao mapa.

Paj cobriu a boca com o punho.

— Quer dizer que...?

Hamish balançou a cabeça, incrédulo.

Apontei para o ponto mais à direita da cicatriz, embaixo do punho.

— É aqui.

— O que é aí? Você ainda não nos disse o que está lá embaixo — disse Auster.

Engoli em seco.

— O *Lark*.

Todos deram um passo para trás ao mesmo tempo, se afastando da mesa, um silêncio caindo sobre a passarela.

Encostei um dedo no centro dos recifes e outro no mar sobre Jeval, repetindo as palavras exatamente como eu tinha ouvido Clove dizer depois da tempestade.

— A tempestade que atingiu o *Lark* veio do norte. — Desci o dedo pelos recifes. — Ela o empurrou na direção do recife, mas depois virou. — Movi o dedo de volta ao mar. — Depois virou para o oeste. Arrastou o navio para cá, onde ele afundou. Ele está lá.

Encarei o pequeno atol situado no labirinto de recifes.

Hamish ergueu os olhos para West por sobre as lentes dos óculos.

— Se fizermos isso, acabou. Nossos laços com Saint vão ser cortados para sempre.

— Ele vai vir atrás de nós — falou Paj, preocupado.

— Não vai. — Hesitei. — O *Lark* pertence a mim.

— Pertence a você? Como?

— Ele me deu.

— Ele te *deu*? — repetiu Auster.

— É minha herança.

Todos me encararam. Todos menos West.

— Está a só doze ou quinze metros de profundidade.

West ficou em silêncio, seus olhos ainda percorrendo o mapa.

— Consigo levar a gente até lá — prometi. — Sei que consigo.

— Certo — disse West finalmente, e os outros pareceram aliviados, um sorriso nervoso em cada um de seus rostos. — Vamos dragar o *Lark* e vender o que der em Dern para encher o casco de moedas. Depois voltamos a Ceros para pagar Saint pelo *Marigold*.

— Se os demônios marinhos não nos pegarem primeiro — sussurrou Auster, seu sorriso se alargando.

Fazia mais de dois anos que o navio era tripulado por eles, mas nunca tinha sido deles. Nunca seria, se dependesse de Saint. Ele tinha enchido West de dívidas porque sabia que nunca conseguiria quitá-las. Ele não tinha motivo para achar que um dia perderia seu navio-sombra.

— É melhor sairmos daqui antes de toda essa cidade maldita começar a se perguntar o que estamos tramando — anunciou Paj, indo até a porta, Auster atrás dele.

— Um terço — disse West, ainda olhando para o mapa enquanto a porta era fechada.

— Certo. Um terço para os registros do *Marigold* e o resto...

— Não — interrompeu West —, ela vai ficar com um terço.

Hamish concordou.

— Mas por quê? — perguntei.

Pegar um terço do carregamento para mim significava que, depois das moedas para os registros oficiais, restaria apenas um terço para a tripulação dividir. Não era justo.

— Quando fizemos o acordo, você não me contou que era sua herança — justificou ele.

— Você não perguntou. É minha e posso fazer o que quiser com ela.

— Não precisa fazer isso — falou Hamish.

— Preciso, sim.

West soltou um longo suspiro.

— Você talvez nunca consiga uma chance como essa de novo, Fable.

— Eu sei. É por isso que não vou desperdiçá-la. — Torci para que ele entendesse do que eu estava falando. Que, embora eu tivesse dito que não devia nada a ele, eu devia, sim. E queria recompensar dez vezes mais. — Dois terços para os registros do *Marigold*, e vamos dividir o resto entre nós. Igualmente.

Enrolei o mapa e o guardei dentro do casaco.

West me analisou, o maxilar tenso como se estivesse criando coragem para dizer alguma coisa. Mas, bem quando ele abriu a boca, passos soaram no convés, vindo na direção da passarela.

— West! — Willa apareceu no batente, os olhos arregalados. — Estamos com problemas.

TRINTA E QUATRO

NÓS SEIS PARAMOS À AMURADA LADO A LADO, O ÚNICO barulho vinha dos ilhós sendo encaixados nas cordas.

Ao longe, tochas balançavam sob a arcada de ferro do ancoradouro abaixo de Ceros. A neblina tinha se dissipado sob o vento frio, expondo o esconderijo do *Marigold*.

— Então. — Willa suspirou. — Não é um bom sinal.

Ergui os olhos para o mastro de proa, onde Leo, que estava finalizando a última das velas novas, paralisou quando seus olhos pousaram no ancoradouro. A tripulação de Zola estava indo terminar o que tinha começado.

— O que é aquilo?! — gritou Leo.

As tochas estavam quase nas docas, e mal dava para distinguir a multidão de homens carregando-as. Um peso caiu como uma pedra dentro de mim quando me dei conta do que eles fariam.

Eles ateariam fogo no *Marigold*.

— Preparem-se! — gritou West, a voz ecoando enquanto ele corria para estibordo, onde Auster já estava destravando a manivela da âncora.

— Se você não sair do navio antes de zarparmos, vai com a gente! — gritei para Leo, que arregalou os olhos.

Ele tirou uma ferramenta de trás do cinto e voltou ao trabalho, prendendo o canto da última vela com as mãos trêmulas.

O estalo abrupto da manivela ressoou quando Auster e West ergueram a âncora, e corri para os cabos, desamarrando-os com um olho no ancoradouro. Zola tinha pensado que as velas arruinariam West, mas não. Restava apenas uma opção para dar um fim ao *Marigold* e a sua tripulação: ele teria que o afundar.

Leo desceu do mastro de proa, caindo com força demais no chão. Suas pernas cederam e ele tombou no convés, gemendo, antes de voltar a se levantar com a mão junto ao corpo.

Ergui os olhos para a lona branca, limpa e bem dobrada, com ilhós reluzentes.

— Estão prontas?

— Mais prontas, impossível!

Ele saiu mancando na direção da amurada.

— Ei!

Ele deu meia-volta, o saco de ferramentas ainda pendurado sobre o ombro.

— Quer seu dinheiro ou não quer?

Leo praguejou, voltando às pressas, e ergui o saco no alto dos degraus. Ele o pegou de mim antes de voltar correndo para a escada e desaparecer pela lateral.

Willa desatou as velas no mastro de proa, e o vento ficou mais forte, soprando do sul. Precisaríamos dele para sair do ancoradouro antes que aquelas tochas encostassem no convés.

Depois que os cabos estavam soltos, pulei do mastro com as cordas enroladas nos punhos. As velas se abriram com um único movimento suave, e pousei com firmeza, erguendo os olhos para os contornos brancos ondulados em contraste com o céu preto. Eram lindas, com uma estrutura de hastes de madeira enverniza-da que se abriam do canto inferior como duas asas, prontas para levantar voo.

Hamish pegou as cordas de mim e pulei pela lateral, descendo a escada para a doca. Com as velas abertas e a âncora içada, o *Marigold* já estava à deriva. Soltei os cabos de atracação da primeira estaca, que bateram no casco enquanto Paj os enrolava.

Gritos soaram atrás de mim, e comecei a mexer na segunda estaca, mas o nó da corda estava muito forte. Encaixei os dedos no laço e joguei o peso para trás, puxando com toda a força e gritando:

— Vamos lá!

A corda se soltou, e caí de costas, acertando o chão com tanta força que o impacto fez meus pulmões se comprimirem. A tripulação de Zola já estava em nossa baia, correndo em minha direção. Engatinhei de volta à estaca, desenrolando os cabos, e Paj os puxou para cima, mas o navio já estava longe demais. Eu não conseguia alcançar a escada.

— Fable! — gritou Willa quando cheguei à beira da doca, balancei os braços para trás e me lancei, saltando na direção dos degraus.

Agarrei as cordas e atingi o casco, minhas botas roçando na água, mas o clarão de uma tocha já estava voando por cima de mim.

— Escala! — gritou West, que apareceu na amurada, esticando a mão para mim.

Subi a escada balançante e, quando estava no meio do caminho, ela foi puxada e esticada, quase me arremessando de lá. Embaixo de mim, um homem tinha se segurado ao último degrau. Ele tomou impulso na água e agarrou minha bota, puxando-me para baixo. Chutei até meu calcanhar acertar o maxilar dele e ele soltar um gemido, mas continuou subindo. Encaixei os cotovelos nas cordas e grunhi, tentando me segurar apesar do peso dele enquanto eu levava os dedos ao cinto, mas não adiantou. Não conseguia alcançar minha faca e, se soltasse a corda, eu cairia.

Uma sombra surgiu no alto e um corpo caiu pelo ar, mergulhando no mar embaixo de nós. Quando olhei para baixo, West emergiu na água preta. Ele nadou de volta na direção do navio enquanto o homem me puxava pela camisa.

West subiu pelo lado oposto, entre o navio e a escada e, quando ficou cara a cara comigo, passou a mão ao redor da minha cintura, tirando a faca do meu cinto. Ele deu uma volta larga com o braço, descendo a lâmina pelo lado, e a cravou nas costelas do homem, que gritou, tentando me agarrar antes de escorregar, mas West deu um chute no peito dele, fazendo-o voar para trás.

A escada balançou, e encostei a cara nas cordas, tentando tomar fôlego enquanto meus braços tremiam.

— Tudo bem? — perguntou West, passando a mão entre as cordas e tirando meu cabelo do rosto para ver como eu estava.

Eu me virei, o porto ficando para trás, as silhuetas de pelo menos uns dez homens parados na doca. Ao descobrir a respeito das velas, Zola enviara a tripulação atrás de sangue. Pela manhã, todos os mercadores de Ceros saberiam que tínhamos conseguido sair do porto. E, depois da tentativa pública de colocar a tripulação do *Marigold* em seu devido lugar, a humilhação se voltaria contra Zola.

Ao longe, o *Luna* estava ancorado sem uma única lanterna acesa no convés. Mas permaneceu ali, vigiando. Devia estar. E, agora, não era um inimigo apenas de West. Era meu.

O fulgor de algo na costa me fez erguer os olhos para as sombras da Orla, onde o azul de um casaco praticamente brilhava no escuro.

Saint.

Ele estava apoiado no poste da rua, imóvel, exceto pela barra do casaco soprando ao vento. Eu não conseguia ver seu rosto, mas sentia seus olhos em mim. E, se ele estava espreitando, era porque sabia. Seu próprio cobre tinha pagado pelas velas que estavam estendidas sobre o *Marigold*, levando-nos mar afora. E não importava quem eu era ou o que havia acontecido entre nós. Pela primeira vez em minha vida, estávamos em lados opostos.

— Fable. — A voz de West me tirou desse pensamento, e pisquei, encontrando seu rosto diante de mim de novo.

Água do mar ainda escorria por sua pele, suas mãos apertando as cordas embaixo de mim, onde a lâmina ensanguentada de minha faca refletiu o luar entre nós.

— Tudo bem? — perguntou de novo.

Fiz que sim, olhando para seu rosto e deixando a calma em seus olhos me estabilizar. A mesma expressão que estava sempre lá. Desde que saímos de Jeval, tínhamos atravessado uma tempestade que quase nos devorou, e Zola quase o tinha matado antes de desmantelar e quase afundar o *Marigold*. Nada nunca parecia abalá-lo.

— Tudo — respondi.

Ele acenou com a cabeça, encaixando a faca úmida de volta em meu cinto.

— Então volte logo para o navio.

TRINTA E CINCO

O SOL BRILHAVA SOBRE O MAR EM UM RAIO SINUOSO A leste, como uma lanterna iluminando nosso caminho.

Parei à proa com Auster, amarrando as armadilhas de caranguejo em cestos de alagem que poderíamos usar para trazer a carga do *Lark*. Fiz um nó, observando a água calma, os sons de navegação tocando cada memória que eu tinha de antes de Jeval. Meu pai debruçado sobre os mapas, um cachimbo na boca e um copo de uísque de centeio na mão. O barulho de cordas na água e o brilho da luz sobre o convés reluzente.

Ergui os olhos para o mastro, onde minha mãe estaria, deitada nas redes acima do resto de nós. Ela contava histórias de quando havia mergulhado nos recifes remotos nos confins do mar Inominado, mas nunca me falou da sua vida em Bastian ou da época em que trabalhou para Zola antes de se juntar a Saint. Nunca tinha nem me contado o que a havia levado aos Estreitos. E, desde que me sentei ao outro lado da mesa de Saint na taverna de Griff, estava arrependida por não ter feito mais perguntas sobre ela.

Na primeira vez que Isolde me levara para mergulhar, eu tinha 6 anos. Meu pai estava esperando no tombadilho superior do *Lark* quando voltamos à superfície, aquele sorriso raro se erguendo em um lado do rosto abaixo do bigode. Ele me ergueu sobre a amurada e pegou minha mão, guiando-me para o alojamento do timoneiro onde me servira meu primeiro copo de uísque de centeio. Naquela noite, dormi na rede da minha mãe, abraçada nela enquanto o vento soprava contra o casco.

O Laço de Tempestades era o último trecho de água antes do mar Inominado e um dos lugares favoritos das tormentas que o haviam transformado em um cemitério. Eu sentira os Estreitos se alargando ao nosso redor, fazendo o *Marigold* parecer pequeno na vastidão do mar. Em pouco tempo, cruzaríamos seu limite, deixando-nos sem nenhuma terra acessível.

Paj surgiu na passarela com seus instrumentos, tirando o oitante da caixa com cuidado antes de começar a tomar notas no caderno aberto sobre as pilhas de corda. Eu o observei mover os braços suavemente até a luz refletir perfeitamente no espelho.

— Quanto tempo? — perguntei, deixando a armadilha a meus pés.

— Devemos chegar pela manhã se o vento voltar a ficar mais forte.

Forcei a vista contra a luz para ver Auster no alto do mastro principal, uma nuvem de albatrozes voando ao redor dele enquanto tirava outra perca do balde.

— Qual é a dos pássaros, afinal? — perguntei.

Paj ergueu os olhos, um sorriso suave se abrindo nos lábios antes de ele rir.

— Ele gosta deles.

— Parece que eles também gostam dele — comentei.

Ele trabalhou por mais alguns minutos antes de abrir a caixa e guardar o oitante.

— Você estava mesmo no *Lark* quando afundou? — perguntou Paj de repente, guardando o caderno no colete.

Fiz que sim e contemplei as nuvens em rosa e roxo, o sol parecendo crescer e inflar à medida que descia pelo céu. Não sabia se eles tinham ouvido histórias daquela noite, mas eu é que não as contaria. Era uma narrativa que eu tinha medo de ganhar vida dentro de mim se falasse em voz alta. Havia uma distância entre a menina que eu era, no convés do *Marigold*, e a que havia pulado do *Lark* nos braços de Clove.

West subiu os degraus da passarela, arregaçando as mangas da camisa até os cotovelos. Ele e Willa trabalhavam no casco desde que saímos de Ceros, cuidando dos últimos estragos da tempestade que não conseguíramos pagar reparadores para resolver. Ele não tinha dito uma palavra para mim desde que zarpamos. Nem olhado em minha direção.

— Deixa eu ver — pediu, parando ao lado de Paj.

Paj obedeceu, voltando a tirar o livro e abrindo-o na última página em que havia escrito. Os olhos de West perpassaram os números devagar, e uma mecha de seu cabelo se soltou, soprando no rosto.

— Vamos lançar âncora enquanto o vento está fraco. Para compensar o tempo.

Paj fez que sim.

— E os engradados? — perguntou West a Auster, embora fosse claramente minha função.

— Prontos — respondeu Auster por mim.

— Verifique os nós de novo.

E, mais uma vez, ele não olhou em meus olhos. Rangi os dentes. Dei a volta pelo mastro.

— West... — chamei.

Mas ele me deu as costas, atravessando o convés rumo à passarela. Eu o segui até o alojamento do timoneiro, onde ele começou a trabalhar com a bússola sobre o mapa, comparando as medições de Paj com as suas. Contorceu a boca, mordendo a bochecha.

— Qual é o problema? — eu quis saber. Parei ao lado dele, olhando para os pergaminhos.

— Nada — respondeu West em um suspiro, soltando a bússola.

Eu o observei, esperando.

Ele pensou por um momento antes de dar a volta para o outro lado da escrivaninha, encostando o dedo no mapa.

— Isto.

A curva que ficava no centro do Laço de Tempestades era um ângulo reto abrupto, uma manobra difícil para qualquer navio maior do que um barco de pesca. Exigiria uma precisão exata para passar.

— Existe alguma maneira de contornar? — perguntou, estudando os recifes.

— Acho que não — respondi. — Não sem raspar o fundo.

— Vai ter que ser perfeito — murmurou ele.

— Então vai ser.

West se apoiou nas duas mãos, os músculos dos braços surgindo sob sua pele dourada.

— Precisamos estar de volta em Dern em poucos dias para concluir essa venda sem ninguém desconfiar.

Ele estava certo. Teríamos que ser rápidos, mas, se os cálculos de Paj estivessem certos, conseguiríamos trazer o carregamento a bordo do *Marigold* antes do fim do dia.

— Foi assim que ele conseguiu, não foi? — perguntou West e sentou na cadeira, erguendo os olhos para mim.

— O quê?

— O Laço de Tempestades. Foi assim que Saint construiu a fortuna dele e começou o negócio.

— Foi — respondi. — Ele passou anos mapeando o Laço antes de criar sua primeira rota. Usou o dinheiro que ganhou dragando naufrágios para comprar seu primeiro navio.

West ficou em silêncio, como se estivesse imaginando. Como se estivesse se vendo na pele de Saint.

A corrente de pedras de serpente brancas tilintou ao balançar na janela aberta atrás dele.

— Você acha mesmo que elas trazem sorte? — perguntei.

Ele pareceu achar graça.

— Funcionaram até agora.

A expressão em sua boca mudou, erguendo-se de um lado, e eu ouvi uma resposta silenciosa em suas palavras, mas não sabia distingui-la.

Peguei a pedra branca no canto de sua escrivaninha.

— O que é isto?

— É da Orla.

— Ah.

Eu a coloquei de volta, sentindo-me subitamente envergonhada. Ele ergueu os olhos para mim.

— Saint a deu para mim quando assumi o *Marigold*. Para me lembrar de onde vim.

Eu me sentei na beira da escrivaninha, com um sorriso incrédulo. Saint queria que West se lembrasse de onde veio. E, por algum motivo, West a tinha guardado.

— Sei que você sabe que Willa é minha irmã — disse ele, a voz dura outra vez. — E sei que foi ver nossa mãe.

Tentei ler sua expressão, procurando algum resquício da raiva que normalmente iluminava seu rosto. Mas West ainda olhava para mim cheio de palavras não ditas.

— Não foi minha intenção. Eu não sabia onde estávamos...

— Não importa.

Ele apoiou os cotovelos na escrivaninha, coçando o queixo, e me perguntei por que dissera aquilo. Importava, sim. Devia ser uma das poucas coisas realmente importantes para ele.

— Como vocês esconderam isso dos outros por tanto tempo?

— Talvez eles saibam, mas não vão comentar. Não fazem perguntas. E Willa e eu concordamos há muito tempo que nunca contaríamos para ninguém que nos conhecíamos.

Acenei com a cabeça. Contar a alguém que Willa era sua irmã era dar à pessoa poder sobre West. E Willa. Era o mesmo motivo por que ninguém fora daquele navio sabia de Auster e Paj.

— Willa tinha mais chances na tripulação de um navio do que na Orla, então fiz acontecer — disse West, como se tivesse que justificar, como se soubesse o que isso tinha custado a ela.

— E seu pai? — perguntei, com a voz baixa.

Aí eu já estava abusando. E nem sabia ao certo por que havia perguntado exceto que realmente queria saber.

— Vamos perder a luz em poucas horas — desconversou ele, e se levantou para abrir o baú encostado na parede.

— O que mais precisa ser feito? Eu ajudo.

Ele olhou para mim por sobre o ombro e, por um momento, pensei que estava sorrindo.

— Eu cuido disso.

West tirou do baú uma espátula larga e plana, encaixando o cabo no cinto.

Se ia usar aquela ferramenta, era porque limparia o casco. Cracas, mexilhões, algas marinhas e diversas outras criaturas se abrigavam no fundo de navios, criando sua própria espécie de recife itinerante. Mas, no Laço, não poderíamos nos dar ao luxo de enganchar em nada. Precisávamos que o casco deslizasse facilmente sobre o fundo do mar.

Era um trabalho nojento e entediante. Que West achava que eu não conseguiria, ou que me recusaria a fazer.

— Está preocupado com o calado? — perguntei.

A profundidade em que o navio ficava na água era a primeira coisa que poderia nos afundar nos recifes. Mas o casco do *Marigold* estava vazio e, com as velas novas, movia-se suavemente pelo mar.

— No momento, estou preocupado com tudo.

A tampa do baú foi fechada, e ele tirou a camisa, crispando-se com a dor que disparou pelo corpo quando levantou os braços. Ele jogou a camisa para o catre antes de passar por mim, saindo para o convés.

Fiquei olhando para o batente aberto, pensativa, antes de ir atrás dele. Quando cheguei ao corredor, West subiu na amurada e pulou, desaparecendo pela lateral. Ouvi o barulho de seu mergulho e olhei para trás, pela porta aberta de seu alojamento, observando a pedra branca no canto da escrivaninha.

Voltei a entrar na passarela, girando a fechadura do armário na parede e vasculhando as prateleiras até encontrar outra espátula e um macete.

Willa me observou do tombadilho superior enquanto eu descalçava as botas e subia na amurada, enchendo o peito de ar. Pulei, caindo no mar com os braços para cima e as ferramentas nos punhos. A água se agitava ao meu redor, e me virei, girando sob a superfície até avistar West, flutuando perto da popa na vastidão azul que se estendia ao nosso redor. Longas faixas de alga marinha se estendiam sob o navio e as mãos dele pararam no casco enquanto eu nadei até lá.

Os chiados e estalos dos mexilhões aderidos ao navio ressoavam ao nosso redor, e assumi o lugar ao lado de West, encaixando a espátula na crosta de cracas e acertando-a com o macete. Ela se despedaçou, irrompendo em uma nuvem branca antes de flutuar para baixo nas profundezas sob nós.

Ele me observou trabalhar por um momento antes de voltar a erguer as ferramentas. West não se abriria para mim, como os outros. Tinha me dito isso ao votar em mim. Mas, para fazer parte da tripulação, eu precisava encontrar um jeito de fazê-lo confiar em mim.

Mesmo que isso significasse quebrar mais uma das regras de Saint. *Nunca, em hipótese alguma, revele o que ou quem é importante para você.*

Eu assumi um risco ao pular na água. Estava oferecendo minha mão. Não me importava apenas com o *Lark,* ou com entrar para uma tripulação. Eu me importava com West. E estava com cada vez menos medo do que ele poderia fazer se soubesse disso.

TRINTA E SEIS

O LAÇO DE TEMPESTADES SE ERGUEU SOBRE A ÁGUA CALMA como as cristas de dragões submersos.

Paj estava na proa, um sorriso largo no rosto, a luz matinal refletida em seus olhos. Seus cálculos tinham sido precisos, acertando até a hora, e avistamos os recifes bem quando o sol raiou no horizonte. O labirinto se estendia por quilômetros, a água tão cristalina que a areia no fundo parecia tremeluzir.

Willa, Auster e Hamish estavam a bombordo, lado a lado, e um silêncio caiu sobre o navio, deixando o *Marigold* plácido. Ergui os olhos para West, que estava sozinho no tombadilho superior, de braços cruzados e gorro puxado quase até os olhos.

Cobrindo seu rosto estava a mesma expressão impossível de interpretar que eu via desde que saímos de Ceros. E foi só então que comecei a enxergar por baixo dela.

West estava à beira de algo. Em uma questão de horas, tudo mudaria. Para ele. Para a tripulação. Quando chegaram a Jeval, atravessando aquela tempestade, não sabiam aonde aquele dia os levaria.

Não sabiam que, ao aceitar me dar passagem, os ventos estavam mudando.

Muita coisa nesse mundo não poderia ser prevista. Mesmo assim, todos sabíamos exatamente como ele funcionava. De repente, West tinha opções que talvez pensasse que nunca viria a ter. E isso era suficiente para emocionar até os mais insensíveis nos Estreitos.

Paj assumiu o leme, virando na direção do vento, e o caminho do *Marigold* se angulou até as velas baterem acima de nós. Quando o navio começou a perder velocidade, ele deixou os raios girarem sobre seus dedos para um lado e depois para outro para que o timão rodasse sobre os gonzos em movimento lateral. Em instantes, o navio ficou lento.

— Por onde entramos? — gritou Paj para West.

West estudou o recife à frente antes de olhar para mim por sobre o ombro. Subi os degraus para o tombadilho superior e fui até a amurada, tirando o mapa de dentro do casaco. Eu o desenrolei diante de mim e West pegou um lado, firmando-o.

Seus olhos perpassaram o pergaminho antes de apontar para a abertura no recife à nossa esquerda. Os cumes se erguiam sobre a superfície de maneira desigual antes de desaparecerem, criando uma abertura.

— Depois que entrarmos, não tem como voltar atrás. Não até chegarmos ao atol — disse ele, quase que para si mesmo.

Segui nosso trajeto no mapa, entendendo o que ele queria dizer. Não haveria lugar largo o bastante para virar até chegarmos ao *Lark*. Se encalhássemos, estaríamos presos, sem ter como sair do Laço.

— Suba, dragadora!

Auster ergueu os olhos para mim do convés principal, com Willa ao seu lado.

— Está pronta? — A voz grave de West soou ao meu lado, e ergui os olhos, encarando os dele.

De repente, fui tomada pela necessidade de saber que ele acreditava que eu era capaz. Que conseguiria cumprir minha promessa. A todos eles. Eu tinha achado que ele não confiava em mim, mas o que estava fazendo exigia toda a sua confiança. Ele estava colocando o destino da tripulação e do *Marigold* em minhas mãos.

— Estou — respondi em um sussurro.

West enrolou o mapa e me seguiu pelos degraus do tombadilho superior. Fui até o mastro principal, segurando os apoios para as mãos e inspirando fundo antes de começar a subir. Meu coração batia de maneira irregular no peito enquanto eu subia cada vez mais, em meio ao vento.

West pegou o leme de Paj, erguendo os olhos para mim enquanto me apoiava nas cordas e olhava o Laço de Tempestades. Na última vez que eu tinha visto o Laço, estava turbulento por causa da tempestade que afundou o *Lark*. Agora, cintilava sob o céu azul límpido, como se não contivesse os cadáveres de inúmeras tripulações sob a superfície. As águas verde-azuladas estavam cheias de barreiras de recife escarpado, passagens serpenteando sob sua fachada em veias infinitas. Era um labirinto, cujo percurso só eu sabia.

Arregacei a manga da camisa até o cotovelo e estendi o braço diante de mim. A cicatriz era um retrato quase perfeito das artérias do recife, e fiquei maravilhada pela capacidade de Saint de traçá-lo de cor. Ele tinha velejado por aquelas águas tantas vezes que não precisava de um mapa para cortar seu caminho em minha pele.

Meus dedos tremeram quando eu ergui a mão no ar. O vento morno passou por entre eles enquanto eu media a abertura do Laço lá embaixo.

— Rume a estibordo!

Sem hesitar, West virou o leme, e Hamish, Auster e Willa rizaram as velas, deixando os bolsões tensos de modo que o *Marigold* flutuasse devagar. Nós nos movemos na direção da embocadura do recife, e Paj se debruçou sobre a proa, observando-a cortar a água rasa.

Fiz o mesmo, calculando a lateral do navio contra o recife.

— Siga reto!

West guiou o navio para dentro do Laço, e caiu um silêncio, um calafrio perpassando minha pele como a vibração no ar antes de cair um raio. O Laço de Tempestades tinha levado mais navios do que se imaginava. Ao longe, mais de um mastro saía da água. Mas o céu ainda estava claro; o movimento da água, calmo.

Olhei para minha cicatriz, seguindo seus contornos até onde surgia a primeira bifurcação.

— Vire a bombordo, West. Cinco graus.

Ele inclinou o leme gentilmente até estarmos cortando a leste, apenas o suficiente para entrarmos na veia seguinte, e o recife se estreitou.

— Cuidado! — gritou Paj da proa, de olho nas profundezas cada vez mais rasas.

Fomos avançando devagar, passando por afloramentos rochosos de ambos os lados, nos quais aves marinhas pousavam com as patas na água, bicando seu café da manhã nos corais. Cardumes de peixes giravam como nuvens de fumaça sob a superfície, abrindo caminho à medida que o navio avançava e o recife se alargava de novo antes da próxima ruptura.

— Vire a estibordo. Quinze graus — falei, tentando parecer decidida.

West deixou os raios girarem apenas um pouco, e o mastro vibrou sob minhas mãos enquanto a quilha deslizava ao longo do fundo arenoso. Do mastro de proa em que estava sentada, Willa encontrou meus olhos, e tentei acalmar o coração acelerado, cerrando o punho para aquietar o tremor. Bastava uma pedra enterrada para perfurar o casco. Mas, lá embaixo, West parecia calmo, as mãos leves e cuidadosas no leme.

Olhei para trás, para o mar aberto. Estávamos bem no meio do Laço. Se chegasse uma tempestade, seria nosso fim. Medo cantou silenciosamente em meu sangue, tentáculos invisíveis me envolvendo e apertando enquanto encontrávamos uma bifurcação após a outra no recife.

— Está chegando — anunciei, olhando para a curva fechada à frente.

Nossa velocidade era boa, mas tudo se resumiria ao momento perfeito e à direção do vento. Se virássemos muito antes, rasparíamos a estibordo. Tarde demais, e bateríamos a proa bem no meio da ponta afiada do recife.

— Devagar...

Estendi a mão para West, erguendo os olhos para a vela sobre minha cabeça enquanto o vento mudava de direção de repente, uma rajada subindo da água abruptamente. O sopro nos empurrou para a frente, enchendo as velas, e o *Marigold* virou.

Rápido demais.

— Rizem as velas! — gritei.

Hamish, Auster e Willa soltaram os cabos e o navio ficou mais lento. Mas era tarde demais. Estávamos perto demais.

— Agora, West!

Abracei o mastro e me segurei enquanto ele deixava o leme girar.

— Baixar âncora! — gritou ele para Paj, que já estava destravando a manivela.

Para não batermos no recife, precisávamos que a âncora nos detivesse. Os outros baixaram as velas em uníssono, e Paj chutou a alavanca da âncora, fazendo-a mergulhar na água.

O *Marigold* se inclinou, a popa balançando enquanto girávamos a estibordo. Um som como trovão estourou embaixo de nós enquanto o casco raspava na barragem, e Paj correu para o lado, batendo na amurada enquanto espiava o lado de fora.

Apertei bem os olhos, todos os músculos se contraindo ao redor de meus ossos, meu coração na garganta.

— Está tudo certo! — informou Paj, com uma gargalhada de pânico.

Ergui os olhos para o céu, ofegante, enquanto lágrimas quentes brotavam em meus olhos.

Hamish desceu para ajudar Paj a levantar a âncora de volta, e West encostou a testa no leme, soltando um suspiro profundo.

Mas ainda estávamos nos movendo. Examinei a cicatriz, meus olhos perpassando os recifes lá embaixo enquanto as velas voltavam a inflar. Meu coração ficou apertado dentro do peito, um nó se formando na garganta quando chegamos ao fim da passagem seguinte.

A abertura entre os cumes parou no meio de um semicírculo de recife: o atol. E lá, embaixo das águas azuis cor de joia que reverberavam como vidro, uma sombra tênue tremeluziu.

O *Lark*.

TRINTA E SETE

PUXEI O CABELO PARA O ALTO DA CABEÇA E O AMARREI enquanto Auster empilhava os cestos encostados na amurada diante de mim.

O *Lark* estava a apenas cerca de doze metros abaixo de mim, e imaginei que levaria quase um dia inteiro de mergulho para tirar o que viemos buscar. O sol estava quase a pino, e seria impossível nos orientar para sair do Laço no escuro, então tínhamos que ser rápidos, para não passar a noite no atol.

Paj conferiu o gancho imenso de ferro na ponta do cabo e o pendurou pela lateral. A corda se desenrolou enquanto caía, mergulhando no fundo do mar e tensionando na água.

O peso familiar de cinto ao redor da minha cintura acalmou meu nervosismo. A única coisa com que não havíamos contado era a possibilidade de, nos últimos quatro anos, outra pessoa ter encontrado o *Lark*.

Verifiquei minhas ferramentas, passando os dedos duas vezes por alicates, cinzéis, macete e martelo. Eu só precisaria deles se algo tivesse ficado preso ou enterrado pelo naufrágio, e eu torcia para que não fossem necessários. Eu precisava de todos os minutos de luz do sol para colocar a carga nos cestos e levá-los a bordo.

Como a água era cristalina, podia ver o mastro principal do Lark logo abaixo da superfície, e pisquei para afastar a imagem da minha mãe no alto dele, observando a lua. Pensar nela me deu um frio na barriga, a sensação de seu toque como um sopro em minha pele. Senti um calafrio, voltando a olhar dentro d'água. Algo na calmaria dava a impressão de que ela ainda estava lá embaixo.

West saiu do alojamento enquanto Auster passava o último cesto por sobre a lateral. Ele deixou um cinto cair no convés ao meu lado, tirando a camisa. Segui com os olhos o mosaico de pontos em sua pele. Eles se somavam à coleção de cicatrizes que já estavam mapeadas pelo seu corpo.

— O que você está fazendo?

Olhei para o cinto ao lado de meus pés descalços, confusa. Ele descalçou as botas.

— Vai ser mais rápido em dois.

Ergui os olhos para Willa e os outros, mas eles não pareciam nem um pouco surpresos ao ver West prender um cinto de dragagem na cintura.

— Você nunca me contou que dragava — falei, olhando fixamente para ele.

— Tem muitas coisas que não te contei.

Ele abriu um sorriso largo e enviesado que ergueu um canto da boca, onde uma covinha apareceu.

Baixei os olhos, o calor súbito esquentando a pele das minhas bochechas. Notei que nunca o tinha visto sorrir. Nenhuma vez. E não gostei do que senti ao vê-lo assim. Ou gostei. Eu não queria discernir a diferença entre as duas coisas.

Ele prendeu a fivela do cinto distraidamente, como se já tivesse feito isso uma centena de vezes. Eu nunca tinha ouvido falar de um timoneiro que dragava. Mas esse não era um navio qualquer, nem uma tripulação qualquer. Seus segredos pareciam não ter fim.

Eu me apoiei na amurada e subi, equilibrando-me na lateral do navio para me levantar sob o vento morno. West subiu ao meu lado, e baixei os olhos para a água diante de nós, onde as cordas desapareciam.

— Gostaria de propor que a tripulação reconsiderasse minha posição como um amuleto de azar — gritei para Willa, sorrindo.

Ela riu, apoiando-se no mastro.

— Vamos votar, dragadora.

Ergui os olhos para West, perguntando em silêncio se ele estava pronto. Para o *Lark*. E para tudo que viria depois.

Em seus lábios se abriu o mesmo sorriso que estava lá no convés e, juntos, descemos da amurada, caindo pelo ar antes de mergulharmos no mar. Submergi, batendo as pernas para não afundar com o peso das ferramentas, com West ao meu lado.

Ele jogou o cabelo para trás do rosto, erguendo os olhos para Willa e os outros, que nos espreitavam do *Marigold*.

Inspirei fundo para encher o espaço entre as costelas e forcei o ar a sair, alongando os pulmões até arderem dentro de mim. O sangue esquentou em meus braços e pernas, e continuei fazendo isso até conseguir segurar a quantidade de ar de que precisaria.

West esperou até eu acenar para ele antes de jogar a cabeça para trás para inspirar o ar, e fiz o mesmo, enchendo primeiro a briga, depois o peito, e puxando um último silvo na garganta.

Ele desapareceu sob a superfície e o segui, mergulhando atrás dele. Quando vi, estendi as mãos para pairar diante da imagem. Ele estava embaixo de nós, a fenda no casco parcialmente enterrada na areia macia e pálida, e a proa do navio apontando para o céu. Mas o resto do navio era exatamente como eu lembrava.

O *Lark*.

O lugar onde acabava a história da minha mãe. O lugar onde começava a minha.

West olhou para ele e depois para mim.

Hesitei por um momento antes de descer, batendo as pernas em direção à popa do navio, e a pressão foi aumentando ao meu redor, meus ouvidos se entupindo quanto mais fundo descíamos. O recife que cercava o naufrágio estava cheio de vida, cardumes de peixes brilhantes girando um ao redor do outro e se espalhando em todas as direções. Nadamos dentro de uma nuvem de peixes-borboletas e a luz do sol se refletiu em suas escamas iridescentes, cintilando como estrelas no crepúsculo. Parei, estendendo a mão para tocar neles com a ponta dos dedos enquanto passavam.

Sorri, voltando-me para West. Ele era um corpo dourado flutuante diante do azul infinito, observando-me antes de estender a mão e fazer o mesmo. Os peixes giraram ao redor dele como chamas de prata antes de avançarem, deixando-nos.

Nadamos o resto do caminho até o navio e o brasão de Saint ficou visível, a tinta que exibia a vela branca triangular quase completamente apagada. Mas a onda se quebrando ainda estava lá, pintada na madeira com o mesmo azul vívido de seu casaco. Encostei a mão nela ao passarmos nadando e, quando chegamos ao convés, minha pele gelou.

O leme coberto de algas continuava intocado, como um fantasma. Eu quase conseguia ver meu pai atrás dele, suas mãos grandes pousadas nos raios. O mastro quebrado se assomava no alto, e a luz do sol oscilava sobre a superfície ao longe, onde lá no alto flutuava a sombra do *Marigold*.

Segui em frente, flutuando na direção dos degraus que levavam para baixo do convés, a viga de madeira caída onde antes ficava pendurada sobre o corredor. Nadamos para dentro da escuridão, passando pelas portas que cercavam o longo corredor, a caminho de uma que ficava no finzinho.

A água se turvava com sedimentos quando alcançamos o final do corredor. Tentei abrir a porta, mas estava emperrada, a madeira inchada emperrando no batente. West apoiou as costas na parede do corredor e chutou até ela ceder, abrindo-se diante de nós.

Raios de luz do sol atravessaram o portão de carga, feixes esmeralda cintilantes iluminando pilhas de engradados tombados e barris derrubados. Flutuei sobre eles, a caminho do canto de trás. Os cofres ainda estavam lá, parafusados à parede, e eu os sentia como um coro de mil vozes. As pedras cantando em uma harmonia que me envolvia como o sopro de vento.

Espanei a areia até ver o brasão do meu pai cravejado de pérola na madeira alcatroada preta. Escolhi a gazua menor do cinto atrás de mim e tateei a fechadura sob a luz fraca. Precisei de apenas algumas tentativas antes de o mecanismo estalar, e encaixei os dedos embaixo da tampa, erguendo os olhos para West antes de abri-la.

De repente, quis poder falar. Quis poder dizer alguma coisa. Qualquer coisa. Lá embaixo, nas profundezas, com o *Marigold* flutuando no alto, era sereno. Sem Saint nem Zola, nem Jeval. Sem segredos nem mentiras, nem meias-verdades. Lá embaixo, éramos apenas dois mortais em um mundo de cabeça para baixo.

O único mundo a que eu já havia pertencido.

O olhar de West encontrou o meu, e pisquei devagar, torcendo para me lembrar disso para sempre. Exatamente assim, seu cabelo pintado pelo sol balançando sob a luz verde e a completa calmaria do mar. Abri um sorriso para ele antes de voltar a olhar para o cofre, erguendo a tampa com um rangido. Mas a mão de West me impediu, mantendo o baú fechado.

Seus dedos calejados deslizaram sobre a madeira antes de se entrelaçarem nos meus devagar, tirando minha mão dali. Paralisei, meu coração assumindo um ritmo irregular, a sensação de seu toque subindo por meu braço e se espalhando como o toque de sol em minha pele.

Ele olhou para mim com cem histórias iluminadas por trás de seus olhos.

Então foi chegando mais perto. O ar queimou em meu peito quando as mãos de West se ergueram e tocaram meu rosto. A ponta de seus dedos deslizando em meu cabelo enquanto ele me puxava e, antes que eu pudesse pensar no que estava acontecendo, seus lábios tocaram os meus.

E desapareci. Fui apagada.

Cada dia em Jeval. Cada noite dentro do *Lark*. Tudo se extinguiu, deixando apenas o zumbido das profundezas. Deixando apenas West e eu.

Bolhas subiram entre nós quando abri a boca para sentir o gosto de seu calor, e o mar inteiro ficou em silêncio. Cresceu. Eu o beijei de novo, encaixando os dedos em seu cinto e tentando puxá-lo mais para perto. Tentando senti-lo na água fria. Quando abri os olhos, ele estava olhando para mim. Cada ponto dourado no verde tremeluziu, os ângulos de seu rosto se suavizando.

Seus braços deslizaram ao meu redor, e me encolhi junto a ele, encontrando o lugar abaixo de seu queixo, e ele me abraçou. Tão apertado. Como se estivesse me impedindo de me desfazer. E estava. Porque aquele beijo abriu algum céu de noite escura dentro de mim, com estrelas, luas e cometas flamejantes. A escuridão foi substituída pelo fogo ardente do sol que corria sob minha pele.

Porque a verdade enterrada lá no fundo, escondida sob tudo que meu pai me ensinou, era que eu já tinha desejado mil vezes tocar em West.

TRINTA E OITO

SAÍMOS DO LAÇO LOGO ANTES DO PÔR DO SOL, COM VENTOS suaves e céu aberto.

Auster tirou a alga que estava colada nos cantos do último cesto e a jogou no mar antes de abri-lo. Dentro estava empilhado com cuidado o último dos baús pequenos.

Trancei o cabelo úmido por sobre o ombro, sentindo os olhos de West em mim por apenas um momento antes de ele desaparecer no corredor. Assim que saiu, eu me virei para a água, tocando a boca com a ponta dos dedos enquanto um formigamento ressurgia em minha pele.

Desde que voltamos ao navio, eu não tinha me atrevido nem a olhar na direção dele, sem querer que a lembrança se apagasse de onde ainda existia com exatidão em minha mente. Eu queria me lembrar daquilo como me lembrava do copo de uísque de centeio do meu pai sob a luz das velas ou dos contornos da silhueta da minha mãe no escuro.

Queria me lembrar dele me beijando nas profundezas. Para sempre.

Eu cumpriria minha parte do acordo que fizemos quando entrei para a tripulação. Não traria aquele momento à tona, para esse mundo, onde seria esmagado pelo peso dos Estreitos. Mas tampouco o esqueceria. Jamais.

Auster empilhou os baús em meus braços, e desci os degraus atrás dele, até onde West estava parado, no batente do porão de carga. Ele deu um passo para o lado, se encostando na parede para eu passar, e olhou por sobre minha cabeça, com cuidado para não tocar em mim enquanto o contornava para entrar.

O casco do navio ganhou vida com a luz e o zumbido das pedras, suas canções individuais se misturando até serem apenas um som grave e reverberante. Hamish estava no centro, ao lado de Willa, pergaminhos estendidos ao redor dele enquanto tomava notas em seu livro. Encontrei um espaço vazio na frente dos dois e coloquei os baús no chão, abrindo o primeiro. A luz da lanterna caiu sobre dezenas de grandes pérolas escuras, ainda reluzindo pela umidade.

Willa começou a contagem e abri a tampa seguinte. Dentro, pedaços brutos e disformes de ouro e paládio estavam misturados.

— Isso é...

Willa ficou boquiaberta, pegando uma única pedra de uma caixa menor ao lado dela. Ela a estendeu entre dois dedos.

— Opala negra — completei, inclinando-me para a frente a fim de examiná-la.

Eu não via uma pedra daquelas desde que era criança.

West se agachou ao meu lado, pegando-a da mão de Willa, e seu braço roçou no meu, fazendo-me sentir que ia tombar para o lado. Quando ergui os olhos, Willa estava alternando o olhar entre nós, franzindo a testa.

— Quanto você acha que vale? — perguntou ele.

Eu não soube se ele estava perguntando para mim ou Hamish, então não respondi, pegando os pedaços de paládio um por um e os colocando diante de mim.

— Mais de duzentos cobres, imagino — respondeu Hamish, fazendo outra anotação no caderno.

268

West estendeu a mão à minha frente para pegar uma bolsa que Willa tinha enchido de serpentina polida e o cheiro dele me envolveu, deixando-me sem saber se o formigamento que se movia sobre minha pele era das pedras ou dele. Apertei bem os lábios, observando seu rosto enquanto ele se debruçava sobre mim, mas West não ergueu os olhos.

— Então, o que acha? — quis saber Willa, olhando por sobre o ombro de Hamish, para a página cheia em que ele estava escrevendo.

— Acho bom. — Ele sorriu. — Muito bom.

West soltou um suspiro aliviado.

— Qual é o plano?

Hamish fechou o caderno.

— Acho que conseguimos vender um quarto em Dern, se tomarmos cuidado. Devemos acabar com mais do que o necessário para pagar a dívida a Saint e liquidar as contas com os mercadores de cada porto. O resto podemos guardar no esconderijo e negociar pouco a pouco, por um período mais longo. Vamos ter que manter as vendas pequenas em cada porto para não chamar atenção. Ir em dois grupos para não deixar o navio.

Ele tirou do casaco as bolsas de couro vermelho que eu os tinha visto usar em Dern. Dessa vez, eram seis em vez de cinco.

— Não mais do que o equivalente a seiscentos cobres em cada bolsa — continuou. — Nem pedras demais, nem metais demais, e lembrem-se de colocar algumas peças de pouco valor dentro de cada uma. Temos que ser inteligentes para não atiçar a curiosidade dos mercadores ou das outras tripulações.

Começamos a trabalhar, enchendo cada bolsa de maneira estratégica. Teríamos que nos separar e variar nossos horários, para não negociarmos com o mesmo comerciante vezes demais. Dern era o porto mais seguro para tentar fazer isso. Não era grande a ponto de ter muitos outros navios no ancoradouro, mas era grande o suficiente para oferecer o número de barracas de que precisaríamos na casa de comércio.

Era um bom plano. Mas, como a maioria dos planos bons, tinha seus riscos. Se alguém nos denunciasse para o Conselho de Comércio, perderíamos nossa licença. E, se Saint ou Zola soubessem o que estávamos aprontando, estávamos ferrados. Parte de mim se perguntava se Saint estaria em Dern, esperando por nós. Ele tinha nos visto sair de Ceros, então sabia que eu tinha ajudado o *Marigold* a conseguir suas velas. Ele poderia imaginar que estávamos atrás do *Lark*. O que eu não sabia era o que ele planejava fazer em relação a isso.

— Então, como funciona? — perguntou Hamish, virando a opala negra na mão. — Você consegue... falar com elas?

Eu me dei conta de que ele estava se dirigindo a mim. Achava que eles desconfiassem que eu era uma sábia das pedras, mas a pergunta me deixou sem jeito.

— Não sei explicar, é só uma coisa que eu sei fazer.

— Consegue senti-las?

West pareceu parar o que estava fazendo, como se também quisesse saber a resposta.

— Mais ou menos. É mais como se eu as *conhecesse*. Suas cores, a maneira como a luz reflete nelas, a sensação delas em minha mão.

Hamish me encarou, claramente insatisfeito.

Suspirei, pensando.

— É como Auster. Com os pássaros. Como eles são atraídos por ele. Como ele os entende.

Hamish acenou com a cabeça, parecendo aceitar a explicação. Mas eu não sabia nem se eu mesma entendia. Se minha mãe não tivesse morrido, eu ainda seria sua aprendiz. Com a morte dela, havia coisas que eu nunca aprenderia.

— Deve ser útil — comentou Hamish, empilhando as bolsas em um dos baús antes de se levantar. — Mas é melhor guardar só para você.

Ele esperou que eu concordasse com a cabeça antes de subir a escada atrás de West.

Willa pegou uma cestinha de granadas brutas, colocando-a no colo.

— O que aconteceu entre você e o West? — perguntou, e olhou para mim de cima a baixo.

Franzi a testa.

— Como assim?

Ela contou as pedras facetadas em silêncio, fazendo uma anotação antes de fixar os olhos em mim de novo.

— Olha, não sou de fazer perguntas. Quanto menos eu souber, melhor.

Coloquei as mãos no colo.

— Certo.

— Mas ele é meu *irmão*.

Ergui os olhos para ela de novo, sem saber o que dizer. Willa não era boba. E não havia por que mentir.

— Se ele se meter em problemas, quero saber. Não porque eu possa controlá-lo. Ninguém diz a West o que fazer. Mas porque preciso estar pronta para protegê-lo.

— Do quê?

Seu olhar firme carregava a resposta. Ela estava falando de mim.

— Você não é uma mera dragadora jevalesa, Fable. Você é importante para alguém que fez das nossas vidas um inferno. Alguém que poderia causar muito mais estragos do que já causou. — Ela me entregou a granada, e a coloquei no baú aberto ao meu lado. — Eu sabia que havia algo de errado na noite em que você apareceu na doca e ele aceitou te dar passagem.

— Ele nunca te contou quem eu era?

— West só me conta as coisas de que preciso saber. — Willa nem tentou esconder a irritação. — Só passei a me preocupar quando ele me pediu para seguir você em Ceros.

— Não tem por que se preocupar, Willa.

Doeu dizer as palavras, mas era verdade. West tinha deixado claro que éramos companheiros de navio. Nada mais.

— Não?

— Estou no *Marigold* para tripular.

— Não está, não. — Ela suspirou, levantando-se. — Você está no *Marigold* para encontrar uma família.

Mordi o lábio, piscando antes que as lágrimas pudessem se formar no canto dos meus olhos. Porque ela estava certa. Minha mãe estava morta. Meu pai não me queria. E Clove, que era a coisa mais próxima de família que já tivera além de meus pais, também se fora.

— Vou deixar o *Marigold* — anunciou Willa de repente.

Apertei a bolsa em minhas mãos.

— Como assim? — perguntei, sussurrando.

— Vou esperar tudo se resolver e West encontrar um novo contramestre — contou ela de maneira metódica, como se tivesse repetido as palavras a si mesma umas cem vezes. — Mas, depois que ele pagar Saint e estabelecer seu próprio comércio, vou voltar a Ceros.

— Ele já sabe?

Willa engoliu em seco.

— Ainda não.

— O que você vai fazer?

Ela deu de ombros.

— Virar aprendiz de ferreiro talvez? Não sei ainda.

Olhei dentro do engradado atrás de mim, lembrando-me do que Willa tinha dito sobre não escolher essa vida. Eu não estava apenas comprando a liberdade de West com o *Lark*. Estava comprando a dela também.

— Eu gosto de você, Fable. Foi ideia minha trazer você a bordo, e estou feliz que esteja aqui. — Ela baixou a voz: — Não estou dizendo que não quero que você o ame. Só estou dizendo que, se fizer com que ele seja morto, não sei se vou conseguir me impedir de cortar a sua garganta.

TRINTA E NOVE

NA ESCURIDÃO ABSOLUTA, DERN ERA POUCO MAIS DO que algumas luzes bruxuleantes em uma costa invisível.

Eu estava na proa, observando a cidade se aproximar enquanto West guiava o *Marigold* para o ancoradouro, onde um estivador esperava com uma tocha para registrar nossa chegada.

Paj lançou os cabos de atracação e desci do convés para o porão de carga. O carregamento do *Lark* estava organizado e armazenado, todas as pedras, metais preciosos e pérolas contabilizados no caderno de Hamish. Era o suficiente para quitar a dívida com Saint e ajudar o *Marigold* a estabelecer sua própria operação, talvez até um dia chegar ao mar Inominado.

Essa possibilidade me fez sentir algo que eu quase nunca sentia: esperança. Mas foi rapidamente substituída pela realidade veloz e brutal da vida de um mercador. Um jogo constante de estratégia. Uma manobra sem fim para tirar vantagem e a sede insaciável de mais.

Mais dinheiro. Mais navios. Mais tripulações.

Era algo que corria em minhas veias. Eu não era diferente.

Em breve, o sol estaria nascendo atrás do horizonte, e eu teria movimentado a única peça que tinha no tabuleiro. Mas pegar o tesouro de Saint e usá-lo para libertar o *Marigold* em troca de um lugar em uma tripulação era uma jogada que até Saint admiraria. Pelo menos era o que eu dizia a mim mesma.

Hamish saiu do alojamento do timoneiro, depositando uma das bolsas em minha mão. Fechei os dedos ao redor do couro macio. Seria minha primeira vez negociando com a tripulação como parte dela, e fiquei subitamente nervosa.

Os outros saíram para o convés com os casacos abotoados, e Willa abaixou o colarinho, deixando a cicatriz em seu rosto à mostra.

West vestiu o gorro antes de dizer:

— Paj e Fable vêm comigo no primeiro grupo. Auster e Willa vão com Hamish no segundo. Vamos.

Auster desceu a escada, e Paj saiu logo atrás. No navio ao lado, uma mulher estava sentada no mastro, observando-nos. Talvez a notícia do que aconteceu com o *Marigold* em Ceros já tivesse chegado até Dern. Nesse caso, teríamos atenção redobrada sobre nós.

— Não chegue perto do mercador de pedras — falou West, baixinho, ao meu lado, dando-me uma faca a mais.

Fiz que sim, encaixando a lâmina na bota.

Ele foi até a amurada e eu o segui, enquanto os outros observavam do tombadilho superior. Ergui o capuz do casaco e enfiei as mãos nos bolsos, mantendo-me atrás de West que nos guiava doca acima. As tripulações dos navios no porto estavam começando a acordar, e passei os olhos pelos brasões, procurando pelo *Luna*, mas ele não estava lá. Se Zola mantivesse a rota depois de Ceros, era provável que estivesse em Sowan, se afastando mais ao norte antes de voltar àquela parte dos Estreitos. Nos daria o tempo necessário, mas não muito mais do que isso.

As portas da casa de comércio já estavam abertas quando subimos do ancoradouro, e desaparecemos na enxurrada de pessoas dentro dela. O calor de corpos cortou o frescor do vento e baixei o capuz, mantendo o cachecol erguido sobre a metade de baixo do rosto.

West se virou, olhando para mim e Paj.

— Prontos?

— Pronta.

— Pronto — ecoou Paj.

— Certo, uma hora.

Nós nos dividimos em três direções, entrando em corredores. Segui para o canto sudeste do galpão, vagando pelas barracas. Mercadores vendendo folhas de verbasco e outras ervas se reuniam na ponta da fileira, mas, do outro lado, avistei uma vitrine de prata. Passei por dois homens para chegar à frente da fila, e um homem de cabelo ruivo comprido por baixo de um gorro preto tricotado me olhou de cima a baixo.

— O que posso fazer por você, menina?

Ele bateu a mão no alto da vitrine, o anel de mercador tilintando sobre o vidro. A face da pedra de ônix estava tão riscada que mal brilhava mais.

Tirei a bolsa do bolso, encontrando dois pedaços do metal de cantos afiados, um de ouro e um de paládio.

— Encontrei alguns pedaços em Ceros. Não sei bem quanto valem — menti, estendendo a mão diante dele.

Ele se aproximou, encaixando um monóculo enferrujado no olho.

— Posso?

Fiz que sim, e ele pegou a pepita de ouro, inspecionando-a de perto. Pegou o paládio em seguida, demorando mais tempo para analisá-lo.

— Eu diria trinta e cinco cobres pelo ouro, cinquenta pelo outro. — Ele as colocou de volta na palma de minha mão. — Parece justo?

— Pode ser.

Não era um ótimo preço para pedaços tão bons, mas eu só estava começando e não poderia perder tempo negociando com ele. Eu aceitaria qualquer coisa.

Ele contou os cobres em uma bolsinha e os entregou para mim.

— Então, onde em Ceros você disse que...

— Obrigada.

Abri caminho às cotoveladas antes que ele tivesse a chance de terminar a pergunta.

Achei uma mercadora de quartzo na sequência, demorando um tempo para olhar as pedras dela antes de tirar três da minha bolsa. A mulher arregalou os olhos quando viu o tamanho do heliotrópio em minha mão, e me incomodei, perguntando-me se tinha subestimado os mercadores. Talvez devêssemos ter colocado pedaços menores nas bolsas.

Ela balbuciou as palavras enquanto estendia a pedra sob a luz:

— Faz um tempo que não vejo uma dessas.

Demorou apenas alguns segundos para fazer uma boa oferta, e deixei as outras duas pedras como parte do trato para me livrar delas mais rápido, saindo com mais noventa cobres em uma única venda.

Fiquei na ponta dos pés, procurando pelo gorro verde de West. Ele estava debruçado sobre uma mesa na parede oposta do galpão. Paj perambulava pelo corredor à minha frente, discutindo com uma senhora de olhar aguçado por um pedaço de olho de tigre vermelho.

O peso da bolsa foi ficando menor, e meus bolsos, mais pesados enquanto eu vendia as pedras de duas em duas ou três em três, guardando a mais chamativa de todas por último: a opala negra.

Observei os mercadores nas barracas, procurando por alguém que pegasse pedras raras e pudesse ser menos curioso diante de uma menina vendendo uma pedra tão preciosa. Quando avistei um homem com um grande berilo verde na mão, avancei na direção dele, ouvindo o negócio que ele estava fazendo. Ele ofereceu um preço justo sem muito alarde pelo berilo e, quando a mulher que o vendeu saiu andando, ele o colocou em um baú trancado.

— Pois não? — grunhiu para mim, sem erguer os olhos.

— Tenho uma opala negra que queria vender.

Peguei um pedaço de jadeíta sobre a mesa e a revirei, apertando o polegar em sua ponta afiada.

— Opala negra, é? — Ele apoiou a mão na vitrine, observando-me. — Faz uns anos que não vejo uma opala negra nos Estreitos.

276

— Foi parte de uma herança — expliquei, sorrindo comigo mesma. Era verdade.

— *Hmm*. — Ele se virou, pegando uma lamparina de joias de uma vitrine atrás dele, que apoiou na mesa entre nós. — Me mostra.

Os mercadores de joias usavam aquelas ferramentas porque não conseguiam sentir as pedras como eu. Não entendiam suas linguagens de luz e vibração, nem como desvendar seus segredos. Houve um tempo em que a Guilda de Joias tinha sido cheia de sábios das pedras. Agora, a maioria dos mercadores eram apenas homens comuns com ferramentas caras.

Respirei fundo, olhando ao redor antes de tirá-la da bolsa e colocá-la sobre o vidro espelhado. Era a maior opala negra que eu já tinha visto, e levaria apenas alguns segundos para as pessoas ao redor a notarem.

Ele ergueu os olhos para mim sob as sobrancelhas peludas e tentei suavizar a expressão, sem saber se eu o havia julgado mal. Mas ele não disse nada, apenas se sentou na banqueta e acendeu o pavio da vela.

A pequena chama refletiu no vidro, e a luz se derramou através da opala negra, enchendo a pedra preta como nanquim, as cores suspensas dentro dela. Pontos de vermelho, violeta e verde dançavam como espíritos na escuridão, seus contornos pareciam estar se contorcendo.

— Minha nossa... — murmurou ele, virando a pedra devagar de modo que a luz de lamparina iluminasse seu rosto. — Herança, hein?

— Isso mesmo — falei, baixo, debruçando-me na mesa.

O mercador não acreditou, mas não discutiu. Cobriu a opala com a mão quando um homem passou atrás de mim e então soprou a lamparina.

— Duzentos e cinquenta cobres — disse ele, com a voz baixa.

— Fechado.

Ele estreitou os olhos para mim, sem dúvida desconfiado da rapidez com que eu aceitara a oferta. Tirou uma bolsa cheia do cinto e pegou outra do armário trancado atrás dele, colocando as duas diante de mim.

— Aqui tem duzentos. — Ele tirou uma menor do cinto. — E aqui, cinquenta.

Peguei as três bolsas e as guardei em meus bolsos fundos. O peso parecia certo. Contá-las levaria um tempo que eu não tinha. Do outro lado do galpão, Paj e West esperavam por mim perto da porta que levava ao ancoradouro.

— Não sei o que você está aprontando, mas é melhor tomar cuidado — avisou ele, sussurrando e estendendo a mão para mim.

Eu a apertei antes de voltar para o corredor e desaparecer, soltando a respiração presa em meu peito. Os olhos de West me acompanharam enquanto eu me aproximava da porta, e então entramos na névoa matinal.

— Tudo certo? — perguntou West por sobre o ombro, esperando que eu passasse por ele.

Paj fez que sim.

— Fiquei com o quartzo fumado quando começaram a me olhar demais, mas o resto eu vendi. E você?

Ele olhou para mim.

— Vendi tudo — murmurei.

Tinha funcionado. Tinha funcionado mesmo.

Sorri embaixo do cachecol, erguendo o capuz do casaco enquanto o *Marigold* ressurgia em meu campo de visão. Mais um dia, e o navio estaria livre.

QUARENTA

VELAS BRUXULEARAM EM CASTIÇAIS SOB A BRISA, A CERA branca escorrendo e caindo como gotas de chuva no convés entre nós. Auster serviu um ganso assado inteiro no meio da mesa improvisada, e Willa bateu palmas, assobiando para a noite.

A pele crocante e dourada ainda crepitava quando ela chuchou um pedaço de pão nos sumos que escorriam para a base da bandeja. Ameixas assadas fervilhavam em mel e canela na vasilha à minha frente, ao lado de uma fatia de queijo pungente e uma fileira de empadas de porco defumado com a massa esfarelando. Paj até tinha ido ao gambito para comprar um jogo de pratos de porcelana pintados à mão e talheres de prata de verdade. Estava tudo posto diante de nós sob o céu noturno que cintilava com a luz de estrelas.

O cheiro encheu minha boca d'água, meu estômago vazio se contraindo enquanto esperávamos Auster cortar o ganso e servir dois medalhões em cada prato. Paj serviu o uísque de centeio, enchendo minha taça até transbordar sobre o convés, e tirei duas ameixas da vasilha.

West estava sentado ao meu lado. Ele rasgou o pão redondo e me deu um pedaço. Seus dedos tocaram a palma da minha mão e aquele mesmo calor instantâneo se reacendeu dentro de mim, mas ele manteve os olhos baixos, estendendo o braço sobre a mesa para pegar a garrafa de uísque.

— Gostaria de fazer um brinde — anunciou Willa. Ela ergueu o copo no ar, e a luz de velas o fez brilhar como uma esmeralda enorme e reluzente. — Ao nosso amuleto azarento!

Eu ri enquanto todos os copos se ergueram para encontrar o dela, eles beberam o uísque de centeio em um gole simultâneo. Willa bateu no convés ao lado dela, lacrimejando, e parti um pedaço do queijo e o joguei nela, que se esticou para trás, pegando-o na boca, em meios aos gritos da tripulação.

Eles não largaram os pratos, rindo entre uma mordida e outra, sem nunca usar os talheres finamente gravados largados ao lado dos pratos. Ao som do vento que roçou nas velas enfunadas, peguei a crosta amanteigada de torta e coloquei um pedaço pequeno na boca.

Eu queria parar o tempo e ficar ali, com a voz de Hamish cantando e o sorriso de Willa brilhando. Auster envolveu os dedos pálidos nos de Paj antes de levar a mão dele aos lábios e a beijar. Lado a lado, eles eram como carvão e cinza. Ônix e osso.

Willa empurrou outro copo em minha direção e ergui os olhos para a vela que voava sobre a proa. A lona branca carregando o brasão do *Marigold* esvoaçava e ondulava sob o vento suave.

— Por que *Marigold*? — perguntei, contando os pontos da estrela. — Por que se chama *Marigold*?

Os olhos de Willa se voltaram para West, que ficou tenso ao meu lado. Os outros continuaram a mastigar, como se não tivessem ouvido a pergunta.

— O que acha que ele vai dizer? Quando você pagar a dívida? — Hamish mudou de assunto, olhando para West por sobre o osso engordurado que segurava nas mãos.

— Não sei.

A voz de West soava grossa pelo cansaço que repuxava seu rosto enquanto ele assistia à chama da vela. A água salgada do Laço já tinha secado em seu cabelo torcido.

Nós tínhamos conseguido. Tínhamos chegado ao *Lark* e enchido os cofres de moedas, mas ele estava preocupado.

Ele devia estar certo. Saint nunca esperaria por isso, e não havia como saber o que ele faria. O homem que sempre estava três passos à frente perderia um navio-sombra e toda uma tripulação de um jeito que não havia previsto. E não tinha nada que ele odiasse mais do que perder o controle. A única coisa com que poderíamos contar era o fato de que Saint era um homem de palavra. Ele preferiria cortar os laços com o *Marigold* a descumprir um acordo, mas não esqueceria. E haveria um preço a pagar.

West virou o copo antes de se levantar, e o observei desaparecer escada abaixo, no sentido do convés principal.

O som das vozes da tripulação ressoava pelo ancoradouro silencioso, e as lanternas nos outros navios se apagaram uma a uma, deixando-nos com o brilho fraco de nossas velas pequenas até as chamas extinguirem na cera derretida e translúcida. Hamish catou o que sobrou de carne na carcaça de ganso, e Willa se recostou, de braços estendidos para os lados como se estivesse flutuando na superfície da água. Ela ergueu os olhos para o céu e então os fechou.

Hamish jogou o último osso na bandeja, levantando-se.

— Vou ficar de vigia primeiro.

Paj e Auster entraram na rede da bujarrona e se deitaram abraçadinhos, e desci a escada atrás de Hamish. Diante de nós, Dern estava em silêncio, a fumaça das três chaminés da taverna refletindo o luar enquanto se erguia para o céu.

Parei diante da arcada, de onde a luz do alojamento de West surgia da porta aberta. A sombra dele estava pintada no convés, os ângulos do rosto tocando as tábuas de madeira no chão. Hesitei, com a mão na abertura do corredor, antes de entrar na passarela a passos lentos e olhar lá dentro.

Ele estava diante do convés, uma garrafa de uísque de centeio aberta e um copo vazio em cima do pergaminho diante dele.

Bati de leve e ele ergueu os olhos, endireitando-se quando abri mais a porta.

— Você está preocupado — apontei, entrando sob a luz.

Ele me fitou por um longo momento antes de dar a volta na escrivaninha para me encarar.

— Estou.

— Saint fez um acordo, West. Ele vai cumprir.

— Não é com isso que estou preocupado.

— Então o que é?

Ele pareceu pensar antes de abrir a boca.

— As coisas estão mudando nos Estreitos. No fim das contas, pode ser melhor tê-lo do nosso lado.

— Mas você nunca vai ser livre.

— Eu sei — afirmou ele, baixo, colocando as mãos nos bolsos. West pareceu muito mais jovem de repente. Por um momento, consegui vê-lo correndo pelas docas de Ceros como as crianças que tínhamos visto na Orla. — Mas além disso... Acho que sempre vou sentir que devo a ele. Mesmo que pague a dívida.

Tentei não parecer surpresa pela admissão, mas entendia o sentimento. Não dever nada a ninguém era apenas uma mentira que inventamos para nos sentirmos seguros. A verdade era que nunca estivemos seguros. E nunca estaríamos.

— Marigold era minha irmã — soltou ele de repente, pegando a pedra branca que estava no canto da escrivaninha.

— O quê? — falei, com apenas um suspiro.

— Eu e Willow tínhamos uma irmã chamada Marigold. Ela tinha 4 anos quando morreu, enquanto eu estava no mar.

Sua voz ficou tímida. Apreensiva.

— Como? O que aconteceu?

— Uma doença qualquer que mata metade da população da Orla. — Ele se recostou na escrivaninha, apertando a beirada. — Quando Saint me deu o navio, ele me deixou batizá-lo.

— Meus pêsames — ofereci, baixinho.

Era àquilo que West se referia ao dizer que Willa tinha chances melhores em um navio do que na Orla. Era o motivo para ele ter arriscado a vida dos dois ao escondê-la no porão de carga e torcer para que o timoneiro a admitisse.

O peso do silêncio cresceu no quarto pequeno, fazendo-me sentir como se eu estivesse afundando no chão. Ele não estava apenas me contando sobre a irmã. Havia algo mais por trás daquelas palavras.

— Desvio dinheiro do orçamento de Saint desde o primeiro dia em que viajei sob seu brasão, mas nunca menti para ele.

— Como assim?

Tentei interpretar sua expressão, confusa.

— Na última vez que estivemos em Sowan, botei fogo no galpão de um homem por ordens de Saint. Ele era um bom homem, mas estava enriquecendo outra operação de comércio, então Saint precisava que parasse de operar. Ele perdeu tudo.

Dei um passo para trás, observando-o.

— O que é isto? O que você está fazendo?

— Estou respondendo às suas perguntas — disse ele.

Prendi a respiração enquanto seus olhos se erguiam para encontrar os meus, tão verdes que poderiam ter sido esculpidos em serpentina.

Ele colocou a pedra de volta na mesa e se levantou da escrivaninha.

— O que mais você quer saber?

— Não faz isso. — Balancei a cabeça. — Assim que me contar qualquer coisa, vai começar a ter medo de mim.

— Já tenho medo de você. — Ele deu um passo em minha direção. — O primeiro timoneiro para quem trabalhei me espancava no casco do navio. Eu capturava e comia ratos para sobreviver porque ele não alimentava os pivetes da Orla que trabalhavam para ele. O anel que você trocou pela adaga pertencia à minha mãe. Ela me deu na primeira vez que fui ao mar. Roubei pão de um moribundo para Willa quando estávamos passando fome na Orla e disse para ela que um padeiro tinha me dado porque tinha medo que ela se recusasse a comer. Essa culpa nunca me abandonou, mas eu faria de novo.

E de novo. A única coisa que sei do meu pai é que seu nome talvez seja Henrik. Matei dezesseis homens, seja para me proteger, seja para proteger minha família, ou minha tripulação.

— West, *para*.

— E acho que amo você desde a primeira vez que ancoramos em Jeval.

Ele abriu um sorriso largo de repente, olhando para o chão, e um pequeno rubor brotou em sua pele, subindo pela gola da camisa.

— Quê?

Mas o sorriso dele ficou triste. O ar se prendeu em meu peito.

— Penso em você todos os dias desde então. Talvez todas as horas — continuou ele. — Eu contava os dias para voltar à ilha, e enfrentava tempestades que não deveria porque não queria deixar de estar lá quando você acordasse. Eu não queria que você esperasse por mim. Nunca. Ou que pensasse que eu não voltaria. — Ele fez uma pausa. — Fechei o acordo com Saint porque queria o navio, mas o cumpri por sua causa. Quando você desceu do *Marigold* em Ceros e eu não sabia se voltaria a ver você de novo, pensei que... Senti que eu não conseguia respirar.

Mordi o lábio com tanta força que lacrimejei e a imagem dele ficou turva diante de mim.

— O único medo que realmente tenho é que algo aconteça a você.

Não era apenas parte da verdade para parecer convincente. Era a verdade toda, nua e crua, um primeiro botão de primavera esperando para murchar sob o sol.

— Beijei você porque passei os últimos dois anos pensando em fazer isso. Achei que, se eu simplesmente... — Ele não terminou. — Não podemos fazer isso segundo as regras, Fable. Sem segredos.

Ele me encarou.

— Mas, em Ceros, você disse...

As palavras se perderam.

— Subestimei minha capacidade de estar neste navio com você e não a tocar.

Eu o olhei, lágrimas quentes escorrendo por minhas bochechas enquanto ele erguia a mão entre nós, a palma aberta diante de mim. Fiz o mesmo, e seus dedos se fecharam entre os meus.

Ele estava abrindo uma porta que não conseguiríamos fechar. E estava esperando para ver se eu passaria.

O que West estava dizendo — tudo o que me contou — era sua forma de me mostrar que confiava em mim. Era também sua forma de me dar o fósforo. Se eu quisesse, poderia botar fogo nele. Mas, se fôssemos ficar juntos, eu teria que ser seu porto seguro, e ele, o meu.

— Não vou tirar nada de você, West — prometi em um sussurro.

Ele soltou um longo suspiro, apertando a minha mão.

— Eu sei.

Fiquei na ponta dos pés, encostando a boca na dele, e o calor abrasador que havia me preenchido embaixo d'água me encontrou de novo, correndo por baixo de cada centímetro de pele. O cheiro de uísque de centeio, água salgada e sol entrou por meus pulmões, e o bebi como o primeiro gole desesperado de ar depois de um mergulho.

Suas mãos encontraram meu quadril, e ele me guiou para trás até minhas pernas acertarem a lateral da cama. Abri o casaco dele e o tirei de seus ombros antes de ele me deitar. Seu peso caiu sobre mim e arqueei as costas enquanto suas mãos pegavam minhas pernas e as erguiam ao redor dele.

Fechei os olhos e lágrimas escorreram por minhas têmporas, desaparecendo em meu cabelo. Era a sensação de sua pele na minha. Era a sensação de ser abraçada. Fazia tanto tempo que eu não era tocada por outra pessoa, e ele era tão lindo para mim naquele momento que senti que meu peito fosse se abrir.

Inclinei a cabeça para trás e o puxei para perto para senti-lo junto a mim. Ele gemeu, sua boca encostada em minha orelha, e puxei minha camisa até a tirar. Ele se sentou, seus olhos perpassando cada centímetro de meu corpo e suas respirações ficando mais lentas.

Encaixei os dedos em seu cinto, esperando que ele olhasse para mim. Porque essa era uma onda que recuaria se eu não dissesse nada. Era um sol poente, a menos que realmente pudéssemos confiar um no outro.

As palavras apertaram minha garganta, mais lágrimas escorrendo dos cantos de meus olhos.

— Não minta para mim, e não vou mentir para você. Nunca.

E, quando ele me beijou de novo, foi lento. Foi suplicante. O silêncio do mar nos encontrou, meu coração se aquietando, e pintei cada momento na memória. O cheiro dele e o toque de seus dedos em minhas costas. O gosto de sal quando beijei seu ombro e o deslizar de seus lábios por minha garganta.

Como quando a luz cai sobre a água da manhã, tudo se tornou novo. Cada momento que viria a seguir era como um mar inexplorado.

Esse era um novo começo.

QUARENTA E UM

AS AVES MARINHAS CANTANDO SOBRE A ÁGUA ME DESpertaram do sono mais profundo que eu me lembrava de ter.

Abri um olho, e a janela dos aposentos de West surgiu, apenas uma de suas persianas fechadas. Lá fora, a manhã cinza estava envolta de névoa, a neblina fria entrando na passarela. Virei de lado, e West estava dormindo ao meu lado, seu rosto mais suave do que eu já tinha visto. Ele ainda cheirava a água salgada. Afastei uma mecha rebelde de seu cabelo da testa antes de dar um beijo em sua bochecha.

O ar estava frio quando saí de baixo da manta e fui até a janela. Parei diante da imagem da água prateada, misteriosa e calma antes que o calor da luz do sol a tocasse. West não abriu os olhos enquanto eu me vestia, suas respirações profundas e longas.

O rosto dele estava na penumbra, sob a luz pálida, e ele parecia tão pacífico naquele momento. Tão intocado.

Andei descalça pelo quarto e abri a porta devagar, saindo para a passarela. O convés estava vazio exceto por Auster, sentado à proa ao lado de uma fileira de aves marinhas pousadas, como se fosse uma delas. Parei a meio passo, olhando para trás na direção da porta fechada de West, e um sorriso cúmplice se abriu no rosto de Auster enquanto passava a lâmina da faca pelo pedaço de madeira em sua mão, mas ele não ergueu os olhos. Fingiria, como todos fingiam não saber que West e Willa eram irmãos. Como não chamavam a atenção para ele e Paj. E, naquele momento, eu me senti ainda mais parte da tripulação do que havia me sentido ao guiá-los pelo Laço.

Corei de novo enquanto eu me recostava no mastro e calçava as botas.

Auster pulou para baixo, vindo me encontrar.

— Aonde você vai?

Desamarrei a escada, que se desenrolou contra o casco com um estalo.

— Preciso fazer mais uma coisa antes de zarparmos.

Passei a perna para fora e desci, pulando na doca quando cheguei embaixo.

O nevoeiro estava tão denso que eu nem via os navios nas baias, seus mastros emergindo da neblina branca aqui e ali e então desaparecendo enquanto ela avançava. Cobri a boca com o lenço, ainda sorrindo embaixo dele enquanto passava sob a arcada do ancoradouro. Eu repetiria essa noite em minha mente vezes e mais vezes, mergulhando na memória de West à luz de velas. Sua pele nua junto à minha.

A vila estava em silêncio, as ruas vazias serpenteando entre os prédios reunidos, meus passos eram o único som ali. Demoraria mais uma hora para o sol estar no céu, queimando a névoa da terra, mas sua luz já estava começando a atravessar a escuridão.

Três chaminés com fumaça ondulante surgiram à frente, e subi a colina íngreme que levava à taverna. Ao passar, meu reflexo na janela me fez parar, voltando ao vidro borbulhado. Tirei o capuz e olhei fundo para meu rosto, erguendo as mãos para apertar as bochechas rosadas.

Eu me parecia ainda mais com ela do que quando estava no posto de Saint. O formato do osso em meu rosto e o tom mais escuro de ruivo em meu cabelo, que quase brilhava sob a névoa, caindo sobre a gola abotoada do casaco e descendo para meu peito.

Um feixe de azul iluminava a janela, parei, meus olhos focando além do meu reflexo. Encostei a mão no vidro, o ardor aquecendo meus olhos.

Do outro lado da janela, Saint estava sentado a uma mesa diante de uma chaleira branca. Ele ergueu os olhos para mim, a expressão em seu rosto de espanto, como se ele também visse a imagem dela.

Isolde.

Abri a porta e entrei, onde o fogo na cornija estava aceso, enchendo o salão de um calor seco que entrou por meu casaco e me aqueceu. A gola do casaco de Saint estava levantada ao redor do queixo, escondendo metade de seu rosto, e puxei uma cadeira ao lado dele à mesa, antes de me sentar.

— Não vi seu navio no ancoradouro — falei, percebendo de repente que a sensação que borbulhava dentro de mim não era raiva.

Eu estava *feliz* em vê-lo, embora não soubesse por quê.

Uma mulher entrou com outra xícara e a colocou diante de mim com três cubos de açúcar na borda do pratinho.

— Posso? — Olhei para o bule, e ele hesitou antes de fazer que sim. — O que você está fazendo aqui, Saint?

Ele observou eu encher a xícara, a luz atravessando a janela que iluminava seus olhos azuis cristalinos.

— Vim para ver se você tinha feito o que eu pensei que faria.

Eu o encarei, rangendo os dentes.

— Você não pode levar o crédito por isso. Não desta vez.

— Não foi isso que eu quis dizer.

— Então o que você quis dizer?

Levei a xícara aos lábios, e o vapor fragrante atingiu meu rosto, o cheiro de bergamota e lavanda enchendo meu nariz.

— Você vai acabar morta, Fable — disse ele, entre dentes, enquanto se apoiava na mesa, olhando para mim. — Como aconteceu com ela.

O chá queimou minha boca quando bebi, e baixei a xícara, entrelaçando as mãos trêmulas no colo. Fiquei agradecida, nesse momento, por ele não dizer o nome dela. Eu sabia que minha mãe tinha morrido. Eu senti em meus ossos quando remamos para longe do *Lark*. Mas, nos lábios do meu pai, isso se tornava um tipo diferente de verdade.

Funguei. A única coisa pior do que a dor que se alojou dentro de mim era saber que ele a enxergava.

— Você não tem nada a provar, Fay. Volte para Ceros e...

— Você acha que estou fazendo isso porque estou tentando *provar* alguma coisa? Eu estou fazendo isso porque não me resta mais nada.

As palavras eram amargas, porque não eram de todo verdade. O *Marigold* e West também eram o que eu queria. Mas esperanças como aquela eram sagradas demais para admitir em voz alta para um homem como Saint.

— Você não entende nada.

— Então me explica. Vai, fala! — gritei, minha voz ecoando no salão vazio. — Sei que você não sabe me amar. Sei que não foi feito para isso. Mas pensei que *ela* tivesse seu amor. Ela teria odiado você por me largar naquela ilha. Ela teria amaldiçoado você.

Um choro escapou do meu peito, mas me segurei para não bater os punhos na mesa.

Ele olhou fundo para o chá, seu corpo rígido.

— Jurei à sua mãe que manteria você a salvo. Não existe nenhum lugar mais perigoso para você neste mundo do que ao meu lado.

Entrelacei os dedos em meu colo e me virei para a janela, sem conseguir impedir as lágrimas de caírem. Sempre quis ouvi-lo dizer que me amava. Quis tantas vezes ouvir essas palavras. Mas, nesse momento, fiquei subitamente assustada com a ideia. Estava apavorada com a possibilidade de saber o quanto me magoariam.

— Você estava errado. Sobre muitas coisas. E, mais do que tudo, estava errado sobre mim — murmurei.

— O que você quer dizer?

— Você disse que não fui feita para este mundo.

Lancei as palavras de volta a ele, as que haviam ecoado vezes e mais vezes em minha mente desde o dia em que ele me largou.

Ele sorriu apenas o suficiente para as rugas aparecerem ao redor de seus olhos.

— E é verdade.

— Como você pode dizer isso? — Eu fechei a cara. — Estou *aqui*. Consegui sair de Jeval. Encontrei minha própria tripulação. *Eu* fiz isso.

— Você não o conhece.

Eu me irritei, entendendo que meu pai estava se referindo a West.

— Ele não é quem você pensa.

Cerrei o maxilar e engoli em seco, apreensiva. Porque Saint não era assim. Havia uma verdade pesada em sua voz que eu não queria ouvir.

Ele ergueu os olhos, encontrando os meus, e pensei ver o brilho de lágrimas neles.

— Você foi feita para um mundo muito melhor do que este, Fable — disse ele, com a voz rouca. — Eu era jovem. Mal havia aprendido as regras quando Isolde chegou pedindo para que eu a levasse em minha tripulação. — As palavras se transformaram em um sussurro. — Eu a amava com um amor que me destruiu.

Ele secou a lágrima do canto do olho, baixando os olhos para a mesa. Não pensei antes de estender a mão e cobrir a dele com a minha. Eu sabia o que Saint queria dizer, porque tinha visto aquilo. Todos tinham. Isolde era o vento, o mar e o céu do mundo de Saint. Ela era o desenho das estrelas pelas quais ele navegava, a soma de todas as direções de seu compasso. E ele estava perdido sem ela.

Ficamos em silêncio, observando a vila ganhar vida do outro lado da vitrine, e, no momento que levou para terminarmos nosso chá, voltamos no tempo. O cheiro de fumaça de verbasco. O tilintar de copos com uma lareira atrás de nós. E, com o nascer do sol, veio também a nossa despedida tácita.

Quando retornássemos a Ceros, West quitaria sua dívida e o *Marigold* seria nosso.

Apoiei o queixo na mão, torcendo os dedos no cabelo, e olhei para Saint, memorizando cada ruga. Cada mecha prateada em seu bigode. A maneira como seus olhos combinavam tão perfeitamente com o azul de seu casaco. Guardei a imagem em meu coração, por mais que viesse a doer.

A cadeira raspou sobre o piso de pedra quando me levantei. Eu me inclinei, dando um beijo no topo da cabeça dele. Abracei seus ombros pelo tempo de uma respiração, e duas lágrimas escorreram por suas bochechas ásperas, desaparecendo na barba.

Quando abri a porta, não olhei para trás.

Porque eu sabia que nunca mais veria meu pai de novo.

QUARENTA E DOIS

O TELHADO DO GAMBITO DA VILA SURGIU NO FIM DO BECO quando virei a esquina. Ele estava envolto pelo resquício da névoa matinal, a placa pendurada sobre a porta refletindo a luz.

Subi os degraus, batendo o punho na janela enquanto a rua atrás de mim se enchia de carrinhos a caminho da casa de comércio. Quando não houve resposta, olhei pela vitrine encardida até o gambito aparecer nas sombras. Ele mancou na direção da porta, os olhos estreitados sob a luz e, quando a abriu, eu entrei.

— Mas o que... — resmungou ele.

Fui direto para o armário nos fundos, agachando-me e olhando dentro dele. Fileiras de bandejas forradas de veludo estavam amontoadas lado a lado, cheias de correntes de prata e bugigangas cintilantes. Mas não estava lá.

— Troquei com você um anel de ouro por uma adaga cravejada de joias e um colar na última vez que estive aqui — falei.

Eu me levantei, passando para a vitrine seguinte.

— Você faz alguma ideia de quantos anéis de ouro eu tenho, garota?

— Esse era diferente. Tinha entalhes gravados no metal, por toda a volta.

Foi só quando ergui os olhos que me dei conta de que o gambito estava quase nu. A camisa comprida descia ao redor das pernas descobertas como uma saia. Bufou, dando a volta pelo balcão, e tirou uma caixa de madeira preta de outra vitrine. Ele a colocou no balcão e se debruçou sobre ela, olhando feio para mim.

Ergui a tampa, e a luz que atravessava a vitrine caiu sobre o brilho de cem anéis dourados. De todos os tamanhos, alguns com pedras, outros sem. Revirei os objetos com os dedos até encontrá-lo.

— Pronto. — Eu o ergui diante de mim, virando-o sob a luz. — Quanto?

— Dez cobres se você der o fora daqui.

Sorri, deixando as moedas no balcão. O sino tocou sobre nós quando eu abri a porta, e desci os degraus puxando o cordão de couro preso com firmeza em meu cabelo. Coloquei o anel nele e o amarrei ao redor do pescoço, fechando o botão de cima da jaqueta.

A névoa finalmente se dissipou enquanto o sol surgia sobre os primeiros telhados, e contemplei uma Dern reluzente banhada pelo sol. Tantas lembranças perpassavam as vielas, tantos fantasmas. Eu os acompanhei no caminho de volta e, quando passei pela taverna, a mesa de Saint estava vazia, as duas xícaras deixadas sozinhas.

O sino da casa de comércio tocou, e atravessei uma rua lateral para as docas, sem querer ver nenhum mercador ou comerciante do dia anterior. Para escapar das fofocas que já deviam ter começado, precisávamos entrar na água. A essa altura, a tripulação estaria preparando o navio para zarpar.

— Que pena.

Uma voz veio da entrada do beco seguinte, parei, encarando a sombra que passava sobre os paralelepípedos diante de mim. Ela se estendeu e cresceu enquanto Zola saía de trás de uma parede de tijolos caiados, seu casaco preto balançando ao vento em volta dele.

— Que pena ver você perder seu tempo com uma tripulação daquela laia, Fable.

Envolvi com a mão o cabo da faca na cintura. Eu nunca tinha dito meu nome a ele.

— Como você sabe quem eu sou?

Ele riu, inclinando a cabeça para o lado para enxergar debaixo da aba do chapéu.

— Você é igualzinha a ela.

Meu coração vacilou, um frio na barriga me fazendo perder o equilíbrio.

— E, assim como sua mãe, você fez algumas escolhas muito burras.

Três homens saíram do beco atrás dele.

Olhei para trás, para a rua vazia que levava à loja do gambito. Não havia vivalma para ver o que quer que Zola tivesse planejado, e era improvável que eu conseguisse chegar ao outro lado.

Andei para trás, o tremor em minhas mãos fazendo a faca sacudir. Eu não conseguiria passar por todos os quatro, mas, se fosse para trás, teria que correr mais antes de chegar às docas.

Não havia tempo para pensar. Eu me virei, dando meia-volta e me lançando para a frente para correr, a faca ao lado do corpo. Minhas botas bateram na pedra úmida e o som se multiplicou enquanto os homens desatavam a me seguir.

Olhei para trás, para onde ainda estava Zola, seu casaco esvoaçando, e bati com força em algo duro ao me virar, o ar escapando dos meus pulmões. A faca voou da minha mão quando eu caí para a frente e braços envolveram meus ombros com firmeza.

— Me solta! — gritei, empurrando o homem que me segurava, mas ele era forte demais. — Me larga!

Dei impulso com o pé para trás e levantei o joelho de repente, acertando o meio das pernas do homem, que caiu para a frente, um som estrangulado escapando de sua garganta. Ele me levou junto, e minha cabeça bateu nos paralelepípedos molhados, fazendo o céu sobre mim explodir de luz.

Levei a mão à bota, tirando a faca de West, e, quando outro homem pulou em cima de mim, ergui a lâmina, cortando seu antebraço. Ele olhou para o sangue que encharcava a manga antes de agachar, segurando meu casaco. O terceiro homem arrancou a faca de mim.

Quando ergui os olhos de novo, seu punho estava no ar, e desceu com um soco na minha cara. Sangue encheu minha boca e tentei gritar, mas, antes que eu conseguisse, ele bateu em mim de novo. A luz oscilou no alto, o preto envolvendo minha visão, e, depois do próximo, ela se apagou.

QUARENTA E TRÊS

ERA O AMOR QUE DESTRUÍA A TODOS.

Minha mãe estava no alto do mastro, apenas um contorno escuro contra o sol cintilante no céu. Ele brilhava ao seu redor e a trança ruiva-escura balançava nas costas enquanto ela subia. Eu estava no convés embaixo, encaixando os pezinhos na sombra dançante dela.

Ela era o sol e o mar e a lua em uma só. Ela era a estrela-guia que nos levava à costa.

É o que meu pai dizia. O som de sua voz se apagou com a ondulação do vento sobre as velas, a lona estalando.

Mas eu não estava mais no *Lark*.

O gosto enferrujado do sangue ainda impregnava minha língua quando abri os olhos. Mas havia luz demais. Cada centímetro do meu rosto latejava, o canto do olho tão inchado que eu mal enxergava. Ergui os olhos para as fileiras de velas que se erguiam, meu coração se contorcendo no peito. Eu não conseguia ver por sobre a amurada, mas conseguia escutar — a água batendo contra o casco de um navio.

O convés embaixo de mim estava aquecido pelo sol e, quando ergui os olhos para encontrá-lo no céu, meu coração se apertou. Lágrimas arderam em meus olhos quando olhei para cima e vi o brasão de Zola gravado na arcada de madeira ornamentada.

Meus braços estavam abertos atrás de mim, amarrados ao redor do mastro de proa, e a dor em minhas costas irradiava para os ombros, descendo até os punhos em uma pulsação rápida. Tentei respirar para aliviar, procurando alguma coisa por perto que eu pudesse usar para cortar as amarras.

Sombras passaram sobre mim enquanto a tripulação fazia seu trabalho, evitando meu olhar, e procurei por Zola. Mas ele não estava ao leme. Homens cuidavam dos cabos nos mastros e uma mulher de cabelo raspado estava sentada em uma pilha de redes no tombadilho superior.

Atrás de mim, na retranca, avistei uma silhueta que eu conhecia.

A dor em meu corpo não era nada comparada com o ardor de reconhecê-lo. O formato de seus ombros e as orelhas que escapavam do gorro. A maneira como suas mãos pairavam pesadas ao lado do corpo, mãos essas que tinham me segurado enquanto saltávamos do *Lark* naufragado para o mar turbulento.

Balancei a cabeça, piscando para clarear a visão. Mas, quando ergui os olhos de novo, ele se virou, descendo da esteira da vela, e vislumbrei o perfil de seu rosto. A ponte do nariz e a curva do bigode loiro.

Uma sensação como geada dentro de meus pulmões subiu pela garganta, o nome congelado em minha boca.

Clove.

GLOSSÁRIO NÁUTICO

Adernar — pender sobre um dos bordos (embarcação), seja pelo deslocamento da carga, seja pelo impulso do mar ou do vento.

Amurada — parte da lateral interna de um navio que se estreita para formar a proa e que serve de parapeito à tripulação.

Aparelhar/aprestar — ato de se preparar e amarrar, seja a tripulação ou a carga. Necessário à segurança do navio para facilitar o movimento de tudo que for relativo à manobra e à navegação.

Atol — ilha de corais formada sobre bancos de areia ou formações vulcânicas. Trata-se de uma ilha de formação biológica.

Bombordo — lado esquerdo de uma embarcação, olhando-se de ré para vante.

Bujarrona — a maior das velas de proa, de forma triangular.

Calado — distância vertical entre a parte inferior da quilha (o ponto mais baixo do navio) e a linha da água.

Cana do leme — haste que se encaixa no leme em pequenas embarcações.

Carregadeira — cabo delgado usado especialmente para carregar vela latina.

Clíper — veleiro comprido e estreito, de grande superfície de vela, veloz, com três ou mais mastros altos e velas redondas nos mastros principais.

Contramestre — responsável por coordenar e auxiliar na arrumação de carga no convés, assim como a segurança da embarcação. Também determina as providências necessárias para as embarcações.

Cordame — conjunto dos cabos de um navio.

Cunho — peça usada para bloquear um cabo.

Dragador — mesmo que coletor.

Dragar — coletar amostras ou peças na exploração de recursos minerais do mar e da terra. Significa escavar para prospectar e extrair minerais.

Enxárcias — conjunto de cabos e degraus roliços feitos de cabo ou corda, que sustentam mastros de embarcações a vela e permitem acesso às vergas.

Enxó — instrumento que consiste em uma chapa de metal cortante e um cabo curvo, usado especialmente em carpintaria e tanoaria para desbastar peças grossas de madeira.

Escota — cabo que serve para caçar ou folgar as velas.

Espicha — vara de madeira que é colocada transversalmente entre o punho da amurada e o punho da pena de uma vela de espicha, para mantê-la aberta.

Estai — cabo que sustenta parte da embarcação.

Estibordo — lado direito de uma embarcação, olhando-se de ré para vante.

Fossa oceânica — fossas oceânicas ou abissais são as regiões mais profundas dos oceanos.

Gávea — cada um dos mastaréus dispostos acima dos mastros reais. Nas embarcações com três velas é a que se situa ao centro.

Ginga — remo que fica na popa da embarcação.

Ilhas barreiras — ilha formada por uma faixa arenosa, estreita e comprida, geralmente paralela à linha da costa.

Lorcha — pequena embarcação mercante.

Navegador — perito em navegação marítima instruído para bem conduzir embarcações, efetuando os cálculos necessários.

Ovém — cada um dos cabos que sustentam mastros e mastaréus para os bordos e para a ré, formando as enxárcias.

Popa — a parte posterior da embarcação, oposta à proa.

Proa — parte dianteira de uma embarcação.

Retranca — peça horizontal longa, de madeira ou metal leve, que tem uma extremidade presa à parte inferior de um mastro e a outra presa a uma adriça de vela latina.

Rizar — ação para diminuir área da vela por meio de rizes.

Taifeiro — profissionais responsáveis pelas tarefas de alimentação e de alojamento de uma embarcação.

Timoneiro — aquele que controla o timão de uma embarcação.

Tombadilho — a parte mais elevada do navio que vai do mastro da mezena até a popa.

AGRADECIMENTOS

ESCREVER ESTE LIVRO FOI MESMO UMA AVENTURA, E EU não poderia ter feito isso sozinha.

Sempre agradeço primeiro à minha própria tripulação — Joel, Ethan, Josiah, Finley e River —, porque são eles que cuidam de mim durante o sonho febril e agitado que é compor uma história. Obrigada pelos cafés de manhãzinha, pelas comidas trazidas ao meu escritório e pelas taças de vinho tarde da noite que apareciam ao lado do meu notebook. Acima de tudo, obrigada pela imaginação que mantém minhas histórias vivas.

Ao meu pai, a quem este livro é dedicado; essa história veio a mim poucos dias depois de você deixar este mundo. Às vezes, eu sentia que você estava espiando enquanto eu digitava as palavras nas páginas. Há mensagens em garrafas ao longo de todo o livro para você. Não tenho dúvida de que vai encontrá-las.

E obrigada ao resto de meu clã e minha família, mãe, Laura, Rusty — rei da Rustyrita —, Brandon, Rhiannon, Adam e Chelsea. Juro que não gosto de ninguém tanto quanto gosto de vocês.

Toda minha gratidão à minha agente, Barbara Poelle, e à minha editora, Eileen Rothschild. Sinto que vocês tinham uma confiança inabalável na história de Fable e agradeço muito por termos conseguido trazê-la às prateleiras juntas. À minha equipe incrível na Wednesday Books: Sara Goodman, Tiffany Shelton, DJ DeSmyter, Alexis Neuville, Brant Janeway e Mary Moates — obrigada por tudo que vocês fazem. Eu não teria conseguido manter esse navio flutuando sem vocês. E a Kerri Resnick, designer da capa de *Fable*, você conseguiu de novo! Que sorte ter você e seu talento!

Mais um agradecimento à minha parceira crítica/amiga de trabalho/contadora de histórias codependente, Kristin Dwyer. Nunca quis tanto estrangular você quanto quando me fez apagar os seis primeiros capítulos deste livro e reescrevê-los. Obrigada por não me deixar dar menos do que o meu absoluto máximo a uma história.

Aos meus amigos escritores, eu não teria conseguido navegar as águas do mundo editorial sem vocês! Um agradecimento enorme a Stephanie Garber, que de algum modo sempre tem as palavras que vão me fazer acreditar sem reservas em meu trabalho. Obrigada também à minha alma gêmea, Shea Ernshaw, a quem nem preciso acrescentar detalhes porque ela literalmente lê minha mente. Você é uma dádiva. Obrigada a Isabel Ibanez, Rachel Griffin, Stephanie Brubaker, Shelby Mahurin, Adalyn Grace, Shannon Dittemore e ao resto de minha gangue de escritores.

Talvez a contribuição mais importante a este livro tenha sido de Lille Moore, que serviu incansavelmente como minha especialista em navegação neste projeto. Mal consigo acreditar na sorte que tive quando você atendeu ao meu chamado por alguém que velejasse! Sou infinitamente grata pelo tempo, energia e dedicação que você deu a *Fable*. Obrigada.

Obrigada às minhas primeiras leitoras, Natalie Faria, Isabel Ibanez e Vanessa Del Rio. Não sei o que eu faria sem vocês.

E um agradecimento sincero aos meus apoiadores fora do mundo da escrita — os A's, as Ladies, e todos os outros que me apoiaram nessa jornada.

MINHAS IMPRESSÕES

Início da leitura: __ /__ /____

Término da leitura: __ /__ /____

Citação (ou página) favorita:

Personagem favorito: _____

Nota: ☆☆☆☆☆ ♡

O que achei do livro?

Este livro, impresso em 2024 pela Santa Marta, para a Editora
Pitaya, foi editado à base da trilha sonora de Piratas do Caribe.
O papel do miolo é o pólen natural 70g/m² e o da capa é o cartão 250g/m².